LINDA MIGNANI

KRIEGSBEUTE

Erotischer Roman

Plaisir d'Amour Verlag

FSC
www.fsc.org
MIX
Papier aus verantwortungsvollen Quellen
Paper from responsible sources
FSC® C105338

Linda Mignani
KRIEGSBEUTE
Erotischer Roman

Plaisir d'Amour Verlag
Postfach 11 68
D-64684 Lautertal
www.plaisirdamourbooks.com
info@plaisirdamourbooks.com

ISBN: 978-3-86495-035-3

Sämtliche Personen in diesem Roman sind frei erfunden.

Kapitel 1

Fias Haut prickelte von dem Sadismus, der ihr aus Diegos Blick entgegenschlug. Seine Augen besaßen die Wärme eines bodenlosen Sees aus den Eisebenen. Er weidete sich an Fias hilflosem Zustand. Lüstern starrte er auf ihre Brüste und kniff schmerzhaft in Fias Nippel. Sie verkrampfte jeden Muskel, aber ihre Brustwarzen reagierten und lagen geschwollen zwischen seinen widerlichen Fingerkuppen, die sie ihm mit Freude abgebissen hätte.

Doch er hatte sie geknebelt, sie gefesselt und erntete die Früchte seiner Bemühungen. Er packte fester zu. Es kostete Fia ihre gesamte Willenskraft, nicht vor Pein zu schreien. Entsetzt bemerkte sie, dass sich Tränen hinter ihren Lidern sammelten.

Nicht weinen!

Erleichtert atmete sie aus, als er von ihr abließ. Allerdings sagte sein Blick deutlich, dass er noch lange nicht fertig mit ihr war.

„Wenn ich nur ein wenig mehr Zeit hätte, würde ich dir Schreie entlocken, egal, wie sehr du sie zurückzuhalten versuchst." Um Zustimmung heischend sah er zu seinen Männern. Mitleidloses Lachen brandete um Fia.

Das Schlimme war, er hatte recht. Er könnte ihr Entsetzlichkeiten antun, die Fias Vorstellungskraft sprengten. Niemand würde ihr helfen, sie rächen oder für sie eintreten. Sie würde einfach von Paskania verschwinden, als hätte sie niemals existiert.

Der Klang seiner widerlichen Stimme erinnerte Fia an herumkriechende Schaben. Hilflosigkeit erstickte allmählich den wilden Zorn, der durch ihre Venen lief. Doch der Anblick von Suno, in Ketten gelegt und den drohenden Tod vor Augen, lastete auf ihr wie ein Panzer aus Schuld. Sie versuchte die Beklommenheit abzuschütteln, denn sie musste wach bleiben, durfte der lähmenden Angst nicht nachgeben, die sie zu verschlingen drohte, weil sie dann beide verloren wären.

Suno war nicht nur ihr Freund, sondern auch ihr Seelentier. Als sie das Fohlen vor drei Sonnendämmerungen auf den Grasebenen gefunden hatte, mit der toten Stute neben sich, war sie von heftigem Schwindel gepackt worden. Das kleine Tier hatte kläglich gewiehert, unfähig aufzustehen. Um ihn zu beruhigen, war sie ins Gras gesunken, hatte ihn gestreichelt und auf die Nüster geküsst. Da war es geschehen: Bewusstlosigkeit hatte Fia verschluckt. Magie, die ihre Ursprünge in der alten Welt hatte, hatte sich ihren Weg gesucht. Man munkelte, dass die Magie von Hexen stammte, die noch zu den Eiszeiten auf Sumapask geherrscht hatten. Doch das Wissen was verblasst, und niemand war sich sicher, woher die Magie wirklich kam.

Als sie erwacht war, hatte Sunos ehemals komplett fuchsfarbenen Kopf die Kontur einer Eisrose geziert. Ihr Oberschenkel hatte gebrannt und geprickelt. Sie erinnerte sich noch genau an ihre Furcht, weil sie das gleiche Zeichen auf ihrer Haut entdeckt hatte. Über Wochen hinweg hatten sich die Bildnisse geändert, als ob es blühende Blumen wären, die allmählich auflebten. Sobald die Rosen vervollständigt waren, hatte bei ihnen beiden die Fähigkeit eingesetzt, sich telepathisch zu verständigen. Die Verbundenheit zwischen ihr und dem stolzen Tier reichte tief. Inzwischen war Suno zu einem stattlichen Fuchshengst herangewachsen. Doch all seine Stärke nutzte ihm nichts gegen Diego, dem Bolok, aus den Abgründen eines Fungusvulkans.

Sunos schweißbedeckter Körper zitterte. Weiße Flocken klebten auf seinem kurzen Fell, und in seinen Augen erkannte sie deutlich, welch furchtbare Schmerzen er erlitt. Die telepathische Bindung zu ihr hatte er abgebrochen, um Fia zu schützen.

Wenigstens hatte sie es geschafft, Diego ihre Faust ins Gesicht zu rammen, ehe er ihr die Kleidung vom Leib riss. Der Bluterguss prangte auf seinem Wangenknochen. Es wunderte sie, dass er sie nicht sofort missbrauchte hatte. Stattdessen fesselte er sie nackt an einen Pfahl, sodass seine Lakaien ihre Rückseite schlagen konnten, sollte sie nicht kooperieren. Doch noch hatte er sie nicht verletzt, und Fia vermutete, dass er befürchtete, sie würde sich später selbst töten, falls er sie vergewaltigte. Dann wäre seine Mission in Gefahr, und er käme nicht umhin, jemand anderen aufspüren. Da konnte er lange suchen. Soweit Fia wusste, war sie einmalig auf der paskanischen Seite von Sumapask; sie war die einzige Person, die Magie der alten Welt in sich trug. Irgendwie hatte Diego es herausgefunden, dass sich ihre Kräfte nicht auf ein Seelentier beschränkten.

Beim Wingo! Fia hatte überhaupt keine Kenntnis, was genau ihre Mächte darstellten, wie weit sie reichten.

Diego wollte sie, und vor allem ihre Fähigkeit, sich unsichtbar gleich eines Schattens bewegen zu können, was rein gar nichts mit Zauberkraft zu tun hatte. Doch das wusste er nicht. Er verlangte, dass sie ein Artefakt zu ihm brachte, es mitten aus dem Feindesland der Sumarier stahl. Sie hatte sich geweigert, eine Absage, die Diego nicht akzeptierte. Zuerst hatte er Fias Heim niedergebrannt und anschließend Suno in eine Falle gelockt. Er nahm es billigend in Kauf, dass der Hengst sich beinahe das Genick brach, als er über den niedrigen Abhang stürzte, benommen von vergifteten Pfeilen. Er hatte gedroht, das Tier auszupeitschen, bis sie gehorchte. Fia knickte ein, noch bevor er seine Drohung in die Tat umsetzen konnte. Er hatte sie vollkommen in der Hand.

Fia war niemals in Sumaria gewesen. Nur der Gedanke, was die Sumarier ihr antun würden, wenn sie sie erwischten, ließ den Schweiß auf ihrer Haut erkalten, bis er sie wie eine frostige Winternacht bedeckte. Sie hatte Geschichten gehört, dass sie ihre Feinde pfählten, ihre Herzen aßen und Säuglinge zum Frühstück verzehrten. Das Letzte hielt sie für Unsinn, das Erste nicht. Doch am meisten entsetzten sie die Berichte, was sie Frauen antaten, die in ihre Hände gerieten. Angeblich liebten sie Lustschmerz, quälten ihre Opfer geschickt, bis sie Pein und Begierde nicht mehr auseinanderzuhalten vermochten.

Was sie einer Paskanierin antun würden, ließ den Tod durch einen Pfahl wie ein gnädiges Geschenk aussehen. Den Ekelerregenden sagte man nach, dass sie nicht nur vergewaltigten, sondern sicherstellten, dass die Beute an den inneren Blutungen verstarb oder schlimmer noch, sie versklavten das arme Wesen. Fia glaubte den gewisperten Gerüchten, dass sie abscheulich aussahen und eine Nacktkröte im Vergleich vor Schönheit erstrahlte. Angeblich verbargen sie immer ihre Körper und Gesichter, lüfteten das Geheimnis nur, sobald das Schicksal des Opfers besiegelt war. Niemand, den sie kannte, konnte bestätigen, ob es wahr war oder einer Legende entsprach. Jegliche Bildnisse von ihnen waren vor unzähligen Sonnendämmerungen ausgemerzt worden.

Fia war sich sicher, wenn sie einem von denen in das unverhüllte grässliche Antlitz starren würde, würde sie keiner Seele mehr davon erzählen können.

Um sich zu beruhigen, dachte sie an Zorgan, ihren alten Lehrmeister, und fragte sich, was er jetzt wohl tun würde. Wie sie ihn vermisste. Er hatte sie gefunden, nachdem sie aus dem Waisenhaus geflüchtet war. Sie war mehr tot als lebendig gewesen, und er hatte sie zu sich genommen, ihr obendrein beigebracht zu überleben. Doch nur wenige Sonnendämmerungen später war er spurlos verschwunden.

Sie spürte den Blick von Diego auf ihrem Leib, gleich der Berührung einer verschwitzten, stinkenden Handfläche. Ein Kerl, der so ekelhaft wirkte, sollte hässlich sein. Aber nein, auch in ihrem Volk stach er aus der Menge heraus. Seine Haut schimmerte perlmuttfarben und bildete den idealen Rahmen für seinen sehnigen Körper. Die lavendelfarbenen Augen glitzerten gehässig. Er trug die typische Haartracht der paskanischen Männer; nicht einmal Flaum zierte sein kahles Haupt.

Fia hätte beinahe laut gelacht, denn die Paskanier waren eigentlich nicht ihr Volk, sie war eine Aussätzige, ein Bastard unbekannter Herkunft. Zwar lief paskanisches Blut durch ihre Adern, der Rest blieb ein Mysterium. Mischlinge wurden sofort nach der Geburt von ihren Eltern getrennt, um weitere Unreinheiten im Keim zu ersticken. Niemand auf Paskania sollte den Wunsch verspüren, sich mit fremden Rassen zu vermengen. Daher verblieb sie nach dem Tod ihres Gefährten Jos allein. Ihm waren ihre Wurzeln egal gewesen und er hatte sie aus ganzem Herzen geliebt, obwohl sie ihren Kinderwunsch auf Paskania niemals erfüllen konnten. Aber auch das hatte Jos ändern wollen. Er wollte mit Fia ein neues Leben auf einem fernen Planeten anfangen, auf dem man freier existieren durfte. Doch er war ermordet worden. Seitdem hatte sie nur Suno und keine Mittel, um Paskania zu verlassen. Die Obersten hatten ihre Besitztümer konfisziert. Wieso sie nicht auf den Feldern gelandet war, um ihr Dasein als Arbeiterin zu fristen, war ihr bis vorhin ein Rätsel gewesen. Jetzt beschlich sie eine grauenvolle Ahnung. Jemand zog an ihren Fäden und ließ sie los, sodass Fia in die Tat umsetzen konnte, was man für sie geplant hatte.

Sie war müde, einsam und verzweifelt. Manchmal empfand Fia die Last der Jahre wie eine Ewigkeit, dabei hatte sie erst dreißig Sonnendämmerungen erlebt und war in der Blüte ihres Lebens. Paskanier lebten lang, und sie hoffte, dass die Gene von ihnen auch sie mit einem erfüllten Leben segnen würden, selbst wenn sie vor Isolation fast umkam.

Tu es nicht, Fia. Lass mich sterben.

Der Hengst schickte ihr den Gedanken, und sie richtete sich in den Fesseln auf, so weit sie es zuließen.

Ich kann nicht, mein Freund.

Suno versuchte, die Ketten zu sprengen, obwohl er sich doch kaum auf den Beinen halten konnte, geschwächt durch das Gift. Es würde Tage dauern, ehe die Substanz aus seinem Blut verschwunden sein würde.

Einer von Diegos Lakaien schlug ihr mit einem Stock quer auf den nackten Rücken. Fia verbiss sich mühsam den Schrei, als der Schmerz wie Feuer auf ihrer Haut explodierte. Das Tier erstarrte, bis es einer Bronzestatue ähnelte, die unter den unbarmherzigen Sonnen glitzerte. Auf ihrer Seite des Planeten war es heiß, staubig, und nur in den Wintermonaten regnete es ein wenig. Die Sumarier besaßen eindeutig die bessere Hälfte von Sumapask, mit genügend Regen, Vegetation und kühlen Winden. Das war früher anders gewesen. Doch die Sumarier hatten Paskanias Bewässerungsanlagen im Krieg zerstört, und sie waren nie wieder aufgebaut worden. Die Grünflächen auf Paskania nahmen beständig ab.

Fia biss sich auf die Unterlippe, um das Wimmern zurückzuhalten. Sie sah die Gier in Diegos Augen. Er trat an sie heran und betastete grob ihre Scham.

„Trocken wie ein Wüstenloch." Er lachte über den eigenen Witz.

Fia sah unbeteiligt auf Diegos Schulter, denn falls sie nur die geringste Reaktion zeigte, würde er sie vor seinen Wachen schänden, ehe er sie auf die Mission schickte. Dann würde der Wahnsinn, der in ihm wütete, Oberhand gewinnen, und es wäre ihm egal, ob sie starb. Sie konnte noch immer spüren, wo er sie überall berührt hatte, während er sie ausgezogen hatte. Er hatte einen Finger in ihr Geschlecht gepresst und auch in eine andere Körperstelle. Dafür würde sie ihn töten, wenn sie nur die Gelegenheit dazu bekäme.

Diego packte in Fias Haar, bog ihren Kopf schmerzhaft in den Nacken und leckte ihr über Hals und Kehle. Fia gönnte sich nicht einmal den Luxus, die Augen zu schließen. Sie verharrte wie ein kleines Tier, vor dem ein Greif auftauchte, in der Hoffnung, der Raubvogel würde es nicht bemerken.

Ekel kroch ihre Glieder entlang. Sie hasste Diego mit einer Inbrunst, die sie nur mühsam kontrollieren konnte. Über Sonnendämmerungen hinweg hatte er sich wie ein Pilz auf Paskania verbreitet, bis sein Schleim alles bedeckte, er jeden bestach und größere Macht besaß als die Obersten von Paskania. Da sie sich um die Vorherrschaft stritten, war es für ihn ein Leichtes, sie gegeneinander auszuspielen.

„Meine Spione befinden sich überall. Falls ich auch nur das Gerücht höre, dass du mich hintergehst, ziehen wir dem Pferd bei lebendigem Leib die Haut vom Körper. Meine Männer sind Experten und vermögen es tagelang, vielleicht sogar wochenlang hinauszuziehen.“ Seine Augen waren entseelt, und sie erschauerte unter der Leere, die sie anstarrte. Diego war mehr als verdreht, das erkannte sie in diesem Augenblick glasklar.

Fia wusste nicht, ob die Äußerung der Wahrheit entsprach. Doch sie befand sich in keiner Position, seine Worte anzuzweifeln. Wenn sie nicht gehorchte, würde ihr Seelentier einen grauenvollen Tod erleiden. Man munkelte, dass der Seelenpartner den Todeskampf ebenso spüren würde, es aber überlebte und dann dem Wahnsinn verfiel.

„Und danach, Mischlingsweib, finde ich dich und ficke dich, bis dir deine Schreie in der Kehle stecken bleiben.“

Diego hielt ihre Haare noch immer um seine Hand gewickelt und nickte einer der Wachen zu. Der Lakai setzte ein Röhrchen an ihren Hals, und brennende Agonie erfasste Fia, sobald der Sender in ihr Fleisch schoss. Es war dermaßen peinigend, dass sie den Schrei nicht zurückzuhalten vermochte. Das empfand sie schlimmer als die gleißende Tortur. Schwäche zu zeigen widerstrebte ihr bis in das Innerste. Dennoch brach der Jammerlaut aus ihrem Mund, während Blitze um Fias Sichtfeld tanzten. Verloren irrte sie umher, bis gnädige Dunkelheit sie umfing.

Kapitel 2

Rasul leckte sich die Lippen, ehe er sich vorbeugte, um Malura in die perfekt gerundete Pobacke mit den silbrigen Sprenkeln zu beißen. Ein Merkmal, das er als äußerst aufreizend empfand, setzte es sich doch bis zu ihren Schamlippen fort. Er war bereits hart, und sein Schwanz pochte lustvoll, dabei hatte er der Sklavin bis jetzt kaum etwas angetan. Rasul zügelte seine Begierde, das machte schließlich den Reiz des Liebesspiels aus. Ihrer Neigung entsprechend war Malura darauf trainiert, auch intensiven Schmerz zu ertragen und ihn in Verlangen umzuwandeln. Er hatte sie über die Lehne der Chasola gebeugt, ein Möbelstück dazu entworfen, Sklavinnen nicht nur in verführerischen und hilflosen Positionen zu fesseln, sondern ihnen außerdem Lust anzutun, gegen die sie sich nicht zu wehren vermochten.

Noch hatte er sie nicht fixiert, und Rasul zwickte die andere Rundung, ließ Malura diesmal fester seine Zähne spüren. Sie spannte ihre Muskeln an, verblieb ansonsten bewegungslos.

Beim Wingo!

Malura zeigte sich zu diszipliniert für Rasuls Geschmack, zumindest nach außen hin. Er berührte sie zwischen den Schenkeln, um die Bereitwilligkeit seiner Beute zu prüfen. Wenigstens hier hörte ihre Selbstbeherrschung auf. Sie war erregt, und er könnte sie auf der Stelle nehmen. Kurz tauchte er mit der Fingerkuppe in die köstliche Nässe ihrer Begierde ein und benetzte ihre Perle. Malura gab keinen Ton von sich, und Rasul unterdrückte den Reiz hineinzukneifen, um Malura eine ungezügelte Reaktion zu entlocken. Aber zu viel Schmerz an dieser Körperstelle würde die Sklavin überwältigen, und womöglich zöge sie sich dann stärker in ihren Kokon zurück, sodass er erneut von vorn mit seiner *Mission Malura* beginnen müsste.

Er merkte selbst, dass Ungeduld von ihm Besitz ergriff. Malura war von ihrem Vorbesitzer dazu gezwungen worden, sich innerlich zu verbergen. Rasul hatte es sich zu seiner persönlichen Aufgabe erkoren, sie aus ihrem Versteck herauszulocken. Er presste sich eng an sie, bis die Wärme ihrer Haut in seine sickerte. Sie war eine Adrianerin, sehnig und mit silberfarbenem Haar, das ihr bis zu den dunkelbraunen Schultern reichte. Sie war aufreizend, jedoch bevorzugte er üppigere Kurven, einen Körper, der seinen sadistischen Charakterzug leichter verarbeiten konnte. Rasul fasste um sie herum und knetete ihre kecken kleinen Brüste mit den geschwollenen Nippeln. Sie verbiss sich Laute der Lust, zu tief gehend war ihre Ausbildung durch den widerlichen Gatak. Rasul sehnte sich nach einer Sklavin, die ihrer Begierde unverblümt freien Lauf ließ, sich ihm entgegensetzte und ihm einen Kampf lieferte, ehe sie sich unterwarf. Doch die Sumarier besaßen einen Ruf, der die meisten Frauen einschüchterte. Schon lange hatte er keinen Wildfang mehr zwischen den Händen gehalten, der seine dunkle Seite forderte.

„Malura, lass dich gehen“, sagte er scharf. Vielleicht würde es ihr helfen, sich ungezähmter hinzugeben. Er kniff in ihre Nippel, zupfte und massierte sie hart. Sie schenkte ihm ein klägliches Seufzen, das nicht halb dem entsprach, wonach es ihm verlangte. Das würde er nur von ihr bekommen, wenn er sie unnachgiebig züchtigen würde, sie bestrafte, obwohl sie nichts getan hatte, um diese Behandlung zu verdienen.

Beinahe hätte er laut geseufzt. Aus reiner Boshaftigkeit biss er ihr diesmal so fest in den Po, dass sie erschrocken Luft holte. Er hätte einen Schrei bevorzugt, ein Flehen um Gnade, wenngleich sie eigentlich wollte, dass er ihr mehr zuleide tat. Doch Malura redete nicht, während er lustvolle Dinge mit ihr anstellte. Stattdessen blieb sie stumm wie ein Fisch. Rasul fesselte ihre schmalen Handgelenke mit den Manschetten, die sich seitlich an der Chasola befanden, und schob ihre Beine weit auseinander. Maluras Erregung nahm zu, das zeigte die silbrige Nässe deutlich, die ihre schlanken Schenkel benetzte. Egal, was er mit ihr anstellte, sie würde den Höhepunkt entschlossen zurückdrängen, bis er ihr erlaubte, Erfüllung zu finden.

So ein Jammer!

Was er ihr antun könnte, wenn sie unerlaubt einen Orgasmus bekäme, ließ seinen Schwanz stärker anschwellen. Innerlich ermahnte er sich, geduldig zu sein, obwohl er sich wünschte, sie würde ihn provozieren. Leider wusste er genau, dass sie es nicht tun würde. Aber wenigstens konnte er ihr die Kontrolle erschweren. Er bediente das Display und aktivierte einen der Vibratoren auf der Chasola, der exakt unter ihrer Klitoris lag. Nur das leichte Anspannen ihrer Zehen verriet, dass sie mit sich kämpfte. Das sollte er weiter verfolgen. Er erhöhte die Vibration, trat von ihr zurück und packte die schwarze, lange Gerte.

Der erste Feuerkuss landete auf der rechten Rundung des hübschen Hinterns. Kein Laut kam über ihre Lippen. Rasul bedeckte ihren Po mit einem Muster aus Streifen. Malura verbiss sich ihre Schmerzensschreie, allerdings könnte er sie so erbarmungslos züchtigen, dass sie es nicht mehr schaffen würde. Aber nur ein niederträchtiger Bolok würde so etwas tun. Auch er hatte bereits harte Strafen ausgeteilt, doch sie waren ausnahmslos verdient gewesen und kein erotisches Spiel. Rasul justierte die Schärfe der Gerte perfekt, kein Hieb durchbrach Maluras Haut. Er wechselte leichtere Schläge mit festeren ab, sodass die Sklavin sich nicht darauf einzustellen vermochte. Dennoch zügelte sie ihre Reaktionen, verbarg, was sie wirklich empfand.

Er umrundete die Sklavin, packte ihre Haare und zog ihren Kopf hoch, zwang Malura, ihn anzusehen. Zwei einsame Tränen rannen ihre Wangen hinab.

Bei den vergessenen Heiligen! Sie hatte noch niemals geweint. Er hockte sich zu ihr und wischte das kostbare Nass mit den Daumen fort.

„Malura, so ist es gut."

In ihren silbrigen Augen stand Angst gepaart mit Stolz. Endlich ein Fortschritt. Er streichelte ihr sanft den Rücken, bis sie einen zitternden Atemzug nahm. Rasul erhob sich langsam, um sie nicht zu verschrecken, lief um sie herum und küsste sie zart auf den Po, leckte über das Mal, das er vorhin mit den Zähnen hinterlassen hatte. Dann schaltete Rasul den Vibrator aus, weil er es mit den eigenen Händen zu Ende bringen wollte. „Komm für mich, Mädchen."

Die letzte Silbe hatte kaum Rasuls Mund verlassen, da zuckte sie auf seiner Hand, immer noch stumm. Zum Glück besaß er ein ausreichendes Selbstbewusstsein. Er wusste, dass sie einen starken Orgasmus bekommen hatte, dass ihr vorheriger Herr ihr jedoch verboten hatte, zu große Lust zu empfinden. Die Kleine erforderte eine Menge Arbeit, bis sie ihm das geben würde, was Rasul erwartete. Mehr war von Malura heute nicht zu erhoffen.

Rasul öffnete gerade die Knöpfe seiner Lederhose, als die spöttische Stimme seines besten Freundes Tabith von der Tür ertönte. „Rasul, dir bleiben zwei Minuten, um deine Gelüste zu befriedigen. Wir müssen in die Outlands."

Nicht schon wieder!

In letzter Zeit verließ ihn das Glück. Es war bereits das dritte Mal diese Woche, dass er beim Liebesspiel gestört wurde. Falls das so weiterging, drohten seine Hoden zu platzen und sein Schwanz zu explodieren.

Rasul ahnte, was Tabiths Störung zu bedeuten hatte: ein Schattentoter. Die Outlands waren das Gebiet direkt vor der Todeszone, die vor der Schallmauer lag. Die Mauer trennte Sumapask in Sumaria und Paskania.

Der erste Leutnant der Sumarier schenkte ihm ein Grinsen, das nicht die Sorge in den azurblauen Augen verbarg.

„Wenn mein Prinz zum Ende kommen könnte …"

Rasul löste Maluras Fesseln und zog sie auf die Füße. Sie senkte den Blick, sodass er fast Gewalt anwenden musste, damit sie ihn ansah. „Geh in die Entspannungsgärten, und lass dir den Po eincremen. Und iss ausreichend." Sie würde hungern, falls er es ihr nicht befahl.

Malura hastete davon, als ob ein Gatak hinter ihr herjagte. Wahrscheinlich würde sie es bevorzugen, dass eine der roten Katzen ihr nachstellte, anstatt sich mit Rasuls Zuwendungen auseinanderzusetzen.

Tabith schlug ihm auf den Rücken und pustete sich eine Strähne seines nachtschwarzen Haares, die ihm in die Stirn gefallen war, aus dem Gesicht. „Dein Charme scheint dieser Tage nachzulassen … mein Prinz."

Wie seine Augen funkelten! Rasul hegte das Bedürfnis, ihm die Faust in die Visage zu rammen. Er unterdrückte das Verlangen, warf ihm stattdessen einen finsteren Blick zu, der Tabith ein Prusten entlockte.

Respektloser Mistkerl!

Rasul hasste es, wenn Tabith ihn Prinz nannte. Sie waren zusammen aufgewachsen und hatten von Kindesbeinen an alles miteinander geteilt. Tabith erfüllte die Stellung seines engsten Vertrauten und war der beste Leibwächter, den man sich wünschen konnte. Sie waren wie Brüder. Schlagartig erstarb die Heiterkeit.

„Sakuro erwartet uns. Danach sollen wir sofort in die Outlands aufbrechen. Es ist ernst."

Sie liefen durch die weitläufigen Flure des Palastes, bis sie die Bibliothek erreichten. Der Regent von Sumaria starrte auf das vor ihm liegende Display. Die angespannte Körperhaltung des großen Kriegers verriet seine Beunruhigung. Selten zeigte Sakuro offen Emotionen. Er sprang fast vom Stuhl und begrüßte sie mit einem kurzen Nicken. Sobald Rasul vor ihm stand, bemerkte er die goldenen Sprenkel in den meergrünen Pupillen ihres Anführers. Wenn Rasul nicht längst beunruhigt gewesen wäre, hätte die Unruhe ihn spätestens jetzt erfasst. Die wenigen Male, die er Sakuro dermaßen wütend gesehen hatte, konnte er an einer Hand abzählen. Es war keine rasende Wut, sondern eine eisige. Sakuro war nicht umsonst ihr Oberster.

„Es ist Nanghal. Er ist infiziert und mordet in den Wäldern der Outlands", sagte Sakuro mit kalter Stimme. „Wir mussten bereits hinter ihm aufräumen."

Shitak!

Nanghal war Sakuros Cousin, ein ranghoher Captain, der die Truppen nahe der Waldseen kommandierte. Seit ein paar Wochen verdichteten sich die Anzeichen, dass jemand einen Weg gefunden hatte, Sumarier, die das *Gen* in sich trugen, zu infizieren. Vor Jahrzehnten war es ihnen gelungen, die heimtückische Krankheit, die das Opfer in eine mordende, wahnsinnige Bestie verwandelte, zu besiegen. Doch in den letzten Monaten waren einzelne Fälle des Schattentodes aufgetreten, die nur Mitglieder der Führungsriege befiel. Das konnte kein Zufall sein.

„Drugal begleitet euch." Sakuro fixierte Rasuls Blick, und Rasul nickte ihm zu.

Sie würden den Verdammten so schnell und schmerzlos töten, wie es möglich war. Wenigstens das schuldeten sie ihm. Tabith reichte ihm eine

Schallpistole. Rasul steckte sie in das Halfter, packte seine beiden Energieschwerter, und sie liefen zu dem Shuttledock, an dem Drugal sie erwartete. Abwesend berührte Rasul den Dolch, der an seinem Gürtel hing. Gegen einen Infizierten musste man jede Waffe nutzen, die man besaß.

Drugal war nicht nur ein exzellenter Pilot, er war einer der erbarmungslosesten Krieger, die er kannte. Drugals kahles Haupt zierte eine Drachentätowierung. Man munkelte, dass die Pupillen des schwarzen Drachens rot aufblitzten, wenn er tötete. Da sein Kopf wie bei allen Sumariern in der Schlacht mit dem Kilta bedeckt war, stand der Beweis aus. Der Soldat schenkte ihnen ein humorloses Lächeln, das sich in den Augen widerspiegelte, die hart wie der Arsch einer Granitechse daherkamen. Er war kein Mann vieler Worte, eine Erholung, verglichen mit dem ständig plappernden Tabith. Die drei ergänzten sich hervorragend und hatten zahlreiche Kämpfe miteinander bestritten. Drakanische Piraten machten Sumaria zu schaffen, und sie waren wie ein Schwarm Käfer, der aus dem Dunkel auftauchte. Obendrein vermehrten sie sich unablässig.

Rasul vertraute Tabith und Drugal bedingungslos. Er hatte kaum den Sicherungsgurt befestigt, da setzte sich das Shuttle in Bewegung. Er hasste die Kräfte der Beschleunigung und würde sich nie daran gewöhnen. Rasul flog nur, wenn es nicht anders ging. Er zog die altmodischen Arten der Fortbewegung vor, wie die meisten seiner Art. Allerdings drängte die Zeit, und zu Pferd würden sie die Outlands erst in Tagen erreichen.

Das Waldgebiet war dicht und ursprünglich, zudem ein gefährlicher Ort. Dort waren die Paskanier vor all den Sonnendämmerungen gescheitert, als sie versuchten, Sumaria zu überrennen. Zurzeit fanden ab und zu Scharmützel in den Grenzgebieten statt. Unerbittliche Kämpfe dagegen blieben aus, aber es war ein trügerischer Waffenstillstand, der an seidenen Fäden hing, auch wenn die Sumarier fast die gesamte Technologie der Paskanier zerstört hatten.

Falls erneut ein erbarmungsloses Gefecht ausbrach, würden die Sumarier die Paskanier von Sumapask wischen. Doch die Obersten der neueren Generationen vermieden einen offenen Krieg, und Sakuro stellte keine Ausnahme dar.

Das Shuttle bockte und sackte nach unten. Rasul umklammerte das Sitzpolster, während sein Mageninhalt ein morbides Fest veranstaltete.

Die Winde über den Wäldern der Outlands wehten heimtückisch, und so mancher Pilot war den Sturmböen schon zum Opfer gefallen. Drugal leitete den Landeanflug ein und steuerte eine kleine Lichtung an, in der Nanghal zum letzten Mal geortet worden war. Rasuls Magen rutschte bis in seine Kniekehlen, als der Gleiter unter den Turbulenzen ruckelte, bevor er auf dem Gras zum Stillstand kam.

Die beiden Wingos grinsten spöttisch. Tabith legte betont langsam die Tüte zurück, die er vorsorglich in der Hand hielt. Rasul nahm sich vor, ihnen bei der nächsten Trainingseinheit eine Lektion zu erteilen. Vorzugsweise würde er sie in das Schlammbecken stoßen. Dann würden sie dermaßen stinken, dass jede Sklavin in ihrem Umkreis die Flucht ergreifen würde.

Sie zogen sich die Kiltas über die Köpfe, die ihre Gesichter schützten. Nur die Augen waren zu erkennen, die von einem durchsichtigen, undurchdringlichen Gewebe geschützt waren. Drugals Pupillen glitzerten kalt. Er war auf die Mission eingestellt, die keinen Platz für Mitleid ließ. Als Letztes folgten die engen Handschuhe. Der Schattentote durfte keine Angriffsfläche bekommen. Die kleinste Verletzung reichte und sie könnten ihm in das Schattendasein des lebenden Todes folgen.

Erleichtert stieg Rasul aus, wartete einen Augenblick, bis der Schwindel aufhörte, ehe er sich rührte.

Tabith bückte sich und nahm die Fährte mit Hilfe eines Trackers auf. Das Gerät erfasste den Geruch besser als die Nase eines Wolfguls. Schleichend bewegten sie sich zwischen den Bäumen hindurch. Rasul warf einen besorgten Blick zum Himmel, ein Sturm war im Anzug. Sie konnten nur hoffen, den Schattentoten vorher aufzuspüren, und dass er nicht auf Sumarier getroffen war, die er angefallen hatte.

Fia fasste sich stöhnend an den Kopf. Alles um sie herum schien sich rasend schnell zu bewegen, während sie selbst bewegungslos verharrte.

Was für ein scheußliches Gefühl!

Sie zwang sich, die verklebten Augen zu öffnen, blinzelte, bis sie erkannte, dass sie, gesichert durch einen Gurt, auf einer Koje in einem sumarischen Shuttle lag. Das sumarische Emblem, ein Nebelwolf, der mit den Schatten verschmelzen konnte, zierte die rechte Innenwand. Seine goldenen Pupillen erweckten den Eindruck, als ob sie Fia anstarrten und ihr folgten, sobald sie sich langsam aufsetzte. Das weißgraue Fell wirkte fast lebendig, und sie bekämpfte den Reiz hineinzupusten, um herauszufinden, ob es sich bewegte. Sie würde gern ein Mal in ihrem Leben einen leibhaftigen Nebelwolf sehen, waren es doch herrliche Tiere.

Sie war unfähig, den Gleiter zu bedienen. Fia musste sich blind darauf verlassen, dass Diegos Männer den Zielort korrekt eingegeben hatten. Der Autopilot war eingeschaltet und brachte sie nach Sumaria. Es gab kein Entkommen für sie, nicht eine Chance, irgendwo Hilfe zu finden. Fia seufzte frustriert, Unterstützung hätte man ihr sowieso versagt. Einem Mischling half man nicht in Paskania.

Sie löste den Gurt und schwang ihre Beine vorsichtig über den Rand der Liege. Trotzdem drehten sich die Wände um sie herum, während der Boden die Konsistenz eines Strudels besaß. Neben der Koje entdeckte sie Kleidung. Aus der Tasche der Jacke lugte die Zeichnung, die Diego ihr bereits gezeigt hatte. Da es zu mühselig war stehen zu bleiben, sank sie auf die Knie und zog sich die sumarischen Gewänder über, bestehend aus einem engen dunkelgrünen Shirt und einer Hose in der gleichen Farbe. Das Material schmiegte sich an ihre Haut. Ein Blick nach unten bestätigte ihr, dass der Stoff ihre Brüste beinahe obszön betonte. Ihre Nippel drängten gegen das Hemd. Fröstelnd rieb sie sich die Oberarme. Fia schlüpfte in die weichen Stiefel, die – den vergessenen Heiligen sei Dank! – wie angegossen passten. Daneben lag die Kopfbedeckung, das legendäre Kilta, das das Gesicht bedeckte und schützte. Fia zog das Papier aus der Jackentasche.

Nach ein paar Minuten gelang es ihr, aufzustehen. Sie fiel auf den Pilotensitz und sackte in sich zusammen. Ihr Hals pochte grauenvoll. Sobald sie die Haut betastete, spürte sie den Sender deutlich. Die leichte Berührung reichte, um ihr einen Schrei zu entreißen. Zornig wischte sie sich Tränen von den Wangen.

Fia war es gewohnt, auf sich selbst aufzupassen. Irgendwie würde sie auch diese Mission überstehen. In der Halterung neben dem Sitz stand ein Behälter mit Wasser. Gierig leerte sie den Inhalt, und der Schwindel trat in den Hintergrund. Ächzend richtete sie sich auf und studierte ratlos die Instrumente.

Das Artefakt befand sich laut Diego in einer Tempelanlage tief verborgen in den Wäldern der Outlands, die zwar seit Jahrhunderten keine religiösen Anhänger mehr hatte, doch ihre Schätze wurden gut bewacht von Sumariern sowie einer ausgeklügelten Technologie.

Irgendwas empfand sie als seltsam an Diegos Erklärungen. Fias Gefühl sagte ihr, dass er sie belogen hatte, sowohl was die Tempelanlage anging, als auch über den Grund, wieso er ausgerechnet sie ausgewählt hatte. Wenn es ihm wirklich nur um einen geschickten Dieb ginge, hätte er jemand anderen wählen können, der bereitwillig mit ihm kooperiert hätte. Ihr Instinkt brüllte förmlich in ihrem Kopf, dass er es nur auf ihre Magie abgesehen hatte und genau wusste, wozu sie imstande war. Diego war ihr in dieser Hinsicht voraus. Fia verblieb nur zu hoffen, dass seine Unwahrheiten sie nicht noch weiter ins Verderben stürzten. Sie betrachtete den Zettel, auf dem eine Schatulle mit einer eingravierten Schlange abgebildet war. Sie hatte nicht die geringste Ahnung, zu welchem Zweck der Gegenstand gut war und was der Warlord damit anfangen wollte. Es konnte nichts Gutes sein, so viel war sicher. Diego war ein Mörder, der die hohen

Beamten auf Paskania in der Hand hatte. Entweder bestach oder erpresste er sie, abhängig davon, was vorteilhafter für ihn war. Jeder wusste es, aber niemand traute sich, gegen ihn vorzugehen. Er war der eigentliche Herrscher ihrer Welt. Paskania lag in Trümmern. Das, was der Krieg nicht geschafft hatte, erreichten sie selbst. Sie vernichteten nach und nach, was noch übrig war, anstatt die Fragmente aufzubauen und Frieden mit den Sumariern zu schließen. Einzig Nadena, eine der Obersten, war bereit, mit den Sumariern zu verhandeln. Fia befürchtete, die anderen Machthaber planten, sie aus dem Weg zu räumen. Ihnen ging es nicht um das Wohlergehen von Paskania, sondern nur um den eigenen Geldbeutel.

Frustriert richtete sie ihre Aufmerksamkeit auf den Gleiter, der schon bessere Tage gesehen hatte. Nicht, dass sie jemals vorher geflogen war. Einen Moment faszinierte sie die Welt, die unter ihr vorbeiraste. Doch der Anblick verstärkte die Übelkeit.

Das Einzige, was sie in dem Shuttle bedienen konnte, war der Knopf des Autopiloten, der sie wieder nach Paskania zurückbringen würde, wenn sie ihn drückte. Ein von Diego angebrachter Zettel prangte darauf, der ihr sagte, dass sie ihn drücken sollte, wenn sie zurückkehren wollte.

Umsichtiger Bastard.

Da sie nicht wusste, wie lange der Flug andauern würde, wollte sie die Zeit nutzen, um sich auszuruhen. Ihr Körper schmerzte unglaublich. Ihr Hals erweckte den Eindruck, als ob ein Feuerkäfer in ihren Adern herumkroch. Wenigstens hatten sie ihr ausreichend Wasser und Nahrung mitgegeben. Sie knabberte an einem Stück Brot herum und ging zur kleinen Koje im hinteren Bereich des Gleiters zurück. Fia rollte sich zusammen. Erinnerungen an Jos überfluteten sie, wie er sie vor all den Jahren bei einem Diebstahl erwischt hatte. Es war das erste Mal gewesen, dass man sie schnappte, zugleich ihr letzter Auftrag, das stellte Jos sicher. Jos, ein Mitglied der Garde, hatte sie seit Monaten beobachtet, sich in sie verliebt und sie erpresst, mit ihm den Lebensbund einzugehen. Fias Hass wandelte sich schnell in Verbundenheit, weil Jos sie umgarnt und mit Zärtlichkeit überschüttet hatte, die sie aufsog wie ein Schwamm, nach der kalten Atmosphäre des Waisenhauses, die ihr noch immer ein Schaudern den Rücken entlangjagte. Sie war als junges Mädchen von diesem eisigen Ort geflohen, sobald sie sich stark genug gefühlt hatte. Fia hatte auf die harte Weise gelernt, auf sich selbst aufzupassen.

Ihre Liebe zueinander war echt, sogar über seinen Tod hinaus. Ein Teil von ihr war mit ihm gestorben, als er bei einem Gefecht auf einem Außenposten umkam, der nahe am Grenzgebiet der Todeszone zu Sumaria lag, eines der wenigen bewaldeten Gebiete ihrer Heimat. An jenem Ort lagen die Grasebenen, auf denen sie Suno gefunden hatte. Es hatte sie immer wieder zu der Stelle gezogen, an der Jos den Tod gefunden hatte. Piraten hatten die Station überfallen. Jos' Verlust war sinnlos gewesen, denn dort gab es nur dichten Dschungel und keine wertvollen Ressourcen, die einen Angriff gerechtfertigt hätten. Energisch untersagte sie sich, zu weinen. Das brachte nur zusätzliche Kopfschmerzen, die sie bereits jetzt mitleidslos plagten. Zu dem Feuerkäfer gesellten sich welche mit Hämmern, um sich in ihren Schläfen auszutoben. Mit einem Seufzer schloss sie die Augen und zwang ihre Überlegungen auf die Mission. Alles, was zählte, waren das Artefakt und Suno. Sie würde es nicht überleben, sollte ihr Seelentier sterben. Es war eine geheimnisvolle Verbindung, die aus der alten Welt stammte, und die sie selbst nicht verstand. Ebenso wenig wie ihre Fertigkeit, sterbende Pflanzen durch ihre Berührung zu retten. Magie war ausgestorben bei den Paskaniern, doch Fia trug die Fähigkeiten in sich. Sie war so wachsam gewesen, war dem Irrtum erlegen, dass sie ihre Begabung verborgen halten könnte. Sie hatte geahnt, was die Paskanier ihr antun würden, falls sie ihre Kräfte entdeckten – sie hatte Gerüchte über geheime Versuchslabors gehört, die Schrecken enthielten, die Fias Vorstellungskraft sprengten.

Trotz aller Vorsicht wusste Diego von ihrer Veranlagung. Er hatte sie wahrscheinlich monatelang ausspioniert. Ihre Verzweiflung stieg an, sobald sie daran dachte, wer es noch wissen könnte und was Diego noch mit ihr vorhatte. Was, wenn er sein Versprechen nicht erfüllte, sondern sie wie eine Gefangene hielte und sie fortwährend erpresste zu tun, was er verlangte? Oder sie den Behörden übergab?

Mit einem Schrei auf den Lippen schreckte Fia aus dem unruhigen Schlaf. Sie wünschte sich, sie wäre nicht aufgewacht. Der Gleiter bockte und schlitterte, während gleißendes Licht um ihn herumzuckte, begleitet von lautem Donner. Sie warf sich in den Pilotensitz, legte den Gurt um und starrte auf Baumwipfel, die auf sie zurasten. Ein Blitz traf das Shuttle, das auf eine Baumlinie zuschlingerte und sich dem Ufer eines Sees näherte. Fia krallte ihre Finger in das Polster, betete, dass der Flieger nicht ins Wasser krachte, sondern auf dem schmalen Streifen Sand stoppte. Sie konnte nicht schwimmen. Der Gleiter knallte auf den Boden und kam schlitternd zum Stillstand. Dicke Baumstämme ragten vor seiner Nase auf. Einen halben Meter weiter und ihr Herz würde nicht mehr versuchen, aus ihrer Brust zu springen.

Reiß dich zusammen. Zeit ist kostbar.

Nach einigen Anläufen gelang es ihr endlich, ihre zitternden Hände dazu zu bewegen, den Gurt zu lösen. Tief atmete Fia durch. Das Gesicht von Jos schwebte so lebendig vor ihren Augen, als ob sie sich gerade von ihm verabschiedet hätte. Ruhe erfasste sie, als ob er bei ihr wäre. Der Luxus von Furcht war ihr nicht vergönnt und könnte ihren Tod bedeuten, dem sie eben so knapp entgangen war. Sie umschlang ihren Kopf mit dem Kilta, das, obwohl es aus einem leichten Material bestand, doch undurchdringlich wie grosamischer Stahl war. So sehr es ihr missfiel, die Tracht des Feindes zu tragen, war sie froh, denn es würde sie vor dem starken Regen schützen.

Auf den ersten Blick könnte man sie für eine Sumarierin halten. Mit einem Seufzer richtete sie sich auf, versuchte, nicht auf den Schmerz zu achten, der noch immer in ihrem Hals wütete. Diego hatte ihr nicht den Komfort eines kleineren, modernen Senders zugestanden.

Sadistischer Bastard.

Zudem war sie so gut wie waffenlos, nicht einmal eine Energiepistole hatte er ihr gelassen. Das erschien seltsam, wenn sie die Männer in Betracht zog, die die Tempelanlage angeblich bewachten. Mit Energiepistolen war es möglich, den Gegner außer Gefecht zu setzen, ohne ihn zu töten. Fia verdrehte die Augen. Ihre einzigen Waffen waren ein karylischer Dolch und ihr Körper. Ihr verblieb nur zu hoffen, dass sie nicht verlernt hatte, mit den Schatten zu verschmelzen. Anders, als Diego dachte, war diese Fähigkeit auf Übung zurückzuführen.

Bevor sie den Feinden in die Hände fiel, besaß sie die Option, sich das Messer in die Kehle zu rammen. Aktiv ausgetragene Schlachten waren zwar lange vorbei, doch Feindseligkeit war tief in den Völkern verwurzelt. Soweit sie wusste, fanden nur Scharmützel in den Grenzgebieten statt, jedoch reichte es, um den stillen Konflikt aufrechtzuerhalten. Es war eine besondere Art von Krieg. Eine unüberwindliche Schallmauer trennte beide Welten voneinander. Davor und dahinter lag die Todeszone. Sie vermochte nur zu raten, wie es Diego gelungen war, an einen sumarischen Gleiter zu kommen, der keinen Alarm auslöste. Auf ihrer Hälfte von Sumapask gab es kaum noch Technologie, die für den größten Teil der Bevölkerung zugänglich war. Es sei denn, man war reich und mächtig, gehörte den Behörden an und bezahlte für die Annehmlichkeiten. Auf Sumaria sah es anders aus, hatte sie gehört. All das war den Paskaniern vor Jahrzehnten von den Sumariern geraubt worden. Sie hatten das Bewässerungssystem vernichtet. Seitdem versandete Paskania immer mehr. Und was die Sumarier an Zerstörung nicht geschafft hatten, erledigten die Paskanier selbst, indem sie sich gegenseitig unterdrückten und sich bestahlen.

Fia öffnete die Luke und drückte ihre Schultern durch. Es machte wenig Sinn, den ersten Schritt aufzuschieben. Wenn sie hier herumlungerte, könnten Wachen des Außenpostens sie entdecken und sich nicht mit einem flüchtigen Blick aus der Ferne begnügen. Mit einem Seufzer trat sie in den Sturm, und Regen prasselte auf sie nieder. Kostbares Wasser, das sie auf paskanischer Seite begrüßt hätte. Fia schulterte den Wetterrucksack, der Werkzeug enthielt, das besser geschützt war als sie, und rannte in den dichten Wald hinein. Sie blickte auf das Ortungsgerät an ihrem Handgelenk und schlug die angezeigte Richtung ein, so wie Diego es ihr erklärt hatte. Nach einigen Metern war alles außer ihrem Kopf durchnässt. Dieses Kiltading erschien ihr doch nicht so verkehrt.

Ihre nasse Kleidung war jedoch nicht das einzige unangenehme Gefühl, das sie plagte. Fia verharrte hinter einem dicken Baumstamm. Jemand verfolgte sie, jagte sie, und sie bezweifelte, dass es ein Mensch war. Sie hatte keine Ahnung, was für Kreaturen in Sumaria existierten. Aber was immer es war, es wollte sie bestimmt nicht freundlich begrüßen, höchstens genüsslich fressen. Sie tastete nach dem Dolch. Um sie herum wucherte undurchdringlicher Wald. Unter anderen Umständen hätte sie die goldbraunen Bäume bewundert, die leuchtend rote, gefederte Blätter trugen. Tiefgrüne samtige Farne mit orangefarbenen Spitzen bedeckten hüfthoch den Boden. So sehr sie sich bemühte, durch das Dickicht zu sehen, der Jäger blieb verborgen.

Sie atmete tief ein, um ihren Herzschlag zu beruhigen. Jeder Prädator roch Furcht meilenweit. Was nutzte einem Wissen, wenn man seinem Körper hilflos ausgeliefert gegenüberstand? Einem menschlichen Raubtier vermochte sie zu entkommen, aber nicht einer Kreatur, deren Sinne so viel effektiver waren als ihre. Die glatten Stämme boten keinen Halt. Die Äste ragten zu hoch über den Waldboden. Ein gleißender Blitz erhellte den Wald, und sie glaubte, für einen Sekundenbruchteil etwas zu erkennen, was kein Tier war. Ein Sumarier? Hatten sie ihre Spur bereits aufgenommen, bevor ihre Mission richtig losging? Sie setzte alles auf eine Karte und bewegte sich lautlos aus der Deckung. Um sie herum rauschte der Farn, und der Sturm donnerte durch die Baumwipfel. Mit weit ausholenden Schritten drang sie tiefer in die Wildnis vor.

Und dann hörte sie es hinter sich. Wo immer es herkam, es gab seine Bemühungen auf, sich zu verbergen. Es kam näher, verkürzte mühelos die Distanz zu ihr. Wegrennen erschien sinnlos. Fia zog den Dolch aus der Scheide und drehte sich um, die Bewegung genauso fließend, wie Zorgan es ihr beigebracht hatte, um allein in den Straßen von Ladur zu überleben. Ein Blitz tauchte die Bestie in ein unheimliches Licht. Selbst romantischer Kerzenschein hätte nicht verborgen, was für ein grauenvolles Wesen sie verfolgte. Es lief auf zwei Beinen. Graue Haut überzog einen kräftigen Körper, an dem Fetzen von Kleidung hingen. Überall platzte die Haut auf, sodass eine gelbliche Flüssigkeit aus den Wunden sickerte. Wahnsinn schimmerte in seinen verschleierten Pupillen. Obwohl Fia wusste, dass es aussichtslos war, lösten sich Worte aus ihrer Kehle, flehten das Monster um ihr Leben an. Es stand mit bebenden Nasenflügeln einen Meter von ihr entfernt und stieß einen Laut aus, der gegen sie prallte, dermaßen unmenschlich wirkte er. Die Kreatur ähnelte einem Monster aus den Tiefen eines Albtraums und nicht einer intelligenten Lebensform, deren Dasein auf Logik aufbaute. Instinkte trieben dieses Ding an. Und im Moment war Hunger sein Antrieb.

Fia spannte ihre Muskeln an, bewegte sich aber ansonsten nicht. Die Bestie schnellte nach vorn und riss das Maul auf. Solche Zähne hatte sie höchstens schon einmal bei einem Gatak gesehen. Sie waren nicht dazu gedacht, etwas zu kauen, sondern um zu töten. Fia rammte ihm den Dolch mitten in die Brust und wich in einer fließenden Bewegung nach hinten aus. Doch das stinkende Etwas schien weder den Schmerz zu spüren noch reagierte es auf irgendeine Weise auf die Klinge. Es sprang sie an und stieß sie zu Boden. Sie hielt den Unterarm vor seine Kehle, versuchte es davon abzuhalten, sie in den Hals zu beißen. Denn genau das war seine Absicht. Es war stark, und ihre Kraft schwand. Das Ding packte mit einer Hand ihr Handgelenk, drückte so fest zu, dass sie das Knirschen ihrer Knochen hörte.

Und der Ausdruck in den Augen!

Sie wollte den Tod nicht sehen, und ihre Lider flatterten zu. Es war nur eine Frage von Sekunden, bis es beginnen würde, sie zu fressen. Es zerrte ihr das Kilta vom Kopf, und Fia wappnete sich gegen den Schmerz, obwohl sie wusste, dass es nicht helfen würde. Ihr verblieb nur die Hoffnung, dass es schnell ginge.

Rasul roch Nanghal, bevor er ihn sah. Selbst der Regen vermochte den Gestank nicht zu beseitigen. Das, was von dem stolzen Kämpfer übrig war, lag kreischend und um sich schnappend auf einer Frau.

Verdammter Mist! Hoffentlich hatte er sie nicht verletzt. Vielleicht war es noch nicht zu spät. Drugal stieß einen Schrei aus, doch die Bestie reagierte nicht, zu gefangen war sie in ihrem Fressrausch. Sie konnten ihn nur töten, indem sie ihm den Kopf abschlugen, aber es war zu riskant, solange er auf ihr lag. Sein Blut könnte in ihre Augen spritzen und sie verseuchen.

Drugal sprang mit einem Satz seitlich auf den Infizierten zu, mit einer solchen Wucht, dass er von seinem Opfer flog. Der Krieger rollte sich fließend ab und stand innerhalb eines Wimpernschlages sicher auf den Füßen. Sobald Nanghal sich aufrichtete, köpfte Rasul ihn mit einer geschickten Bewegung.

Drugal packte die Frau an den Armen, die sie anstarrte, als wären Geister vor ihr aufgetaucht. Sie mussten rasch handeln. Der mickrigste Kratzer zog eine Infizierung nach sich. Sie würde sich zwar nicht in eine wahnsinnige Kreatur wie Nanghal verwandeln, doch in einen lebenden Schatten ihrer selbst. Sie konnte die Krankheit übertragen, und ihnen bliebe dann keine andere Wahl, als sie zu töten. Am besten brachte Rasul es schnell hinter sich, ehe die Kleine den Schock überwunden hatte. Tabith fasste ihre Beine. Die Krieger hielten sie in einem eisernen Griff.

Rasul kniete sich zu ihr und streichelte über ihre bronzefarbene Wange. Er weigerte sich, sie näher zu betrachten, sie mental an sich heranzulassen. Dazu war gleich Zeit, wenn sie nackt vor ihnen lag und hoffentlich unversehrt war. Sie hatte die grünsten Augen, die er jemals gesehen hatte. Eine Träne löste sich aus ihren Augenwinkeln.

Reiß dich zusammen.

„Bleib ruhig, Flora. Wir wollen uns nur überzeugen, dass du unverletzt bist."

Erstaunlicherweise waren an Händen, Armen und Gesicht keine offenen Wunden. Rasul hoffte, dass der Rest ebenso unbeschadet war. Sie atmete schnell und spannte ihren Körper an, presste die Lippen aufeinander in dem vergeblichen Versuch, ihre Angst zu kontrollieren. Ein Zittern lief ihren Leib entlang - über ihren schrecklich verführerischen Leib, sofern er es beurteilen konnte. Rasul zog seinen Energiedolch aus der Scheide, und wimmernd kämpfte sie gegen den Halt der Männer an. Nicht, dass es ihr etwas genutzt hätte. Wenn Drugal und Tabith es nicht wollten, würden sie den Griff nicht einmal um eine Haaresbreite lockern.

„Ich verletze dich nicht."

Tabith warf ihm einen erstaunten Blick zu. Rasul wusste selbst nicht, wieso er sich die Mühe machte, sie zu beruhigen. Wahrscheinlich musste er sie gleich töten, und es würde ihm nur schwerer fallen, sollte sie um ihr Leben flehen.

Er zerschnitt die Träger des Rucksacks, und sie kniff die Lider zu. Rasul konnte es ihr nicht verdenken. Es war leichter nicht zu sehen, wie man starb. Er zog den Rucksack unter ihr hervor und öffnete den Verschluss der Jacke. Darunter kamen die Konturen ihres äußerst vollen Busens zum Vorschein, der gegen das enge Shirt presste. Sie fror.

Konzentrier dich!

„Rühr dich nicht, ich möchte dich nicht schneiden."

Er aktivierte die Klinge und führte sie über das dünne Material. Es zerschmolz, sobald er es berührte. Gut, keine offenen Verletzungen, nur Blutergüsse.

Herrliche Nippel! Sie waren von einem goldenen Braun und krönten ihre entzückenden Brüste. Drugal traf seinen Blick und zog die Augenbrauen hoch. Er sah die Bewegung unter dem Kilta, das wie eine zweite Haut auf dem Gesicht lag. Ihre Augen flogen auf, und Zorn ersetzte die Angst.

„Fass mich nicht an, du schleimige Hinterlassenschaft eines Dungkäfers."

Das kam so überraschend, dass er ebenso schnaubte wie seine Freunde. Sie bäumte sich auf. Eigentlich war es unnötig, ihr die Hose auszuziehen, weil sie im Gegensatz zu Jacke und Hemd unzerrissen war. Aber sie mussten sichergehen. Drugal grinste ihn an, und seine Pupillen funkelten. Die Anspannung wich spürbar. Was für eine verführerische Beute war ihnen ins Netz gegangen! Die ovalen Gesichtszüge sowie die leicht schräg stehenden Augen wiesen auf paskanisches Blut hin. Doch ihre Augenfarbe und ihr Körper deuteten auf eine ganz andere Herkunft hin. Niemals zuvor hatte er eine dermaßen ungewöhnliche Hautfarbe gesehen. Sie ähnelte einer Bronzestatue. Ihr Akzent war paskanisch, jedoch waren ihre üppigen Brüste und die verflucht weiblichen Hüften eindeutig nicht auf diese Gataks zurückzuführen. Ob ihr Arsch ebenso einladend war? Dazu gemacht, die feste Hand ihres Sires zu spüren? Er beugte sich zu ihr herab, und sie schnellte mit dem Kopf nach oben, in dem Versuch, ihm die Nase zu brechen. Es wäre ihr auch gelungen, wenn er nicht durch das Kilta geschützt gewesen wäre.

Sie hatte ihn überrumpelt! So ein verführerisches Biest!

Schmerz durchfuhr ihre Stirn an der Stelle, wo sie ihn getroffen hatte. Er packte ihr Kinn und hielt es in einem unerbittlichen Griff. In seinen Augen glitzerte … Belustigung. Fia hatte damit gerechnet, dass er sie ins Gesicht schlagen würde. Sie war dem Feind in die Arme gelaufen, der offenbar plante, sie im strömenden Regen zu vergewaltigen. Die Männer hatten die Kreatur getötet, mit einer Schnelligkeit und Effizienz, die ihr klar aufzeigten, mit wem sie es zu tun hatte. Ob sie unter den Kiltas genauso grauenvoll aussahen wie das Monster? Wenigstens stanken sie nicht. Auch waren die intensiven blauen Augen, die sie zu durchbohren schienen, nicht verschleiert.

„Das hättest du nicht tun sollen, kleine Sklavin."

Seine fließende Stimme erinnerte Fia an das Fell einer Samtkatze, und sie wirkte ebenso tödlich wie die Katzen der Nacht. Das Opfer bemerkte die Gefahr erst, wenn das Raubtier es aus dem Hinterhalt ansprang.

„Ich bin keine Sklavin!", würgte sie hervor. Lieber würde sie sterben, als dieses unwürdige Schicksal zu erleiden. Am besten provozierte sie die herzlosen Bastarde, damit Fia es schnell hinter sich brachte und die Sumarier ihr in Rage einen gnädigen Tod schenkten.

„Rasul, anscheinend hast du endlich den Wildfang gefunden, nach dem du dich sehnst", sagte der Kerl, der ihre Arme hielt.

„Meinst du, Drugal? Mal sehen, ob der Rest von der Sklavin hält, was die Brüste versprechen. Ob ihr Arsch meine Hand aushalten kann, wenn ich sie züchtige?“

Was? Er wollte sie erst schlagen und dann vergewaltigen. Ihr Leid hinausziehen, bis sie innerlich starb.

Er fasste nach dem Bund ihrer Hose und öffnete einen Knopf nach dem anderen, obwohl sie sich aufbäumte. Der Griff der Mistkerle lockerte sich nicht.

„Bitte, tötet mich. Bitte. Bitte.“ Sie stieß die Worte hervor und bemühte sich, nicht in Tränen auszubrechen. Für Tränen war jetzt kein Platz. Er zog sich die Handschuhe aus. Aberwitzigerweise empfand sie die Geste als bedrohlich.

Die azurblauen Augen sahen sie schockiert an. Alles in ihr verlangte danach, Rasuls Gesicht zu sehen. Ein Gesichtsloser sollte sie nicht töten und mit ihr die letzten Sekunden verbringen. Seine Knöchel fühlten sich heiß auf ihrer kalten Haut an. Er nahm das Messer in die Hand, und sie dachte, er würde ihr Flehen erhören. Doch er tat etwas viel Schlimmeres. Er zertrennte ihre Hose, und ihr verblieb lediglich ein weißes Höschen, das durch den strömenden Regen nichts mehr verbarg. Sie spürte förmlich seinen flammenden Blick auf ihrem Geschlecht. Rasul legte seine Handfläche auf den dünnen Stoff, die wie glühende Kohlen wirkte.

„Ein höchst verführerischer Anblick, Sklavin. Ich freue mich bereits darauf, deine Knospe zu stimulieren, bis deine Säfte fließen.“ Er setzte die Klinge unter den Bund, und Fia verharrte stocksteif.

Was, wenn er sie dort schnitt und sie anschließend missbrauchte? Ihr unglaubliche Schmerzen zufügte, die den Tod wie eine Liebkosung aussehen ließ? Ein Beben lief ihren Körper entlang. Niemals zuvor war sie von einer dermaßen intensiven Furcht befallen worden. Nicht einmal, als Jos sie in der Arrestzelle verhört und sie nicht gewusst hatte, dass er ihr nichts antun wollte.

Plötzlich sprangen die Männer auf, die Bewegungen synchron, als sie ihre Schwerter zogen. Fia lag einen Augenblick zu erstarrt da, um sich zu rühren. Dann richtete sie sich langsam auf. Vier Gestalten taumelten auf sie zu. Sie sahen zwar nicht so grauenvoll aus wie die Kreatur, die sie angefallen hatte. Doch auch sie wirkten nicht gesund. Die Sumarier griffen gleichzeitig an. Fia löste sich endlich aus der Starre, schnappte sich ihren Rucksack und rannte so schnell sie ihre Stiefel trugen in das Dickicht hinein. Wenn sie es schaffte, genügend Distanz zwischen sich und die Feinde zu bringen, könnte es ihr gelingen, zu entkommen.

Bereits nach wenigen Schritten hörte sie ihn hinter sich. Sie hatte keine Zeit mehr sich zu verbergen, dazu reichte die Entfernung nicht, und ihr

Körper befand sich in Aufruhr. Sie atmete dermaßen laut, dass selbst ein halbtauber Molch sie mühelos aufspüren könnte.

Shitak! Das waren durchtrainierte, kampferprobte Krieger, und im freien Lauf würde sie ihn niemals abschütteln. Ihre Instinkte sagten ihr, dass es Rasul war, der sie verfolgte. Er hatte sie mit einer Lust angesehen, die ihr noch immer Hitze in das Geschlecht jagte, bei der leisesten Vorstellung, was er für sie im Sinn hatte. Sie würde nicht als Küchensklavin enden, so viel war sicher. Obendrein war er nicht auf ein kurzweiliges Vergnügen aus, vielmehr würde er dafür sorgen, dass sie auf seine Bemühungen reagierte, auf welche Weise er sie auch ausführte. Das hatte sie in seinen Augen gesehen. Was für eine Wirkung besäße er, wenn sie das gesamte Paket zu Gesicht bekam? Er wollte erst mit ihr spielen, bevor er sie tötete. Erneut überwältigten sie die Gerüchte über die Sumarier, dass sie sich darauf verstanden, Qual in Begierde zu verwandeln.

Die Baumkronen wuchsen hier tiefer. Zweige peitschten gegen ihre ungeschützte Haut.

Der verdammte Sender in ihrem Hals sandte Schmerzwellen durch ihren Körper. Sie könnte die mörderische Geschwindigkeit nicht mehr lange halten. Wozu das Unausweichliche aufschieben? Sie blieb abrupt stehen, bückte sich nach einem Ast und wirbelte herum. Rasul war bereits bei ihr, umklammerte mit einer starken Hand die nutzlose Waffe, drehte sie, sodass sie den Ast loslassen musste, weil er ihr sonst das Handgelenk gebrochen hätte, das ohnehin schmerzte. Fia verlagerte das Gewicht gleichmäßig auf beide Füße, schnellte mit einem Bein vor und visierte sein Knie an. Nur Idioten zielten auf den Schritt eines dermaßen überlegenen Kämpfers, zu groß war die Gefahr, dass er ihren Knöchel packte. Doch Rasul sah es voraus, wich lässig zur Seite aus, und plötzlich lag sie unter ihm auf dem Boden. Er stützte ihren Nacken, bewahrte ihren Kopf davor, aufzuschlagen. Rasul griff in ihr Haar und beugte sich zu ihr herab. Diesmal konnte sie nichts tun, denn niemals wäre sie in der Lage, sich aus seinem Halt zu befreien. Seine Augen leuchteten unglaublich blau und starrten sie mit einer Mischung aus Belustigung und Begierde an. Sie wirkten ganz anders, als sie es sich vorgestellt hatte. In ihnen glitzerten weder Wahnsinn noch Hass, nicht einmal Wut. Wie sah er ohne die Kopfbedeckung aus? Sie glaubte nicht, dass diese wunderschönen Augen zu einer Fratze des Grauens gehörten. Die Konturen, die sie sah, ließen Besseres erahnen. Erst jetzt spürte sie die Kälte des nassen Waldes, weil Rasuls Hitze in ihren Körper drang, besonders an der Stelle, die zwischen ihren Beinen lag. Dort war er nicht nur heiß, sondern auch hart. Wenn er wollte, könnte er sie schänden, so mühelos, wie man eine Fliege erschlug. Mit einer Hand löste er das Kilta, und sie schluckte spürbar, als er es sich vom Kopf zog. An ihm war nichts Grauenvolles. Er besaß überaus maskuline Gesichtszüge, mit einer starken Nase und schmalen Lippen. Unglaublich schwarze, lange Wimpern umrahmten seine Augen. Nachtschwarzes Haar, das sein Gesicht umgab – so sah der Feind aus.

Sanft berührte sein warmer Mund ihren. Die überraschend zärtliche Geste raubte ihr den restlichen Atem, über den sie noch verfügte. Um mit der Zunge einzudringen, war er zu schlau, doch sie wünschte sich, er würde es tun.

War sie von Sinnen?! Sie versuchte, den Kopf wegzudrehen, und er grinste sie an.

„Das gehört sich für eine Sklavin nicht."

„Ich bin keine Sklavin, du nichtsnutziger Bolok."

Rasuls schwarze Augenbrauen schossen nach oben, und sein Blick wurde lustvoller. Er richtete sich auf und legte eine starke Handfläche auf ihren rechten Busen, massierte ihn gekonnt und zwickte die geschwollene Knospe. Sie musste ihre Lippen zusammenpressen, um das Stöhnen zurückzuhalten. Wieso nur reagierte die verräterische Spitze mit Begierde, die direkt in ihr Geschlecht raste? Bei Diegos Berührung hatte ihre Haut gekribbelt, als ob sie den ekelhaften Fingerkuppen ausweichen wollte. Bei Rasul spürte sie genau das Gegenteil. Unbewusst drängte Fia sich ihm entgegen. Seine Mundwinkel verzogen sich spöttisch, bevor er den Kopf senkte und den Nippel in seinen heißen Mund saugte, geschickt mit der Zunge die pochende Brustwarze umkreiste und dann leicht hineinbiss.

Diesmal entwich ihr ein Keuchen, das sich sogar in den eigenen Ohren lustvoll anhörte. Er ließ von ihr ab und grinste sie an. Kälte umfloss die sensible Knospe, zeigte ihr deutlich, wie sehr Rasuls *Bemühungen* sie erregten.

„Ein höchst empfindsamer Körper. Wie geschaffen für mich, Sklavin."

Bei den verlorenen, vergessenen Heiligen! Fia schrie empört auf und kniff ihm in die Seite, derweil sie nach Luft schnappte; zu intensiv fühlte sie es noch immer. Er zuckte nicht einmal zusammen.

„Dich zu erziehen wird mir eine besondere Freude sein, Sklavin", wisperte er an ihrem Ohr. „Dich zu nehmen, während ich dich zähme, wird dir ebenso gefallen wie mir. Ich freue mich bereits jetzt auf deine Schreie, nicht alle werden ihren Ursprung im Schmerz haben." Unvermittelt löste er sich von ihr und zog sie auf die Füße. „Tabith, hast du ein Halsband dabei?"

Was für ein arroganter Arsch!

Und doch ahnte sie, dass er mit Leichtigkeit seine Versprechungen in die Tat umsetzen würde. Rasuls Arroganz war verdient.

„Selbstverständlich, mein Prinz."

Mein Prinz? Natürlich musste es ein Prinz sein, der über genug Ressourcen verfügte, um sie zu unterwerfen.

Die Männer vermochten sich ebenso lautlos zu bewegen wie sie. Sie hatte weder Tabith gehört, als er sich genähert hatte, noch Drugal.

Tabith holte ein ledernes Exemplar aus der Innenseite seiner Jackentasche. Ein Ring war an der Vorderseite angebracht.

Oh, bitte nicht.

„Bitte tötet mich." Sie wich zurück.

Rasuls Blick bohrte sich in sie. Er packte ihre Handgelenke und hielt sie so, dass Tabith das Halsband befestigen konnte. Sie wimmerte vor Schmerz auf, als es ihren Hals berührte und mit dem Sender in Kontakt kam. Zu ihrem Erstaunen löste der Krieger die Schnalle und betastete leicht ihre Haut.

„Was hast du da?" Selbst Tabiths Fingerkuppen schmerzten, während er sanft über die Stelle strich. „Sie trägt einen altmodischen Sender. Wir müssen ihn schnellstmöglich entfernen. Das Ding könnte sie umbringen."

Fias Beine gaben beinahe nach. Die Sumarier würden sie aufschneiden, sich an ihr rächen und sie langsam töten.

„Wir erledigen es im Shuttle." Rasul sah sie intensiv an. „Schwöre mir, dass du keinen Fluchtversuch unternimmst, Sklavin. Dann erlasse ich dir das Halsband und fessele dich nicht."

Sie würde nichts gewinnen, nur verlieren, wenn sie stur bliebe. „Ich schwöre es", würgte sie hasserfüllt hervor.

Ein flammender Hieb traf sie auf die Rückseite ihrer Oberschenkel.

„Ein weiterer solcher Tonfall aus deinem Mund, Sklavin, und ich sorge dafür, dass du dir wünschst, du hättest niemals sprechen gelernt. Entschuldige dich bei Rasul. Auf den Knien", wisperte Drugal an ihrem Ohr. Der Kerl besaß eine Stimme wie Glassplitter.

Als sie nicht sofort gehorchte, zwang Drugal sie so mühelos, als wäre sie ein Kind, in die gewünschte Haltung, indem er mit dem Knie gegen ihre Wirbelsäule presste und ihren Kopf an den Haaren in den Nacken zog. „Tu es, oder ich ziehe dir das Höschen aus und bearbeite deinen Arsch, bis er glüht."

Glasklar hörte sie, dass er es nur zu gern machen würde.

„Es tut mir leid." Fia erstickte fast an den Worten.

Zu ihrem Erstaunen zog Rasul seine Jacke aus, legte sie ihr um die Schultern und half ihr hinein. Mit ruhigen Händen knöpfte er sie zu. Das Kleidungsstück reichte ihr bis zu den Knien. Aber es war kein Wunder, weil die Kerle sie deutlich überragten. Drugal lief vor ihr, Tabith hinter ihr, und Rasul blieb an ihrer Seite.

Ihr schlimmster Albtraum war wahr geworden, sie war dem Feind als Kriegsbeute in die Hände gefallen, um ihr restliches Dasein als Sklavin zu erleiden, die misshandelt, vergewaltigt und schlussendlich getötet wurde. Nicht nur sie war verdammt, auch Suno war bereits so gut wie tot. Diego würde ihn umbringen, sobald der Sender kein Signal mehr aussandte. Die Sumarier würden ihr Fleisch unbetäubt aufschneiden, um das Gerät zu entfernen. Wenn sie Glück hatte, überlebte sie die Prozedur nicht. Sie stolperte, und Rasul fing sie auf, hielt sie mit starken Händen, die ihr gleich unglaubliche Schmerzen zufügen würden.

Gegen die Tränen, die hinter ihren Lidern lauerten, konnte sie ebenso wenig tun wie gegen den Regen, der unerbittlich auf sie niederprasselte.

„Habt ihr die Überreste der Infizierten verbrannt?", fragte Rasul.

„Ja, und die Erde desinfiziert", antwortete Tabith. „Eine Einheit ist bereits unterwegs, um das Gebiet zu durchkämmen."

Infizierte?

Viel zu schnell erreichten sie eine kleine Lichtung, auf der ein sumarischer Gleiter stand. Im Gegensatz zu ihrem Gefährt war dieses ein neues Modell. Alles in ihr zerbrach bei dem Gedanken, es zu betreten, sich mit ihrem Schicksal abzufinden. Fia blieb abrupt stehen, weil intensiver Schwindel sie befiel.

Was für eine Ironie!

Lebensspendendes Nass prasselte auf sie nieder, und sie war zum Sterben verurteilt. Nicht einmal ein rascher Tod war ihr vergönnt. Rasul hob sie auf die Arme, mit einer Leichtigkeit, als ob sie nichts wiegen würde. Er trug sie in das Shuttle und stellte sie auf die Füße. Tabith hielt sie an den Schultern, während Rasul die Jacke aufknöpfte. Rasul setzte Fia auf eine Liege und hockte sich vor sie, um ihre Stiefel auszuziehen. Sanft umfasste er ihre Waden und löste die Schnüre. Was sollte das? Wollte er sie erst verwirren, bevor er sie folterte?

„Wie ist dein Name?"

„Möchtest du wissen, wen genau du foltern und töten wirst?"

Und vergewaltigen.

Er schnaubte amüsiert. „Schmerzen, die du durch meine Hände erleidest, Sklavin, sind lustvoller Natur. Es sei denn, ich muss dich bestrafen. Deinen Tod habe ich nicht geplant, er würde meinen Tag verderben." Belustigt zuckten seine Mundwinkel. „Soll ich deinen Namen aus dir … rauskitzeln?" Er richtete sich auf, legte die Handfläche unter ihr Kinn und zwang sie, ihn anzusehen. Warum schlug er ihr nicht einfach ins Gesicht, schändete sie und schnitt danach ihren Hals auf, um das Gerät zu entfernen? Dass er dermaßen liebevoll war, ängstigte sie bis in ihr Innerstes. Falls sie ihn nur ein wenig an sich heranließ, für eine Sekunde vergaß, ihn als das zu betrachten, was er war, würde er ihr weitaus mehr schaden, als sie sich vorzustellen vermochte. Er war der Feind, ein Sklavenhändler, und sonst nichts. Aber sollten sie den Sender zerstören, würde Diego es sofort erfahren. Um Sunos Willen musste sie betteln. Vielleicht war noch nicht alles verloren.

„Fia."

„Die Feurige, ein passender Name für so ein wildes Ding." Er presste sie auf die Liege. „Entspann dich." Das Letzte, was sie spürte, war ein leichtes Kribbeln auf ihrem rechten Arm.

Rasul steckte seine Hände in den Schalldesinfizierer. Tabith bedeckte Fia mit einem Laken und bog ihren Hals vorsichtig zur Seite. Das Gerät musste ihr unglaubliche Schmerzen zufügen. Wenn Rasul sie später in seine Gemächer gebracht hatte, plante er sie zu verhören, um herauszufinden, wer ihr das angetan hatte. Der Laser zertrennte ihre zarte Haut mühelos. Rasul entfernte das Utensil. Er fluchte, als er erkannte, was genau er zwischen den Fingern hielt. An der Unterseite war ein Sprengsatz angebracht, winzig und tödlich. Der Sprengstoff war, im Gegensatz zu dem Sender, das Neueste, was es zurzeit auf dem Markt gab. Er wurde durch einen Fernzünder aktiviert. Wer immer ihr das Teil verpasst hatte, wollte sie töten, sobald ihr Auftrag erfüllt war.

„Die Kleine hat Glück, dass sie auf uns gestoßen ist. Welcher Dilettant hat es ihr eingesetzt? Wenn es weitergewandert wäre …" Tabith nahm ihm das Gerät vorsichtig ab und deaktivierte den Sprengsatz mit ruhigen Händen, indem er Flüssigeis auf die Kontakte tropfte. Den Übertragungschip ließen sie intakt.

„Du hast nicht vor, sie Malik zu übergeben."

Malik trainierte die Sklaven, brachte ihnen Grundgehorsam bei, sodass sie ihr Schicksal leichter annahmen. Rasuls Haare standen zu Berge bei dem Gedanken, Fia an ihn auszuhändigen. Irgendwas war mit Malik geschehen. Der ehemals besonnene Mann hatte sich in einen uneinschätzbaren Mistkerl verwandelt.

Tabith schenkte ihm sein strahlendstes Lächeln. „Pass auf, worauf du dich da einlässt … mein Prinz. Hinter der Süßen steckt mehr, als ihr verführerischer Körper erahnen lässt."

Rasul reinigte die Wunde, bevor er sie versiegelte. Es würde nicht einmal eine Narbe zurückbleiben. „Sie wird schlafen, bis wir Sumaria erreichen." Er fasste nach ihrem Handgelenk, entfernte das altmodische Ortungsgerät und warf es Tabith zu. „Finde heraus, wo unsere kleine Sklavin dermaßen verzweifelt hin wollte, sodass sie selbst den eigenen Tod in Kauf genommen hätte." Dann behandelte er ihr Handgelenk, das der Schattentote verletzt hatte. Er streichelte Fia über die Wange, ehe ihm bewusst wurde, was er tat. In seinen Augen war sie eine Schönheit, mit der schimmernden, beinahe bronzefarbenen Haut und dem schulterlangen weißen Haar. Sie war an den passenden Stellen verflucht hübsch gerundet. Ein perfekter Arsch, nicht nur für seine Handfläche. Ein Merkmal, das nicht nur ihm gefiel. Tabith wackelte mit den Augenbrauen. „Scan die Tätowierung auf ihrem Oberschenkel, sie ist recht ungewöhnlich, Rasul."

„Wie meinst du das?"

„Sie sieht nicht so aus, als ob sie durch die Hände von irgendjemandem gestochen wurde. Sie wirkt fast lebendig."

Tabith war abergläubisch und zweifelte die Zauberei aus der alten Welt nicht an, die angeblich lange vor den Sumariern auf Sumapask geherrscht hatte. Rasul ersparte sich einen Kommentar, denn zu oft lag Tabith richtig mit seinen Vermutungen und hatte ihnen mit seiner *Gabe* bereits mehrmals den Arsch gerettet. Er sah Ereignisse, ehe sie eintraten, hatte ein Gespür für Bedrohungen.

„Hältst du Fia für gefährlich?"

„Nein, aber sie ist in Gefahr." Tabith sagte es mit einer Vehemenz, die Rasul einen Schauder über den Rücken jagte.

Rasul zog das Laken herunter und betrachtete zuerst die verschnörkelte Eisrose, die in strahlendem Weiß ihren linken Oberschenkel zierte. Er kniff die Augen zusammen, weil er der Illusion erlag, sie hätte sich bewegt, als ob die Blütenblätter sich in einer leichten Brise wiegen würden. Das Keuchen von Tabith bewies, dass es keine optische Täuschung darstellte. Rasul führte den Scanner an Fias Haut entlang. Er sah seinem Freund an, dass es ihn nicht erstaunte, dass das Gerät kein Pigment anzeigte. Stattdessen prangte die Meldung auf dem Display: DNA unbekannter Herkunft.

„Wer bist du, Feuerblume?" Rasul bedeckte sie und strich ihr die Haare aus der Stirn.

Tabith öffnete ihren Wetterrucksack, und zum Vorschein kamen Kletterseile mit Haken, ein altmodisches Set Türöffner und zwei Abbildungen. Die Kleine war eine Diebin, die sich allein auf Feindesland gewagt hatte. Rasul bezweifelte, dass sie sich freiwillig dieser Gefahr aussetzte. Nachdenklich betrachtete er die Fotos. Das erste zeigte einen paskanischen Kerl mit der typischen hellen Hautfarbe und den lavendelfarbenen Augen.

Ihr Gefährte? Ein völlig unerwarteter Stich Eifersucht durchfuhr ihn. Das Schnauben von Tabith verdeutlichte ihm, dass er es bemerkt hatte. Das zweite Bildnis entlockte ihnen beiden einen schnellen Atemzug, denn auf ihm prangte ein Pferd, das nicht nur die gleiche Fellfarbe wie Fias Haut besaß, sondern es hatte eine weiße Mähne, die ihrem Haarton entsprach.

Seinen Kopf zierte eine Eisrose. Fia verfügte über ein Seelentier, etwas, das er bis jetzt für ein Gerücht gehalten hatte.

„Wer bist du?"

„Du solltest eher fragen: Was bist du?" Aus der Mimik von Tabith wich jegliche Heiterkeit. „Hinter der Kleinen steckt mehr als eine gewöhnliche Diebin und Sklavin."

Tabith fand noch eine Zeichnung und betrachtete sie mit gerunzelter Stirn. „Irgendeine Ahnung, was das darstellt?"

Rasul studierte die gemalte Schatulle, auf der eine Schlange eingeschnitzt war, die sich selbst in den Schwanz biss, ebenso ratlos wie Tabith.

Das Shuttle bockte, und Drugal fluchte, weil ein Blitz in die Hülle krachte. Rasul sicherte seine verführerische Sklavin mit Riemen, und es widerstrebte ihm, sie auch nur für eine Sekunde alleinzulassen. Doch Drugal knurrte ihm zu, dass er seinen Hintern gefälligst in den Sitz neben ihm bewegen sollte. Mit einem unterdrückten Seufzen schloss Rasul den Gurt und krampfte seine Hände um das Polster.

„Ein wenig ängstlich, mein Prinz?" Aus dem Mund von Drugal hörte es sich beinahe obszön an.

Das hatte man davon, wenn man mit seinen Männern ein freundschaftliches Verhältnis pflegte. Die zynische Erwiderung erstarb ihm auf den Lippen, weil das Shuttle in ein Luftloch geriet und mehrere Meter nach unten sackte.

Beide Gataks brachen in Lachen aus.

Mistkerle!

Kapitel 3

Das Erste, was Fia bemerkte, war, dass der grauenvolle Schmerz in ihrem Hals fehlte. Die Pein war das Letzte, woran sie sich erinnerte. Noch mit geschlossenen Augen tastete sie über die Stelle, und starke Hände umfassten ihre Handgelenke. Ehe ihre Lider aufflogen, wusste sie, wer sie hielt.

Rasul!

Shitak, alles entsprach der Wahrheit. Die Sumarier hatten sie gefangen genommen, sie war eine Sklavin, und Suno lebte sehr wahrscheinlich nicht mehr; falls er Glück hatte.

„Der Sender! Habt ihr ihn zerstört?"

Sie versuchte sich aufzurichten, aber Rasul drückte sie mit einer beunruhigend erscheinenden Leichtigkeit zurück. Seine Handfläche brannte heiß auf ihrer Haut, direkt oberhalb ihrer Brüste. Er nahm sie nicht fort, stattdessen streichelte er mit dem Daumen an ihrem linken Schlüsselbein entlang. Wollte er sie beruhigen, bevor er zur Tat schritt? Er sah sie irgendwie … sanft an. Fia hätte es bevorzugt, dass er ihr Gewalt antat. Damit hätte sie umgehen können.

„Wir haben ihn nicht deaktiviert. Er sendet weiter Signale aus."

Erleichterung überwältigte sie, die jedoch nur kurz anhielt.

Falls er sie nach dem Ursprung fragte, was sollte sie ihm erzählen? Die Wahrheit? Sie hatte sich keine Geschichte zurechtgelegt. Zudem ahnte sie, er würde ihr ein Lügengespinst nicht abkaufen, selbst ein ausgeklügeltes nicht. Diesen Mann konnte man nicht anschwindeln.

Tränen drohten dennoch zu fließen, weil es nicht zu spät war, um Suno zu befreien. Und wenn sie Rasul einfach einweihte? Konnte sie ihm vertrauen? Oder würde er das Wissen gegen sie und Paskania verwenden? Fia hatte nicht die geringste Ahnung, wie wichtig das Artefakt für die Sumarier war. Sie sammelte die wenige Stärke zusammen, die sie besaß. Weder Schwäche durfte Fia dem Feind zeigen noch dem Sumarier ihre Naivität schenken. Fia würde diese Aufgabe allein bewältigen, so wie sie es immer tat. Zuerst musste es ihr gelingen zu fliehen. Dann würde sie den Gegenstand finden und somit ihr Seelentier retten. Ob sie den Gleiter entdeckt hatten?

Die Probleme türmten vor ihr auf, gleich einer unüberwindlichen Mauer. Fia hörte die tadelnde Stimme von Zorgan in ihrem Kopf. Ihr Mentor hatte für alles Lösungen bereitgehalten.

Kind, versuch nicht, sämtliche Schwierigkeiten sofort zu überwinden. Löse ein Problem nach dem anderen, und male dir nicht bereits vorher aus, was passieren könnte.

Rasul sah ihr direkt in die Augen. Verunsichert presste Fia sich in die Kissen, als ob sie ihm entkommen könnte. Er war ein gefährlicher Krieger, aufmerksam und tödlich. Und er hatte ihr den Sender behutsam entfernt, die Wunde so gut versorgt, dass sie nicht einmal eine Verdickung ertastet hatte. Es verwunderte sie, dass er sie nicht befragte, während sie von der Decke hing. Stattdessen lag sie in einem bequemen breiten Bett mit den weichsten Laken, die jemals ihre Haut berührt hatten. Es konnte nur bedeuten, dass er sich mit ihr vergnügen wollte, bevor er sie folterte. Seine Mundwinkel zuckten, als ahnte er, was sie dachte.

„Du brauchst ein Bad, Fia."

Er zog die Decke zurück, und es erstaunte sie nicht, dass sie nackt war, selbst ihr Höschen fehlte. Seine Augen wanderten auf so eine Weise über ihren Leib, dass sie es spürte. Sie schwor, es war der maskulinste Ausdruck, den sie je in ihrem Leben gesehen hatte. Sie fühlte sich entblößt, nicht nur äußerlich, sondern auch innerlich. Seine Aufmerksamkeiten sollten sie nicht dermaßen verunsichern. Wenn er bereits so weit vordrang, indem er sie nur ansah, wie würde sie erst empfinden, falls er wirklich in sie eindrang?

Hitze stieg ihr in die Wangen bei den anrüchigen Gedanken. Verdammt, er war der Feind und nicht ein erotischer Traum auf zwei starken Beinen mit kräftigen Händen, die mit äußerst langen sensiblen Fingern ausgestattet waren. Seine Absichten vermochte sie nicht zu erraten. Rasul entsprach weder in seinen Handlungen noch in seinem Aussehen ihren Erwartungen. *Wieso bist du so zärtlich?* Er bot ihr keinerlei Angriffsfläche, um ihn zu bekämpfen.

„Wo ist das Bad?"

Anstatt einer Antwort hob er sie in einer fließenden Bewegung auf die Arme und lief auf die Tür am hinteren Ende des großzügigen Gemachs zu. Das konnte keine Sklavenunterkunft sein. Es waren seine Zimmer. Sie strampelte nicht gegen ihn an, es erschien sinnlos. Außerdem sehnte sie sich nach einer Dusche.

Ihr stockte der Atem, als sie das weiträumige Badezimmer in Augenschein nahm. Es war größer als es ihre gesamte Hütte gewesen war. Grüntöne, von Weiß durchbrochen, beherrschten den lichtdurchfluteten Raum, dessen Decke aus kostbarem Glas bestand. Bei dem Gedanken an ihr verlorenes Heim kämpfte sie erneut mit dem Reiz, einfach den Tränen nachzugeben. Ihr Haus existierte nicht mehr. Die wenigen Erinnerungsstücke an Jos waren verbrannt. Genau genommen war das Einzige, was sie am Leben erhielt, Suno. Warum hatten die Sumarier ihr nicht den Gefallen getan und sie getötet?

Rasul setzte sie auf den gemauerten Rand der Badewanne.

„Ich möchte duschen, Rasul.“

Er stand so dicht vor ihr, dass sie auf seinen Schritt starrte. Rasul trat zurück, sodass sie zu sehen vermochte, was er tat. Mit einem gefährlichen Lächeln krempelte er sich die Ärmel seines Hemdes hoch. Sie hatte niemals eine bedrohlichere Geste gesehen. Er ließ sich Zeit dabei.

„Du wirst mich von nun an mit *Sire* anreden und lernen, dass es dir nicht zusteht, Wünsche zu äußern. Du bekommst alles, was du brauchst von mir.“ Drohend beugte er sich zu ihr herab. „Leg dich in die Wanne, Sklavin.“

Jetzt zeigte er sein wahres Gesicht. *Sire* - nie im Leben würde sie ihn so nennen. Er musste dem Irrsinn verfallen sein, falls er das glaubte. Lieber bohrte sie sich Stacheln in die Zunge oder sprang in eine Grube mit Nacktwürmern.

Der Kerl war nicht nur ein Bolok, sondern ein völlig irrer Bolok. Wenn sie verdammt war, wollte sie mit Stolz untergehen. Sie zielte auf seinen Schritt und rammte den Kopf nach vorn.

Er rechnete offensichtlich mit ihrem Ungehorsam. Fast lässig drehte er sich zur Seite, sodass sie nur seinen Oberschenkel erwischte. Ihr Schädel kollidierte mit Stein. Der Sumarier besaß keine Muskeln, stattdessen verfügte er über ein Innenleben, das seinem düsteren Aussehen nicht nachstand. Er packte ihre Haare und raubte ihr das Gleichgewicht.

So dumm, Fia.

Sie trat um sich, traf ein Schienbein aus Stahl und hatte das Gefühl, ihre Zehen wären gebrochen. Rasul gewährte ihr nicht den Luxus, eine Kampfstellung einzunehmen. Ehe sie sich versah, lag sie mit dem Rücken auf dem Fliesenboden unter ihm. Das Einzige, was sie mit ihrem Strampeln und ihrer Gegenwehr bewirkte, war, dass ihre Kräfte schwanden wie ein Wassertropfen auf dem Hintern eines Nilos, der das Sandmeer durchquerte.

Der Gatak saß auf ihren Oberschenkeln und blockte ihre Schläge mühelos ab, bis sie zu erschöpft war, um die Arme zu heben. Er erschien so geduldig. Frustriert brüllte sie ihren Unmut in den Raum. Der Scheißkerl amüsierte sich beträchtlich. Sie sah es ihm an. Und Fia erspähte mehr, was in den Tiefen seiner Pupillen lauerte, eine unverfälschte Leidenschaft, gepaart mit Ruchlosigkeit. Sie war zu weit gegangen und hatte nichts erreicht, außer Rasul zu reizen, als Mann und als *Sire.*

„Fertig mit deiner kleinen *Episode*, Sklavin?“ Er packte ihre Handgelenke mit einer Hand und knetete frech ihre Brüste mit der anderen, reizte die Brustspitzen, bis die Schreie in ihrer Kehle erstarben, sie aufhörte, sich zu sträuben, und die verführerische Stimulation bis in ihren Schoß reichte.

„Funkele mich ruhig an, Sklavin, sehr bald wirst du deine Lust in den Raum brüllen, ganz so, wie es mir gefällt."

„Vergiss es!", stieß sie mit einer Stimme hervor, die einem Witz entsprach.

Seine Mimik stellte eine Mischung aus Belustigung und Gefahr dar. Er kniff hart in ihren rechten Nippel, und sie bäumte sich dem herrlichen Schmerz entgegen. „Du, kleine Sklavin, reagierst genau so, wie ich es will. Ich könnte dich auf der Stelle zum Höhepunkt bringen. Doch zuerst bestrafe ich dich … bis du schreist." Gerade noch saß er auf ihr, und im nächsten Moment zerrte er sie auf die Füße, beugte sie über den Badewannenrand, und seine Handfläche knallte auf ihren Po, mit einer Heftigkeit, die ihr bereits nach dem ersten Hieb einen Schmerzensschrei entlockte. Ihren Versuch, sich aufzurichten, unterband er mühelos, indem er mit einer Hand ihren Nacken packte. Die Qual, die auf ihrem Po brannte, blieb nicht dort, sie breitete sich auf eine eigenartige Weise aus, die sie überaus verstörte. Die Pein erreichte ihren Schoß und versetzte ihn in … Schwingungen.

Was machte er mit ihr? Sie sollte nicht so … zügellos reagieren, brüllte ihr Verstand, während ihr Körper den Lustschmerz verarbeitete, bis er ihr Denkvermögen ausschaltete.

„Ich werde dich so lange bestrafen, bis du ein wenig Demut gelernt hast." Er lachte sinnlich und sie hörte ihm deutlich an, wie sehr er es genoss, ihr seinen Willen aufzuzwingen. Ihre Bemühungen, sich zu wehren, unterbrach ein Feuerstreich, der quer auf beiden Backen landete.

„Da ich keine Lust verspüre, deine Züchtigung in ein paar Minuten zu wiederholen, mache ich es richtig. Ich würde dir raten, die Strafe zu akzeptieren, einzusehen, dass ich dein Benehmen nicht tolerieren kann und werde." Jede Silbe unterstrich er mit purem Schmerz, bis sie glaubte, die Haut auf den Rundungen platze auf. „Wenn ich fertig bin, bedankst du dich bei deinem *Sire* für die Aufmerksamkeit, die er dir geschenkt hat."

„Du verrücktes Stück Shitak." Die Worte entkamen ungewollt aus ihrer Kehle. Hoch und gepeinigt wirkte ihre Stimme.

„Tatsächlich! Du wirst lernen, dich mir zu unterwerfen, Sklavin, auf die schmerzhafte Art." Seine Stimme dagegen war ruhig, gefestigt und dunkel wie die Nacht in der Sonnendämmerung.

Der nächste Streich traf die Rückseite ihres Oberschenkels, danach die Unterseite ihrer rechten Pobacke. Die Pein war dermaßen intensiv, dass sie nicht mehr denken konnte. Er verlor nicht die Kontrolle über sich. Hinter seinen Hieben steckte ein System. Längst weinte sie, vergaß, dass sie ihn hasste, wollte nur, dass er aufhörte und sie tröstete. Irgendwie ahnte sie, dass er es tun würde, sobald sie nachgab. Doch ihr Stolz hinderte sie daran. Nach weiterer Agonie ignorierte sie ihren Stolz.

„Bitte … Rasul … bitte."

Die folgenden Schläge waren härter als die vorherigen. Sie wusste warum.

„Bitte … Sire … bitte."

Es hörte auf, und sie fühlte sich derart erleichtert, dass sie erneut in Tränen ausbrach, die schlimmer erschienen, als die durch den Schmerz verursachten.

Rasul streichelte schrecklich sanft über die geschundene Haut und setzte sich neben Fia auf den gefliesten Rand. Behutsam berührte er ihren Nacken und strich ihr anschließend die verschwitzen Haare aus der Stirn. „Tu, was ich verlange, oder ich füge dir weitere Pein zu. Die Wahl ist deine."

Oh, wie geschickt er sich ausdrückte, es so aussehen zu lassen, als ob er ihr eine Option ließe, wo sie doch beide wussten, dass es eine Lüge darstellte. Aber was würde sie gewinnen, falls sie sich weiterhin widersetzte? Sie war müde, ängstlich, verzweifelt. Und am schlimmsten erschien, dass sie ahnte, wenn sie gehorcht hätte, hätte Rasul nicht die Hand gegen sie erhoben. Der Mistkerl schaffte es, dass sie sich als die Schuldige ansah. Diese unsinnigen Gedanken mussten von dem schrecklichen Schmerz herrühren, der sie so verunsicherte, weil er eben nicht nur schmerzte. Niemals zuvor hatte jemand es gewagt, ihr den Hintern zu versohlen. Eine leise Stimme in ihrem Kopf bestand darauf, dass er sie auch auspeitschen könnte, so mühelos, wie er sich ein Hemd überzog. Er war skrupellos.

Sie sank auf die Knie. „Es tut mir leid … Sire", würgte sie hervor. Ihr Tonfall verbarg nicht, was sie wirklich meinte.

Seine Pupillen verengten sich, und ein Wangenmuskel zuckte. Sie sah es deutlich, denn Rasuls Nasenspitze berührte fast ihre, als er sich hinabbeugte. Er hob die Hand. Fia fuhr zurück, wappnete sich innerlich gegen die Pein, die gleich ihre Wange treffen würde. Doch Rasul verwirrte sie erneut, denn er umfasste ihr Kinn und lachte lauthals.

„Steig in die Wanne, Fia."

Da sie kaum zu stehen vermochte, half er ihr seufzend auf. „Mit dir zu arbeiten ist eine Herausforderung, die ich gerne annehme, kleine Sklavin. Aber bist du ebenso bereit dazu?"

Sie giftete ihn an, wünschte sich, sie wäre fähig, ihn zu erwürgen. Wahrscheinlich würde sie sich bei dem dicken Hals die Finger brechen. Sobald ihr Po die kühle Wannenoberfläche erreichte, wimmerte sie von dem neu aufflackernden Schmerz. Er grinste sie sadistisch an und verbarg nicht, dass er ihre Qual erregend fand. Sie starrte auf seinen Schritt. Rasuls enge

Hose aus weichem dunkelbraunem Leder überließ nichts ihrer Vorstellungskraft.

„Gefällt dir, was du siehst, Feuerblume?"

Dieser arrogante Bastard! Schlimmer war die Purpurfärbung, die ihre Wangen befiel. Sie spürte die Hitze gleich einer Demütigung auf ihrem Gesicht.

„Das Leuchten deines Antlitzes steht der Farbe deines verführerischen Arsches nicht nach. Es erinnert mich an das satte Violett einer Pflaumenrose. Deine Haut ist gleichermaßen samtig." Mit leichter Hand streichelte er über ihre Schläfe, folgte den Konturen ihres Kinns und ihren Hals hinunter. „Deine Schreie empfand ich als höchst erregend. Wenn du durch meine Bemühungen einen Höhepunkt erreichst, wirst du ebenso schreien."

Mit äußerster Anstrengung untersagte sie sich, die Berührung als angenehm zu empfinden. Er erreichte ihre Brüste, und sie legte ihre Hände auf seine, obwohl sie wusste, dass sie ihn nicht aufhalten konnte. Rasul sah ihr tief in die Augen, ließ sie die stählerne Entschlossenheit deutlich sehen. Fia atmete unruhig, während die Sekunden an ihr vorbeitickten, in einer Geschwindigkeit, die ihr endlos erschien. Er rührte sich nicht, wartete geduldig, bis sie den Griff löste. Rasul schenkte ihr ein verführerisches Lächeln. Sie hasste ihn dafür. Wie viel einfacher wäre es, wenn er sie schänden würde und ihr richtige Gewalt antat. Aber nein, er verfolgte seine ganz eigenen Absichten.

Sanft umfasste er ihren rechten Busen und wog die Fülle in der Hand. Ihr Gesicht brannte stärker, und es entlockte ihm ein Schmunzeln, das sich in seinen Augen widerspiegelte. „Wann hat dich das letzte Mal ein Mann berührt, Feuerblume?"

Es reichte ihm nicht, sie mit Zärtlichkeiten zu malträtieren, die sie bis in ihren Schoß spürte, er drang weiter vor, eroberte ihr intimes, privates Ich, das sie selbst kaum kannte, weil es zu sehr schmerzte, sich damit auseinanderzusetzen. Erneut wartete er geduldig, bis ein Schaudern über ihre Haut lief.

„Eine Feuerblume sollte nicht frieren." Er drückte auf ein Pad, und Wärme prasselte auf sie herab.

„Drehst du dich bitte um und reichst mir die Seife … Sire!"

„Nein und nein. Dein Körper gehört mir. Ich wasche, züchtige, liebkose und ficke ihn, ganz wie es mir beliebt, Sklavin." Er nahm einen Behälter, und duftender Schaum füllte seine Hand. Das Wasser hörte auf zu fließen. Rasul begann, ihre Brüste zu reinigen. Was er da tat, konnte man nur als Verführung beschreiben.

„Leg dich zurück und entspann dich. Wenn du es nicht freiwillig tust, zwinge ich dich.“ Seine Mimik zeigte ihr deutlich, dass er sie zu gern zwingen würde.

Egal, wie sehr sie sich sträubte, Rasul würde bekommen, was er verlangte. Mit einem frustrierten Seufzer legte sie sich nach hinten, bis ihr Kopf auf einer weichen Unterlage ruhte. Für einen Moment betrachtete sie die Regentropfen, die auf das Glasdach prasselten, sie beinahe mit dem beruhigenden Geräusch einlullten. Dann richtete sie ihre ganze Aufmerksamkeit auf Rasul und die starken Hände, die sie unglaublich verwirrten und erregten.

Rasul musterte seine verführerische Beute. Sie war eine *Sklavin*, die auf seine Bemühungen recht widerwillig ansprach, zumindest mental. Ihr Leib dagegen entflammte wie eine ausgetrocknete Grassteppe. Doch so sehr sie sich widersetzte, es nutzte ihr in keiner Weise, weil ihr Körper und somit er schlussendlich gewinnen würden.

Als ob sie ihm gewachsen wäre!

Sie wusste es, auch wenn sie es nicht wahrhaben wollte. Rasul sah es ihr deutlich auf der empörten Miene an. Es juckte ihn bereits in den Fingern, sich ausgiebiger mit ihr zu beschäftigen. Sie war perfekt für ihn, regte Instinkte in ihm an, die lustvoll an die Oberfläche brachen. Er liebte Herausforderungen, überwand mit Genuss die inneren Barrieren einer Sklavin, bis sie sich ihm freiwillig unterwarf, nachdem sie ihm einen Kampf geliefert hatte, so wie Fia es tat. Und sie war ungezügelter als alles, was er bisher erlebt hatte.

Sie spannte ihre Muskeln an, in dem unsinnigen Versuch, seine Bemühungen nicht anregend zu empfinden. Ihr Gesicht drückte ihren Zwiespalt klar aus.

Er bewunderte ihren Mut, der ihn herausforderte. Ihre vollen Brüste lagen in seinen Händen. Fia presste ihre Lippen zusammen, damit sie keinen Ton von sich gab. Er schmunzelte. Bald würde sie sich unter seinen Zuwendungen winden und die Laute ihrer Lust nicht mehr zurückhalten können. Sie versuchte, ihre Beschämung und Schüchternheit zu verbergen. Rasul zupfte an ihren Nippeln, rieb die geschwollenen Knospen mit steigendem Druck zwischen Daumen und Zeigefinger. Sie bog den Rücken durch, obendrein entschlüpfte ihr ein Keuchen. Er testete, wie viel Schmerz sie vertrug. Auf ihren heißen Arsch hatte sie mit vollkommener Verwirrung reagiert. Denn es hatte lustvolle Instinkte in ihr geweckt, die sie bis jetzt unterdrückt hatte, weil sie ihr unbekannt gewesen waren. Rasul hatte es deutlich gemerkt. Erneut legte sie ihre Hände auf seine, um ihn aufzuhalten bei dem, was ihr offensichtlich gut gefiel. Rasul sah ihr tief in die Augen, und ihre Wangen leuchteten stärker.

„Sklavin, verschränk deine Finger hinter deinem Kopf."

Ihr Ausdruck war preisverdächtig, übertraf beinahe ihre Mimik, als er sie *gebeten* hatte, ihn *Sire* zu nennen. Rasul umfasste ihr rechtes Handgelenk, und ehe sie ahnen konnte, was er vorhatte, umschloss eine gepolsterte Manschette ihr Gelenk.

„Nein!" Fia wedelte mit dem anderen Arm herum, in dem unsinnigen Versuch, ihm zu entgehen. Sie schrie unflätige Worte, sobald er die zweite Fixierung anbrachte und auf einen Knopf drückte, der die Kette anzog, bis seine Sklavin sicher fixiert war.

Sie atmete so heftig, dass sich ihr Busen verführerisch bewegte. Als sie es bemerkte, hielt sie die Luft an.

Und wie sie ihn anfunkelte!

Es bereitete ihm Mühe, nicht erneut in Lachen auszubrechen, zeigte sie doch unverblümt, was sie dachte und fühlte.

Wie sehr ihm das gefiel, spürte er fordernd in seinem Geschlecht. Er drohte ihr nicht, doch sie würde jede Silbe zu spüren bekommen. Fias Ungehorsam versprach ihm ein besonderes Vergnügen. Die Fesselung diente nicht nur dem Zweck, dass er sie besser handhaben konnte, sondern sie war für Fia eine Hilfe, denn sie ermöglichte ihr, sich leichter fallen zu lassen. Er nahm ihr die Wahl ab. Sie wimmerte, und eine Träne löste sich aus ihrem Augenwinkel. Es versetzte sie in Zorn, dass sie ihre Empfindungen nicht zu kontrollieren vermochte. Die kleine Feuerblume hatte sich lange nicht mehr geöffnet, weder körperlich noch mental, vielleicht sogar niemals. Die Paskanier waren dafür bekannt, dass sie Mischlinge verabscheuten. Wahrscheinlich hatte sie allein gelebt. Doch wer war der Kerl auf dem Foto? Rasul umfasste ihre Wangen und wischte die kostbare Emotion mit dem Daumen fort.

„Kein Grund zu weinen, Feuerblume. Im Moment habe ich nur Entspannung für dich vorgesehen. Für weiteren Schmerz ist später noch Zeit." Er lachte leise, wusste, wie unverständlich er auf sie wirkte. „Lustvolle Pein unterscheidet sich sehr von einer Bestrafung. Ich werde dich lehren, dich mir hinzugeben und schmerzvolle Stimulation nicht nur zu akzeptieren, sondern den Reiz herbeizusehnen. Du wirst dich mir unterwerfen, Fia, als Frau und Sklavin."

Sie sah ihn mit einem Ausdruck an, der eine Mischung aus unverhohlener Wut sowie der Ansicht darstellte, dass er vollkommen verrückt sei. Fia biss sich auf die Unterlippe, dennoch entwich ihr ein Keuchen, weil er mit der Liebkosung ihrer Brüste fortfuhr. Hart kniff er in ihre goldbraunen Nippel, die von dem Reiz die gleiche purpurne Färbung annahmen wie ihre Wangen und ihr gezüchtigter Arsch. Ob ihre Pussy ebenso leuchtete, wenn er ihre Schamlippen und ihre Lustperle massierte? Zeit, es herauszufinden. Sie erstarrte unter ihm, als seine seifigen Hände über die sanfte Rundung ihres Bauches glitten. Sie besaß einen herrlichen Körper, der mit Stärke und Weichheit lockte. Sie presste ihre Schenkel aneinander, um ihm den Zugriff zu verwehren. Das konnte er nicht dulden.

Langsam hob er den Blick und sah ihr direkt in die Augen.

Die Intensität in seinen Augen rammte in sie. Die erwartete Grausamkeit fehlte, stattdessen loderte pure Hitze ihre Glieder entlang. Rasul würde von ihr bekommen, was er verlangte. Es war nur eine Frage von wenigen Augenblicken. Fia versuchte, die widersprüchlichen Gefühle auszuschalten, welche ihren Leib heimsuchten. Ihr war bewusst, dass sie Scham, Verzweiflung, Lust und eine Art Neugierde empfand, aber dass Angst nicht existierte. Verzweifelt verkrampfte sie ihre Muskeln, doch es nutzte in keiner Weise, ihre Nippel pulsierten, obwohl Rasul die verräterischen Knospen nicht mehr berührte. Als sie die Beine aneinanderpresste, spürte sie Feuchtigkeit, die sie benetzte. Er würde es auch gleich bemerken, denn seine Fingerspitzen waren nur wenige Millimeter von ihrer Spalte entfernt. Rasul blickte ihr weiterhin tief in die Augen, wartete stumm, bis sie gehorchte und ihm den Zugriff an ihrer intimen Stelle erlaubte. Es war lange her, dass ein Mann sie dort angefasst und erobert hatte. Sie war zwar keine Jungfrau mehr, doch ihre Erfahrungen waren auf Jos und ein paar kurze Intermezzos beschränkt gewesen. So sollte es nicht sein, wenn ein Mann sie nahm. Zu ihrem Entsetzen vermochte sie weitere Tränen nicht zurückzuhalten. Fia war ihnen ebenso hilflos ausgeliefert wie dem, was Rasul ihr antat. Erneut wünschte sie sich, er würde ihr reine Gewalt antun und nicht diese verstörende Mischung aus Entschlossenheit und Zärtlichkeit. Er umfasste ihre Wangen, hielt sie und wischte ihre Tränen mit den Daumen fort. Sein Blick wirkte so verständnisvoll.

Rasul löste die beruhigende Stärke seiner Hände. „Fia, du weinst nicht vor Schmerz, sondern aus Scham vor dir selbst. Spreiz jetzt deine Schenkel für mich, sonst tue ich es für dich. Ich dulde es niemals, dass eine Sklavin sich mir verweigert.“ Seine heiße Handfläche ruhte auf ihrem Venushügel, führte keinen Druck aus. Dessen ungeachtet kontrollierte er sie.

Doch sie wollte und konnte nicht nachgeben, denn dann würde sie akzeptieren, dass sie Rasuls Sklavin war und insgeheim herbeisehnte, dass er sie mit Zwang verführte. Fast enttäuscht wirkte sein Blick. Rasul bewegte sich atemberaubend schnell. Bevor sie es schaffte sich zu wehren, brachte er ein breites Lederband oberhalb ihres rechten Knies an und zog es stramm. Bei dem zweiten Bein wehrte sie sich vergeblich. Er spreizte sie weit. Die Badewanne war groß, und in ihr fanden mühelos zwei Personen von seiner Statur Platz. Sobald sie vollkommen hilflos war, fielen ihre mentalen Barrieren. Sie vermochte es förmlich vor sich zu sehen, dass ein Stein nach dem anderen bröckelte, bis nur sie verblieb; ungeschützt für alles, was Rasul ihr antun wollte.

„Jetzt bist du offen für mich." Er lachte sinnlich. „Deine Pussy hat tatsächlich die purpurne Färbung deines gezüchtigten Arsches sowie deiner schamroten Wangen. Du schuldest mir noch eine Erwiderung. Wie lange ist es her, dass ein Mann dich berührt hat?" Seine Augen glitzerten beängstigend, weil sie störrisch ihre Zähne aufeinanderbiss und nicht vorhatte, ihm zu antworten. „Fia, ich zeige viel Geduld mit dir, jedoch neigt sie sich dem Ende. Antworte mir sofort."

Er fügte keine gesprochene Bedrohung hinzu, aber ihre Fantasie vermochte sich eine Menge Dinge auszumalen, die er ihr antun könnte.

„Mein Gefährte verstarb vor vier Sonnendämmerungen, Sire." Diesmal kam ihr das Sire leichter über die Lippen. Es erschien grauenvoll.

„Das tut mir leid, Feuerblume. Warum hat sich kein anderer Paskanier deiner angenommen?"

„Weil ich ein Mischling bin." Ihre Stimme hörte sich resigniert an. Wieso nur schaffte sie es nicht, unberührt zu wirken? Meistens gelang es Fia, ihre Einsamkeit zu überspielen. Doch der Sumarier hatte sie zu sehr aufgewühlt und zerrte bittere Erinnerungen an die Oberfläche.

Sie glaubte, einen Anflug von Betroffenheit auf seinem Gesicht zu erkennen. „In deinem Körper befinden sich verdammt verführerische Gene, Sklavin. Das Resultat ist höchst begehrenswert."

Der letzte Mann, der etwas in dieser Art gesagt hatte, war Jos gewesen. Sie hatte in seinen Armen gelegen, nachdem er sie geliebt hatte.

„Es ist Zeit, sich von der Vergangenheit zu verabschieden." Seine Stimme klang mitfühlend und unglaublich liebevoll. Mit den Händen glitt er an den Innenseiten ihrer Oberschenkel entlang.

„Ich lasse erst von dir ab, wenn ich bekomme, was ich will. Gib dich mir hin, Sklavin. Ignoriere nicht, was dein Körper begehrt."

Wenn sie nur aufhören könnte zu beben! Es wenigstens schaffen würde, ihn abscheulich zu finden. Aber nein! Seine rauen Handflächen fühlten sich viel zu angenehm auf ihrer Haut an. Rasul erneuerte den duftenden Schaum, teilte ihre geheimen Lippen und begann unendlich sanft, ihre *Pussy* zu waschen. Ein seltsames und zugleich schönes Wort für ihre weiblichste Körperstelle, dachte sie. Er berührte sie überall außer an dem Ort, an dem sie es am meisten begehrte. Rasul ließ sich Zeit, massierte zärtlich ihre Schamlippen, reinigte ihren Venushügel und umkreiste mit den Fingerkuppen ihre fordernden Brustspitzen. Fia presste die Lider zusammen, bohrte ihre Fingernägel in ihre Handflächen. Doch es half nicht, gegen die Hitze anzukämpfen, die sich unablässig in ihr ausbreitete und sich in ihrem Geschlecht sammelte.

„Warum machst du das … Sire?“, stammelte sie. Beinahe hätte sie gestöhnt, da er ihre Spalte betastete, ganz leicht mit dem Finger an ihrer Lustperle entlangstrich.

„Weil ich es kann, und weil ich will, dass du vor Lust zitterst. Du warst bereits nass für mich, als ich deinen Arsch gezüchtigt habe.“

Natürlich hatte er es bemerkt. Ihm entging kein Detail. Fia schämte sich zu sehr, um es zuzugeben. Es war nicht richtig! Keine Frau sollte sich durch Pein erregen lassen.

„Das ist nicht wahr, Sire.“

Er packte ihr Kinn, diesmal fest, an der Grenze zum Schmerz. „Wenn ich etwas verabscheue, dann ist es eine Lüge. Korrigiere sie.“ Abrupt ließ er ihr Kinn los, legte seinen Daumen genau auf ihre Klitoris und umkreiste sie langsam. Mit der anderen Hand nahm er eine Klemme von der Ablage und hielt sie ihr direkt vor die Nase.

Was war das für ein Ding? Eine Sekunde später dämmerte es ihr, da Rasul demonstrativ auf ihren Schoß blickte, den er weiterhin ruchlos streichelte. Sie wollte sich nicht ausmalen, wie sich die Klemme anfühlte, falls er sie an ihrer Lustknospe anbrachte.

„Es tut mir leid, Sire. Ich war bereits erregt, als du mich über den Wannenrand gebeugt hast.“ Leise und viel zu flehend kamen die Silben aus ihrem Mund. Und obwohl ihre Stimme einem Windhauch glich, der durch Blätter wisperte, donnerte das Gesagte in ihren Ohren, weil es der Wahrheit entsprach. Er legte das grauenvolle Objekt zur Seite, und seine Finger berührten die Stelle zwischen ihren Pobacken.

„Bitte, Sire, nicht.“ Ihre Worte waren vergeblich, sein eingeseifter Daumen durchbrach den Widerstand ihres Anus und glitt hinein. Er tat ihr nicht weh, sondern überforderte sie gründlich mit der Gier, die ihren Unterleib packte.

„Eine unberührte Frucht, wie mir scheint. Es wird mir ein besonderes Vergnügen sein, dich auf diese Art zu erobern, Feuerblume.“

Entsetzliche Lust durchlief sie bei der verruchten Vorstellung. Jos hatte es ihr einmal vorgeschlagen, doch sie hatte sich nicht zu überwinden vermocht. Jos hatte niemals etwas getan, das sie nicht wollte. Rasul würde sie einfach *dort* nehmen und ein Nein nicht akzeptieren. Fia ahnte, dass er sicherstellen würde, dass sie Begierde dabei empfand, während er mit seinem Phallus ihre intimste Körperstelle eroberte. Rasul vergewaltigte nicht, stattdessen lockte er seine Sklavin beim Liebesspiel auf eine Weise, der sie sich nicht entziehen konnte, da war Fia sich sicher. Glut erfasste ihren

Leib, und sie drängte sich Rasuls Berührungen entgegen, soweit die Fesselungen es zuließen. Sein Blick war durchzogen mit der gleichen Hitze, die sie in diesem Moment verspürte. Er schenkte ihr ein viel zu verführerisches Lächeln.

„Diese Frucht bleibt nicht jungfräulich. Dir gefällt, dass ich dein süßes Arschloch mit meiner Hand ficke, Sklavin."

Bei den schamlosen Worten breitete sich Empörung in ihr aus, die jedoch von der Stimulation verschluckt wurde. Niemals zuvor hatte sie ihren Körper dermaßen intensiv gespürt, so verletzlich und aufgewühlt. Es war frivol, was Rasul mit ihr anstellte, und sie stand ihm machtlos gegenüber, denn ihr Fleisch war längst ein Bündnis mit ihm eingegangen. Das überlegene Grinsen zeigte ihr deutlich, dass er es wusste. Er war ein erfahrener Sire und sie zu unerfahren, um seinen Verführungen zu entkommen. Zudem war er ein geschickter Liebhaber, der seine Fähigkeiten gekonnt einsetzte.

Er zog den Daumen raus und beugte sich vor, küsste sie leicht auf den Mund. Sie vermochte sich nicht zu helfen und erwiderte den Kuss, öffnete ihre Lippen, um ihm Einlass zu gewähren. Doch Rasul führte keinen Druck aus, die Berührung verblieb sanft. Er rieb an den Seiten ihrer Lustperle entlang. Das Gefühl seiner unerbittlichen Stimulation, gepaart mit dem zärtlichen Kuss, zerbröckelte ihren letzten Widerstand. Sie stöhnte, der Laut erstickt durch seinen Mund. Langsam löste er sich von ihr und strich ihr zärtlich über die Wangen.

„Bitte … Sire." Wie von allein stammelte sie die Worte, als hätte er sie darum gebeten.

Mit einem Finger tauchte er in ihre Feuchtigkeit und massierte mit dem Daumen wieder ihre Klitoris. Der Orgasmus kam plötzlich und mit einer Heftigkeit, die sie überraschte. Wellengleich pulsierte es in ihrem Unterleib. Rasul ließ nicht von ihr ab, bis der Höhepunkt abebbte. Vorsichtig zog er seine Hand zurück und strich ihr die verschwitzten Haare aus der Stirn. Er betätigte einen Schalter auf dem Pad. Angenehm temperiertes Wasser füllte die Wanne. Er befreite sie von den Fesseln, blieb noch auf dem Wannenrand sitzen, bis nach Rosen duftendes Nass sie umhüllte.

„Entspann dich. Ich komme in zehn Minuten wieder." Als er die Tür erreichte, drehte er sich um. „Falls du einen Fluchtversuch unternimmst, wirst du bestraft, in einer Härte, die meine Züchtigung von vorhin wie ein Streicheln wirken lassen wird." Er sagte die Worte ebenso zärtlich, wie seine Verführungen es gewesen waren. Das machte sie umso drohender.

Fia schloss ihre Lider. Erschöpfung presste auf sie, sodass sie aufhörte, dagegen anzukämpfen. Sie hatte gerade den ersten Orgasmus seit Jahren erlebt, der nicht von ihren eigenen Händen stammte. Obendrein war er so heftig gewesen wie niemals zuvor. Wie sehr ihre Glieder zitterten bei dem Gedanken, was sie dem Sumarier gegeben hatte. Sie hasste ihren Leib, dass er sie dermaßen im Stich ließ, auch in diesem Moment. Dass er sich einfach Rasuls Bemühungen ergab, als gehörte sie ihm, es zudem sein Recht sei. Fia hoffte, dass sie nur ausgehungert nach den Berührungen eines Mannes gewesen war und ihm jetzt, wo ihr Körper gesättigt war, besser widerstehen könnte.

Sie schnaubte erbost, denn noch immer spürte sie seine Hände auf und in ihrem Po, auf ihren Nippeln und ihrer Lustperle. Wie rücksichtslos er sie über den Rand gebeugt hatte, um sie zu bestrafen! Ihre Reaktionen verwirrten sie. Nicht nur, dass sie das Gefühl hegte, sie hätte die Strafe verdient, nein, ihr Inneres hatte nicht nur mit Entsetzen reagiert. Ein Teil von ihr begehrte den Schmerz und die Fesseln.

Sie war vollkommen verrückt! Sie hing in seinem klebrigen Geflecht und musste handeln, ehe es zu spät war.

Diese Gelegenheit durfte sie nicht ungenutzt lassen. Vielleicht würde sie in den nächsten Wochen nie wieder allein sein.

Und wenn er dich einfängt? Was glaubst du, was er dir dann antut?

Sei still! Er hat mir bereits meine Würde geraubt, indem er mich gezwungen hat, jede seiner Berührungen herbeizusehnen.

Damit war jetzt Schluss! Fia stieg geräuschlos aus der Wanne, sah sich verzweifelt nach Kleidung um, schnappte sich ein paar Handtücher und öffnete die Glastür, die auf den Balkon hinausführte. Kälte legte sich lähmend auf ihren Körper. Wahrscheinlich würde sie die Nacht nicht überleben. Doch sie musste fort von diesem Ort und vor allem fort von ihm. Viel zu schnell akzeptierte sie ihr Schicksal, ließ sich von Rasul manipulieren. Anstatt sie zu missbrauchen, verführte er sie mit Lust und Qual. Seine wahren Absichten vermochte sie ebenso wenig zu durchschauen, wie ihm zu widerstehen. Sie kam nicht umhin, es zumindest zu versuchen, das war sie sich schuldig. Lieber sterben, anstatt ein Leben in Sklaverei zu verbringen, in den Fängen eines Mannes, der so einfach durch ihre Barrieren brach, als würde sie aus feinster limarischer Seide bestehen. Fia sah in die Tiefe. Es waren geschätzte fünf Meter bis zum Boden, der glücklicherweise aus einem weichen Blumenbeet bestand. Sie legte sich auf die steinerne Balustrade und wollte sich gerade dranhängen, als eiserne Hände sie packten.

Kapitel 4

Rasul wusste nicht, ob er enttäuscht oder froh über ihren unsinnigen Fluchtversuch sein sollte, schließlich hatte er sie auf die Probe gestellt. Die Hälfte der Sklavinnen versuchte mindestens einmal, ihrem Schicksal zu entfliehen. Danach fühlten sie sich meist besser und nahmen ihr neues Leben eher an. Was Fia nicht wusste: Selbst wenn es ihr gelungen wäre, den Boden unbeschadet zu erreichen, wäre das Entkommen vom Grundstück eine Unmöglichkeit gewesen. Den Palast schützten eine Schallbarriere, Wachen und Nebelwölfe aus der alten Welt. Rasul zog Fia von der Balustrade und umfasste betont sanft ihre Handgelenke.

Die kleine Feuerblume bemühte sich, ihren verlockenden Körper aus seinem Halt zu befreien.

Wie sie ihn anfunkelte!

„Du hast den Körper, der mir gehört, einer Gefahr ausgesetzt. Du hättest dir die Beine oder das Genick brechen können", wisperte Rasul ihr ins Gesicht. „Oder erfrieren. Du hättest dir wenigstens etwas überziehen können."

Die Handtücher lösten sich und fielen auf die Fliesen. Sie wäre dem Material gefolgt, hätte er sie nicht gehalten. In ihren Augen, die ihn an einen See aus den Moosebenen erinnerten, stand eine Mischung aus Zorn und Angst. Fia hatte auch jeden Grund dazu. Ihr Busen bewegte sich verführerisch, weil sie gegen ihn ankämpfte. Die Erinnerung an ihren prallen Arsch, der so perfekt zu seinen Handflächen passte und die Schläge mit Bravour aufgenommen hatte, weckte seine Lust und seinen Sadismus erneut.

Das Biest trat ihm auf den Fuß, mit einer Wucht, die ihn überraschte. Sein Halt lockerte sich dennoch nicht. Ihre Pupillen weiteten sich, zudem keuchte Fia entsetzt auf.

„Du armseliger Pickel auf dem Arsch eines Nilos! Lass mich sofort los!"

Rasul zog sie dicht zu sich heran. Er vermochte der Hitze sowie der Weichheit ihres Körpers nicht zu widerstehen. Er packte ihr Haar, um sie zu küssen. Ruchlos drang er mit der Zunge in ihren Mund. Nach einem kurzen Zögern erwiderte sie den Kuss mit einer Leidenschaft, die direkt in seinen Schritt fuhr. Zu gern hätte er sie auf sein Bett geschmissen, sie gefickt, wie sie es verdiente.

Zuerst musste er jedoch zu seinem Wort stehen und sie bestrafen. Rasul beendete den Kuss und betrachtete sie abschätzend, ließ sie spüren, dass sie ihrem Schicksal nicht entkommen konnte. Fia besaß Grundkenntnisse in den Künsten der Selbstverteidigung, aber gegen einen erfahrenen Krieger wie ihn nutzten sie ihr wenig. Er blockte ihre Schläge ab, tat ihr aber nicht weh, sondern ließ Fia sich austoben. Ihre verbliebenen Kräfte schwanden rasch. Sie stolperte, und er fing sie auf. Resigniert presste sie ihre Nase an seinen Brustkorb. Die Geste berührte ihn mehr, als sie es sollte, und er hob sie auf die Arme.

Sie war schweißgebadet und atmete schwer. Und wie sie zitterte! Ihr Schluchzen unterdrückte sie mit Mühe. Das schien am schlimmsten für sie zu sein. Sie erschlaffte in seinen Armen, und ihre Tränen benetzten sein Hemd.

Bleib hart, Mann. Umso leichter ist es für sie. Zögerst du jetzt, wirst du sie nächstes Mal noch schärfer bestrafen müssen.

Er lief mit ihr in das Zimmer zurück. Dort fesselte er sie mit den Handgelenken an einen der Bettpfosten, justierte die Höhe, sodass sie kaum auf den Fußflächen stehen konnte. Sie weinte, kreischte und schrie. Ihr Zorn reizte ihn zusätzlich. Er wartete geduldig, bis sie aufgab und ihre Stirn gegen den Pfeiler lehnte. Ihre Wut wandelte sich in Verzweiflung. Er spürte jede einzelne Träne in seinem Schwanz, weil es ihn anmachte. Er vermochte sich nicht zu helfen. Rasul kramte einen Rest Selbstbeherrschung hervor, denn zu gern würde er ihre Hüften packen, um sich in der Lust ihrer Unterwerfung zu verlieren.

„Warum muss ich dich bestrafen, Sklavin?“

Das stellte eine seiner Regeln dar. Er erklärte der Sklavin immer, weshalb er sie bestrafte, zum Beispiel indem er sie selbst fragte. Eine unverstandene Disziplinierung erreichte nichts. Anders dagegen sah es bei erotischen Handlungen aus, die Schmerz beinhalteten. Dazu braucht er keinen Grund, er tat es einfach, weil er es wollte, obendrein meisterhaft beherrschte.

„Ich musste es zumindest versuchen … Sire. Bitte verzeih mir.“ Trockenes Schluchzen durchfuhr ihren Körper. Beinahe gab er dem Impuls nach, sie loszubinden und in seine Arme zu ziehen. Doch damit wäre ihnen beiden nicht gedient. Er war verpflichtet, weitere Fluchtgedanken im Keim zu ersticken. Rasul wusste, sie war nicht eine der Sklavinnen, die es nur ein Mal probierten. Das konnte und durfte er nicht zulassen. Sie musste lernen, dass Gehorsam belohnt, Ungehorsam ausnahmslos bestraft wurde. Es war besser, ihr Bestreben nach Freiheit auszulöschen. Fia gehörte ihm, mit allem, was sie zu bieten hatte. Er würde Schmerz und Lust von ihr fordern, schlussendlich bekommen. Ebenso wie ihre Ergebenheit.

„Bitte tu mir nicht weh, Sire“, wisperte sie.

Rasul umfasste ihre Schultern. „Ich verspreche dir, dass du aushältst, was ich dir antue. Atme tief durch und entspanne dich.“

Sie tat das genaue Gegenteil. Ein Beben lief über ihren schönen Leib. Er ging zu der Kommode, stellte sicher, dass sie sah, was er aus der Schublade holte. Es war ein Mehrriemer mit weicheren Schnüren, ausreichend, um ihr gebührende Reue in den hübschen Arsch sowie die Oberschenkel einzubläuen.

„Bitte, Rasul, Sire." Resigniert presste sie ihren Körper an den Bettpfosten, als ob das Holz sie vor ihm schützen könnte.

„Du findest meine Wahl nicht angemessen?"

Es war eine trügerische Frage, die Fia sofort verstand. Seine kleine Feuerblume ahnte, dass er eine einriemige Peitsche oder eine Gerte hätte auswählen können. Selbstverständlich schaffte er es, nur mit seiner Handfläche starke Pein zu verursachen. Das wusste sie.

Sie traf seinen Blick und hielt ihn. „Bitte, Sire, lass mich nicht auf den Schmerz warten." Sie hatte Angst, dass er es hinauszögern würde. Man sah es ihr an, auch dass sie resignierte und anfing, die Bestrafung zu akzeptieren. Der erste Schritt auf ihrem langen Weg. Erotische Züchtigungen bereiteten ihm viel mehr Freude. Doch er gab zu, diese Strafmaßnahme erreichte seine dunkelsten Triebe und erfreute ihn. Beides floss ineinander. Schlussendlich würde sie ihm ihren Körper bereitwillig überlassen, bis sie vor Gier schmolz. Dass sie dagegen ankämpfte, gestaltete die Belohnung umso verführerischer.

Rasul umschlang ihr schulterlanges weißes Haar mit einem Band, sodass die Strähnen sich nirgendwo verfangen konnten.

„Zehn Schläge sollten genügen, Fia. Bei einem weiteren Fluchtversuch verdoppele ich die Anzahl, benutze dann allerdings eine Gerte, die ich härter führen werde."

Rasul tat es erneut, brachte sie dazu, dass sie einsah, dass er sie bestrafen musste. Das durfte doch nicht wahr sein! Er manipulierte sie gekonnt. Fia spannte ihren Körper an und wusste nicht, was sie erwarten sollte. Sie hörte das Zischen der Lederstrippen, presste die Lider zu, noch ehe die Feuerzunge sie unvorbereitet quer auf den Pobacken traf. Ein Schrei brach aus ihrer Kehle. Der einzige Trost, der ihr verblieb, war, dass er sie danach nicht mehr erregen konnte. Wenn er mit ihr fertig war, würde sie ihn hassen, so wie er es verdiente. Rasul würde es nicht abermals schaffen, sie mit seiner falschen Zärtlichkeit zu beeinflussen. Im Augenblick gelang es ihr nicht, ihn zu verabscheuen, zu intensiv überrannten Angst und Schmerz ihr Bewusstsein. Er zögerte einen weiteren Hieb hinaus, befahl ihr mit einem grässlich verständnisvollen Tonfall, ruhiger zu atmen.

Als ob sie dazu in der Lage wäre! Frische Qual traf sie direkt oberhalb des ersten Streichs, der nächste darunter. Nach dem fünften Feuerkuss vergaß sie, dass sie ihn jemals hatte verachten wollen, sondern sehnte nur den Moment herbei, an dem es vorbei wäre. Das Brennen auf ihren Oberschenkeln entriss ihr einen Schrei, der ihr in den Ohren gellte und an ihrer Seele riss.

„Bitte, Sire! Hör auf.“ Ihre Stimme brach ab.

Doch ihr Sire zeigte kein Erbarmen, führte stattdessen die verbliebenen Schläge in schneller Reihenfolge aus. Ihr war bewusst, dass er es vermied, dieselbe Körperstelle zwei Mal zu treffen.

Sie hing in den Fesseln, schluchzte erleichtert auf, als sein starker Arm ihre Taille umschlang und er die Schnellverschlüsse löste.

Ehe sie sich zu helfen vermochte, umklammerte sie ihn, sobald er sie zu sich drehte. Suchte Trost bei ihm, obwohl sie es als falsch empfinden wollte, aber es nicht tat. Rasul legte sie mit dem Bauch nach unten auf das Bett und hielt ihr einen Becher an den Mund.

„Langsam.“

Sie versuchte ihm das Wasser zu entreißen, dessen ungeachtet sah er sie mit diesem ruhigen Blick an, bis sie die Hände zurückzog. Rasul ging ins Bad und kehrte mit einem feuchten Tuch zurück, mit dem er ihr die Tränenspuren von den Wangen wischte.

„Leg dich über meinen Schoß, Fia.“

Sie merkte selbst, dass sie ihn entsetzt ansah. Es entlockte ihm ein Lächeln. „Vertrau mir.“

Sich zu wehren, war sinnlos, deshalb tat sie, was er verlangte. Sie spürte seine harten Muskeln, und anstatt erneuter Pein tropfte herrliche Kühle auf ihren heißen Po. Mit sanftem Druck massierte er die Lotion in ihre geschundene Haut. Zuerst waren die Berührungen nicht intim, doch je mehr sie sich entspannte, desto sinnlicher wurden sie. Fia vermochte sich nicht zu helfen, sie ergab sich ihm weiter, obwohl sie sich eigentlich sträuben sollte. Aber es gelang ihr nicht. Zu gut tat der Trost, den er ihr schenkte. Ein Stöhnen entwich ihr, als er ihre Schenkel spreizte, um die Massage auf die Innenseiten ihrer Beine auszudehnen. Kämpfen könnte sie später. Im Moment fühlte sie sich nicht in der Lage, nur einen Finger zu heben. Rasuls kräftige Hände stoppten kurz vor ihren Schamlippen, und sie hätte beinahe frustriert aufgestöhnt. In letzter Sekunde verschluckte sie den Laut. Sein leises Lachen zeigte ihr deutlich, dass er es wusste. Er presste sich dicht an sie, und seine Erektion drückte verführerisch gegen ihr Becken. Sie vermochte nicht, es als abscheulich zu empfinden, sondern vielmehr erregte es sie, auch wenn sie es selbst nicht begriff.

Fia stand ihm machtlos gegenüber. Er würde sie gleich lieben, nicht vergewaltigen, selbst da er sie zwang, seine Berührungen zu erdulden, ihr unglaublichen Schmerz zugefügt hatte. Trotz all dem schaffte sie es nicht, ihn zu hassen. Vielleicht besaß sie morgen genug Kraft. Unbewusst spreizte sie die Schenkel weiter, sodass er besseren Zugriff hatte. Seine Härte zuckte unter ihr, und Fias Schoß reagierte darauf, indem er ungeduldig pulsierte. Rasul streichelte viel zu zärtlich an ihren äußeren Schamlippen entlang. Seine große Hand presste auf ihren Po, hielt sie sicher.

„Bitte, Sire."

Wie leicht ihr der Titel in diesem Moment über die Lippen ging. Dabei hatte sie sich vorhin geschworen, ihn niemals wieder Sire zu nennen. Doch nach dem ganzen Schmerz brauchte sie die Erfüllung, und sie wusste, er würde sie ihr gewähren, wenn sie ihn respektvoll behandelte.

„Sag mir, was du begehrst, Feuerblume." Seine Stimme klang rau vor Begierde.

„Bitte liebe mich, Sire. Oh, Raaasul."

Sein Daumen lag auf ihrer Lustperle, er presste sanft darauf, während er sie stimulierte, mit genau dem richtigen Druck.

Wie von allein ruckte ihr Becken nach oben. Sie stammelte etwas, das sie selbst nicht verstand. Rasuls Härte zuckte erneut. Er tauchte mit einem eingecremten Finger in ihren Po.

Bei den verschollenen Heiligen!

Ein Lustschrei brach aus ihrer Kehle. Er lachte, intensivierte die Reibung, die durch die Stimulation ihrer Hinterpforte unglaublich gesteigert wurde.

„Du darfst jetzt kommen, Fia."

Als ob irgendwas sie daran hindern könnte! Sie schrie ihre Erlösung in den Raum, so lange das Pulsieren in ihrem Anus und ihrem Schoß anhielt. Rasul reizte sie, bis der Orgasmus abebbte, sie über seinen Knien hing, gleich eines willenlosen, lüsternen Bündels.

Er räusperte sich, löste die herrlichen Hände von ihr und stand auf. Sie landete mit dem Rücken auf dem Bett.

„Sieh mich an." Er fixierte ihren Blick, während er sich auszog. Karamellfarbene Haut kam zum Vorschein, die Rasuls muskulöse Form bedeckte. Er war viel massiger als Jos. Auf seinem linken Arm prangte eine Tätowierung, die sie an schwarze Flammen erinnerte. Sie schluckte, als sie sein geschwollenes Geschlecht betrachtete und ihr Blick an dem Lusttropfen hängen blieb, der seine Eichel benetzte. Bei seinem Lachen erfasste pure Hitze ihre Wangen, die ihrem in Flammen stehenden Hintern nicht nachstand.

Wieso nur trugen das Brennen auf ihrem Körper und die Demütigung, die sie gerade erlitten hatte, zu ihrer Erregung bei? Weshalb ängstigte sie sich nicht vor ihm? Schlussendlich hörte sie auf, ihre Gefühle zu hinterfragen, und spreizte ihre Schenkel, noch ehe er sie darum bat. Geschmeidig trat er auf das Bett zu und kniete sich auf die Matratze.

Fias Flehen, Weinen und ihre Schreie, die ihren Ursprung im Schmerz hatten, klangen ihm noch in den Ohren, gleich eines sinnlichen Echos. Denn Pein war nicht alles, was sie gefühlt hatte. Ihre Haut glühte vor Begierde. Es hatte ihn viel gekostet, sie nicht sofort zu erobern, nachdem er sie mit dem Mehrriemer bestraft hatte. Fia schenkte ihm in diesem Augenblick unverfälschte Reaktionen. Die Male auf ihrem Arsch würden morgen verblasst sein, weil er sich zurückgehalten hatte. Die Bestrafung war angemessen und für Fia ausreichend gewesen. Sie war noch unerfahren, was Qual anging.

Sie hatte keine Todesangst vor ihm. Das sollte sie auch nicht. Er wollte, dass sie ihn respektierte und erregende Furcht verspürte.

Die Lust in ihren Augen spiegelte sich auf ihrem Körper wider. Ihre Pussy war geschwollen, die erregte Klitoris lockte ihn. Ihre Nippel waren hart, sodass er es kaum erwarten konnte, an ihnen zu saugen und sie zu beißen.

Er wusste, sobald sie zu Sinnen kam, würde sie erneut gegen ihn ankämpfen. Rasul freute sich bereits jetzt darauf. Doch im Moment erwartete ihn nur Begierde. Er positionierte sich zwischen ihren Schenkeln und beugte sich zu ihr herab. Rasul umfasste ihren Nacken und presste seine Lippen auf ihre. Das Biest biss ihm leicht in die Unterlippe, ehe sie den Mund öffnete und seine Zunge ihre traf. Er nahm seinen Schwanz in die Hand und benetzte die Eichel mit ihren Säften. Sie war zu aufgewühlt, um zu widerstehen, ihr Körper gab sich ihm ebenso hin wie ihre Seele.

Er wusste, sobald sie abkühlte, würde sie beschämt mit sich hadern, nicht verstehen, warum sie sich ihm hingegeben hatte. Es wäre einfacher für sie, wenn er sie vergewaltigen würde. Doch das hatte ihn noch nie gereizt. Er liebte es, eine Frau zu nehmen, so wie sie es verdiente. Zwang auszuführen stellte für ihn dabei keinen Widerspruch dar, denn schlussendlich gab sie sich ihm freiwillig hin, so wie Fia es gerade tat.

Er drang langsam in ihre Hitze, gab ihr Zeit, sich an seinen Schwanz zu gewöhnen. Niemals fügte er den Sklavinnen auf diese Weise beabsichtigt Schmerzen zu.

Sie wimmerte unter ihm, sodass er innehielt, sich herabbeugte und abwechselnd an ihren geschwollenen Nippeln saugte. Keuchend hob sie die Hüften an, und er glitt ganz in sie hinein. Sie war verflucht eng und nass.

Fia sah ihm geradewegs in die Augen, wirkte in diesem Moment unglaublich verletzlich; zu verletzlich.

Er stahl ihr einen Kuss, eroberte ihren Mund ebenso wie ihren Schoß. Bedächtig bewegte er sich in Fia, kontrollierte sein Verlangen und beobachtete ihr Gesicht, das ihre Emotionen widerspiegelte.

„Rasul“, stammelte sie.

Er ließ ihr durchgehen, dass sie das Sire vergaß, denn sie wisperte es gegen seine Lippen, mit einem vor Begierde verschleierten Blick. Er schob die Handflächen unter ihren glühenden Arsch. Sie jammerte, als er die Male berührte. Fia war ungezähmt, unbeherrscht und ungebrochen. Sie zwickte ihm in die Schulter. Diesmal war er es, der keuchte.

„Härter, bitte … Sire“, wisperte sie schüchtern.

Rasul zog sich aus ihr zurück. „Dreh dich um.“ Er hob sie auf alle viere und schluckte beim Anblick ihrer üppigen Rundungen, auf dem seine Züchtigung prangte. Rasul drang schnell ein, fickte sie ungezügelt, bis er beinahe seine Lust in ihr vergossen hätte. Er umschlang ihre schmale Taille mit einem Arm und zog ihren Oberkörper hoch. Seine Hand fand ihre Klitoris, die pulsierend unter seinen Fingerkuppen lag. Er massierte sie fest und biss Fia in den Nacken, als sie kam. Sie schrie ihre Erlösung in den Raum. Rasul presste sie nach unten, sodass ihre rechte Schulter auf dem Bett auflag. Er krallte sich in ihre weichen Hüften, versuchte, den eigenen Höhepunkt aufzuhalten, wechselte zwischen langsam und schnell. Der Druck in seinen Hoden wurde immer drängender, und er hielt inne, begnügte sich damit, sie anzusehen, ihren heißen Arsch zu streicheln. Sie wimmerte, als er fest über die Male rieb. Das allein fachte seine Begierde zusätzlich an. Er zog seinen Schwanz fast aus ihr raus, nur um tief zuzustoßen. Doch seine Bemühungen waren vergeblich. Der Orgasmus überrannte ihn, seine Muskeln verkrampften, und nach wenigen Stößen ergoss er sich in ihr.

Sehr lange nicht hatte ihm der Akt dermaßen viel Befriedigung geschenkt. Fia erfüllte ihn nicht nur körperlich, sondern auch mental. Sie blieb in der Position. Rasul zog sich aus ihr zurück, drehte sie auf den Rücken und strich ihr die Haare aus der verschwitzten Stirn. Erneut diese Verletzlichkeit, die ihn verunsicherte.

Ihre Augen füllten sich mit Tränen, und eine rollte ihre Wange hinunter. Er küsste sie fort und legte sich zu ihr.

„Wieso tust du mir das an … Sire?“ Sie presste ihr Gesicht in seine Halsbeuge, und er ließ sie weinen, weil er wusste, dass sie es brauchte. Er verstand ihren inneren Zwiespalt, wie hart es für sie war, sich in seinen Armen als seine Sklavin wiederzufinden, selbst da ihr eigenes Volk sie nicht gut behandelt hatte. Eigentlich hatte er sie heute verhören wollen, doch Tabith hatte ihm gesagt, dass Sakuro an der Befragung teilnehmen wollte. Außerdem war Fia zu erschöpft und benötigte dringend Ruhe.

Allmählich beruhigte sie sich, und es erfreute ihn, dass sie sich noch immer an ihn klammerte. Es klopfte an der Tür, und Fia erstarrte. Sie versuchte, sich zu bedecken. Rasul sah sie scharf an, und Fia schaute ihn mit einem verletzen Ausdruck in den Augen an, der ihn viel zu sehr berührte.

Das konnte er nicht zulassen. „Nein!“
Sie ließ daraufhin sofort die Decke fallen.
Tabith betrat seine Gemächer, in den Händen ein Tablett mit Essen. Seine Augen leuchteten, als er Fia betrachtete, der man genau ansah, dass sie hart und gut gefickt worden war. Wenn er ehrlich war, hatte Rasul mehr als das getan: Er hatte sie geliebt. Sie presste sich in die Matratze, in dem sinnlosen Versuch, mit den Laken zu verschmelzen.
„Fia, spreiz deine Beine für unseren Gast.“ Besser, er trieb Fia ihre Schamhaftigkeit umgehend aus. Und bei sich selbst den Anflug von zu starker Zuneigung. Sie sah ihn mit unverhohlener Betroffenheit an, sodass er sich wie ein Verräter fühlte. „Sofort!“, sagte er harsch.
Tabith zog erstaunt die Augenbrauen hoch, verbiss sich aber einen Kommentar. Fia zitterte am ganzen Leib, als sie dem Befehl nachkam.

Sie war selten dumm!
Rasul war ein Bolok, weder ihr Liebhaber noch ihr Freund oder gar ihr Gefährte. Sie war seine Sklavin, sonst nichts. Sie bedeutete ihm genauso viel wie ein Stück Dreck unter seinem Stiefel, austauschbar gegen jede andere Sklavin. Rasul war hinterlistig und raffiniert. Sie hatte sich besonders gefühlt in seinen Armen, sicher und umsorgt. Wütend, obendrein zutiefst verletzt, krallte sie ihre Hände in das Laken, wünschte sich, sie könnte es ebenso zerreißen wie sein Gesicht. Sie presste die Lider zu, als ob sie das davor bewahrte, diesen Schmerz zu spüren, der völlig unsinnig erschien. Vielleicht stellte es eine außerordentlich grausame Art der Sumarier dar, Sklavinnen so zu behandeln.
Sie hatte sogar akzeptiert, warum er eine Bestrafung an ihr vollzog.
„Sieh mich an, Feuerblume.“
Alles in Fia verkrampfte sich bei der Vorstellung, dass er genau in ihrem Blick zu lesen vermochte, was sie empfand. Rasul würde nicht nur sehen, dass sie äußerst verstört und verletzt war, sondern zudem, dass sie sich verraten fühlte. Sie hatte den Feind an sich herangelassen, und jetzt erntete er die Früchte seiner Bemühungen. Tabith würde sie einfach … ficken, sie überwältigen, sie benutzen wie jede andere Sklavin auch. Schweiß brach ihr auf dem Körper aus, während Übelkeit sie würgen ließ. Und am allerschlimmsten war das Kribbeln, das sie auf ihrem Tattoo spürte. Fia öffnete die Lider. Tabith lächelte sie an, beugte sich zu ihr herab und küsste sie sanft auf den Mund.
„Kleine Feuerblume, irgendwann werde ich deine geheimen Lippen küssen.“ Federleicht streichelte er an der Innenseite ihres Oberschenkels entlang. Im Gegensatz zu den weich gesprochenen Worten enthielt Tabiths Blick eine Warnung. Wenn sie sich widersetzte, würde sie es bereuen. Sie

empfand keinen Ekel bei seiner Berührung, was sie sich eigentlich erhofft hatte, aber Erregung bemerkte sie auch nicht. Rasul brauche sie nur mit seinen Augen zu streifen und sie fühlte es prickelnd auf ihrer Haut.

Rasul strich sich abwesend über das Flammenmuster auf seinem Arm, während ein leichtes Lächeln um seine Mundwinkel spielte. Irgendwie hatte sie das Gefühl, dass er sie testete und verflucht zufrieden mit dem Ergebnis war.

Ihre Schenkel zitterten, weil Tabiths Finger ihren Schoß erreichten. Sie rang mit dem Reiz, ihm die Faust ins Gesicht zu rammen. Doch es hätte ihr lediglich eine Bestrafung eingebracht. Zudem wusste sie genau, dass die Sumarier ihr mit Leichtigkeit Gewalt antun könnten.

Tabiths Berührungen waren nicht grob. Er streichelte ihre Schamlippen, bis es sie allen Versuchen zum Trotz doch erregte. Erst dann richtete er sich auf.

„Atme ruhiger, Sklavin." Er trug das schwarze Haar länger als Rasul. Seine Augen waren von einem helleren Blau. Auch er benahm sich nicht wie ein Monster. Den Gefallen taten sie ihr beide nicht.

„Wir sehen uns morgen, mein Prinz." Tabith zwinkerte ihr zu, ehe er durch die Tür verschwand.

Das köstliche Aroma der Speisen drang an ihre Nase. Ihr Magen reagierte mit einem lauten Knurren. Rasul reichte ihr die Hand, zog sie vom Bett und hielt sie einen Moment an sich gedrückt. Der Kerl wirkte wie Stahl, sodass sie sich geborgen fühlte, obwohl sie ihn verachten sollte. Er warf sich ein Hemd über und schlüpfte in eine enge Unterhose.

Er setzte sich auf einen der rot gepolsterten Stühle, die an dem dunklen Holztisch standen. Rasul deutete auf das Kissen zu seinen Füßen. Fia schluckte mehrmals, um die brennenden Tränen zurückzuhalten. Sie war nicht mehr wert als ein Hund. Ob sie es schaffen würde, sich vom Balkon zu stürzen? Wenn sie mit dem Kopf zuerst sprang, wäre es schnell vorbei.

Ehe sie Gelegenheit bekam, den Gedanken weiter zu verfolgen, umspannten Rasuls Hände ihre Handgelenke. Sein Blick zeigte ihr deutlich, dass er ahnte, woran sie gedacht hatte. Sie sah beinahe etwas wie Enttäuschung in den unergründlichen Tiefen seiner Augen. Fia war dermaßen angespannt, dass sie fast auf die Unterlage fiel. Ein Schaudern lief über ihren Körper. Die eisige Kälte, die ihr Innerstes fest umgriff, suchte sich den Weg nach außen.

Rasul stand auf und legte ihr eine Decke um die Schultern. Anscheinend wollte er nicht, dass sie erkrankte. Ob er ihr eine Schüssel auf den Boden stellen würde, damit sie *fressen* konnte? Bevor er selbst einen Bissen aß, schnitt er ein Stück von dem Braten ab und hielt ihr den Happen an die Lippen. Er zog die Augenbrauen nach oben.

„Überleg dir gut, ob es dir wert ist, meinen Gürtel zu spüren, nur weil du mir in den Finger beißt, Sklavin."

Fia presste die Zähne aufeinander. Lieber verhungerte sie, als auf diese Weise zu *speisen*. Wenn doch nur ihr Magen nicht dermaßen leer wäre. Das Fleisch roch köstlich. Seufzend fixierte Rasul ihren Blick, hielt ihn geduldig, bis sie die Anspannung nicht länger aushielt.

„Was willst du tun, falls ich nicht esse, Sire? Mich verprügeln?"

Er lächelte sie an. Es war kein nettes Lächeln. „Nicht dich."

Was! Die eisige Kälte eroberte ihr Herz. Sie wich mit dem Oberkörper vor ihm zurück, soweit sie es schaffte. Er packte ihren Nacken und steckte sich den Bissen in den Mund. Dicht zog er sie zu sich heran. „Du isst jetzt, oder ich beordere eine von den Sklavinnen in meine Gemächer und lasse sie auspeitschen. Du wirst die Schuld für immer auf deinen hübschen Schultern tragen."

Er meinte es todernst. Mit einem sadistischen Ausdruck bot er ihr einen weiteren Happen an, den sie gehorsam aß. Obwohl das Fleisch weich und würzig war, schmeckte es dennoch wie Asche. Rasul hielt ihr einen Becher an die Lippen. Sie trank von dem süßen Wein, der ihr sofort in den Kopf stieg.

Sie war eine Sklavin! Die Worte dröhnten in ihrem Schädel, verwandelten das Essen in Steine, die in ihrem Magen herumsprangen. Und verflucht, wieso brannte das Tattoo auf ihrem Schenkel, als ob sie in einem Nest Feuerkäfer säße?

Sie kämpfte damit, nicht aufzuschreien, da Übelkeit und das Stechen auf ihrem Bein zunahmen. Rasul sah sie besorgt an und umfasste ihre Wangen. Sobald er sie berührte, wurde alle in ihr still.

Verdammt, verdammt, verdammt!

Pure Agonie rammte in ihren Oberschenkel, bis die Welt um sie herum in Schwärze eintauchte.

Fia erstarrte unter seinen Händen, während sie einen Laut unverfälschter Qual in den Raum schrie. Rasul fasste sie an den Schultern, und ihre Augen verdrehten sich. Schweiß brach auf ihrer Stirn aus, und sie bäumte sich auf, ehe sie bewusstlos in seinen Armen lag.

Verflucht! Hatte er sie zu fest geschlagen? Oder vertrug sie das Essen nicht?

Er schüttelte sie, doch sie zeigte keine Regung. Rasul legte zwei Finger auf ihre Halsschlagader. Ihr Puls hämmerte unregelmäßig, und ihr Körper verkrampfte sich. Ein gleißender Schmerz packte seinen Arm, der brennend durch seine Adern fuhr. Rasul glaubte, von innen heraus zu verbrennen. Er wollte schreien, doch aus seinem Mund kam nur ein Keuchen.

Seine Schädeldecke schien zu bersten. Es gelang ihm nicht einmal mehr, nach den Wachen zu brüllen, weil sich das Zimmer um ihn in ein dunkles Loch verwandelte, ihn verschlang, bis er neben Fia auf dem Boden aufschlug.

Kapitel 5

Rasuls Lider wogen schwer wie grosamischer Stahl. Stöhnend drehte er sich auf den Rücken. Hatte irgendjemand ihn niedergeschlagen? Er tastete über seinen Schädel, und die Erkenntnis schlug auf ihn ein wie ein Felsbrocken.

Fia!

Noch ehe er die Augen aufriss, wusste er, dass sie geflohen war. Er starrte auf seinen Arm, von dem sowohl der grauenvolle Schmerz ausgegangen war als auch der Strudel, der ihn in die Bewusstlosigkeit gerissen hatte. Er rieb sich das Gesicht, aber es änderte nichts an dem Bild. Der Umriss einer Eisrose zierte eine der Flammen seines Tattoos.

Das durfte nicht wahr sein!

Rasul lief zum Balkon, holte tief Luft, ehe er nach unten sah. Er hatte es ihr vorhin angesehen, dass sie mit dem Gedanken gespielt hatte, sich selbst zu töten. Deutlich prangte der Abdruck ihres Körpers in dem weichen Blumenbeet. Sie war auf den Füßen aufgekommen und hatte sich abgerollt. Von der Balustrade hing ein Seil, das drei Meter über dem Boden aufhörte. Zorn ersetzte seine Besorgnis, und er brüllte nach der Palastgarde. Ihr nur den herrlichen Arsch zu versohlen, wäre nicht das Einzige, was er ihr antun würde, wenn er sie in die Finger bekam. Und das würde er, es war nur eine Frage der Zeit.

Zwei Mitglieder der Garde stürmten in seine Gemächer.

„Wir haben eine entlaufene Sklavin. Alarmiert die Wache, und sie sollen auch die Nebelwölfe auf sie loslassen. Allerdings darf ihr kein Haar gekrümmt werden.“ Rasul trat in den persönlichen Bereich von Tagus. Eins musste er dem Mann lassen, sein Blick flackerte nicht. Er war nicht umsonst in der Leibwache, die keinen Platz für Feiglinge bot.

„Ich kümmere mich eigenhändig darum, mein Prinz.“ Tagus presste die schmalen Lippen aufeinander und drehte sich auf dem Absatz um. Er nahm die Decke, in die Fia gehüllt gewesen war. Die Nebelwölfe würden sie finden. Und dann konnte ihr niemand mehr helfen. Sorge und Zorn fochten einen Kampf in seinem Inneren. Das kleine Biest würde ihren Fluchtversuch doppelt bereuen.

Rasul ballte die Hände zu Fäusten. Diese Frau ging ihm nicht nur sprichwörtlich unter die Haut. Sie zierte seinen Arm! Was das zu bedeuten hatte, konnte er nur ahnen, und es lief ihm eiskalt den Rücken hinunter.

„Soll ich die Pferde satteln lassen, mein Prinz?“

Rasul nickte Sador zu. Er drückte auf ein Feld auf dem Display der Hauskommunikation. Das verschlafene Gesicht von Tabith erschien auf dem Schirm. Die Schlaftrunkenheit hielt keine Sekunde an. Rasul ahnte, er sah mehr als angepisst aus. Tabith sparte sich einen Kommentar. Er wusste, dass Fia geflohen war.

„Ich hol Drugal, wir treffen uns an den Ställen."

Das Blut rauschte wie ein Wasserfall in Fias Ohren. Es war ihr gelungen, Rasul zu entfliehen. Für einen furchtbaren Moment hatte sie damit gekämpft, einfach in den Tod zu springen. Aber anscheinend hing sie doch zu sehr an ihrem armseligen Leben. Stattdessen hatte sie das Seil benutzt, das sie in der Schublade gefunden hatte. Sie schluckte schwer bei der Erinnerung, was neben dem Tau gelegen hatte: Peitschen, Gerten, Manschetten sowie Gerätschaften, deren Verwendung sie nicht kannte. Erstarrt hatte sie nach einem seiner Hemden gegriffen, das ihr bis zu den Knien reichte. Es roch nach ihm. Sie stolperte, und das riss sie aus den Gedanken. Stattdessen sprang das Bild der Tätowierung auf ihrem Oberschenkel in ihr Bewusstsein, die Konturen der Flammen, die ihre Eisrose einrahmten.

Das durfte nicht sein! Das Schicksal spielte ihr einen grausamen Streich. Auf gar keinen Fall konnte ein Sumarier, der sie als Sklavin halten wollte, ihr Seelengefährte sein. Seelengefährten verband eine Liebe, die stärker war als alles andere. Wütend auf sich selbst unterdrückte sie den Reiz, sich gegen die Stirn zu schlagen, da sie einen Stich von Trauer empfand bei dem Gedanken, ihn nie wieder zu sehen. Gleichzeitig überfiel Fia eine niemals zuvor gespürte Furcht bei der Vorstellung, was er ihr antun würde, wenn er sie fand.

Zum Glück hatte sie ihre Stiefel unter dem Bett gefunden. Sie fröstelte von der kalten Luft. Sie wünschte sich, sie hätte es riskiert und sich auf die Suche nach einer Jacke begeben. Aber Rasul hatte gestöhnt und sich bewegt, während sie die Schubladen durchwühlte. Bestimmt war er bereits erwacht. Die Sumarier würden sie jagen wie ein Tier, sie zur Strecke bringen, sie dermaßen hart bestrafen, dass Fia sich verfluchen würde, dass sie nicht in den Tod gesprungen war.

Die mörderische Geschwindigkeit konnte sie nicht länger durchhalten. Noch war es ihr nicht gelungen, das Grundstück des Palastes zu verlassen. Ihre Muskeln brannten ebenso wie die Zeichnung, die Rasul auf ihrer Haut hinterlassen hatte. Das Seil hatte nicht bis zum Boden gereicht, und sie hatte Glück, dass sie nicht gestürzt war, weil sie sich ungewohnt kraftlos fühlte.

Die beiden Monde spendeten kaum Licht durch die daherrasenden Wolken. Fia hörte ein fernes Heulen, das ihr einen Schauder über den Körper jagte, ihr obendrein lähmend in die Glieder fuhr. Unkontrolliert atmend verharrte sie im Dickicht. Was waren das für Tiere? Bluthunde, die sie anfallen und zerreißen würden? Sie hatte Geschichten darüber gehört.

Verdammt, Fia, reiß dich zusammen. Deine Vorstellungskraft reicht nicht aus, um dir auszumalen, was sie dir antun werden, um deinen Tod hinauszuzögern.

Weiteres Wehklagen hallte durch die Nacht. Die Jagd auf sie war eröffnet. Warum nur war sie geflohen? Sie wusste, dass sie keine Chance besaß, den Sumariern zu entkommen. Doch sobald ihre Augen erfasst hatten, was da auf ihrem Bein prangte, hatte pure Fassungslosigkeit ihren Verstand außer Kraft gesetzt. Jetzt begriff sie auch, wieso Rasul von der ersten Sekunde an unwiderstehlich auf sie gewirkt hatte.

Seelengefährte!

Ein Teil von ihr fand sich bereits damit ab, eine Sklavin zu sein. Doch das durfte sie nicht zulassen. Rasul hatte starke Emotionen von ihr eingefordert. Nicht nur beim Liebesspiel. Sie hatte Jos geliebt, aber niemals dermaßen heftige Orgasmen durch ihn erfahren. Rasul würde sie zerstören, wenn sie bei ihm blieb. Sie konnte nicht seine Sklavin sein und schon gar nicht seine Seelengefährtin.

Und Suno! Fia wusste nicht, was sie tun sollte. Sie vermochte weder ihr Seelentier noch sich selbst zu retten. Wenigstens würde sie nicht mehr erleben, dass Suno starb.

Für einen Sekundenbruchteil gab sie sich der Trauer sowie der Ausweglosigkeit ihrer Lage hin. Das Gefühl kroch wie Schlamm durch ihre Adern und schmerzte unglaublich.

Das Heulen kam näher. Fia war bewusst, es würde ihr nicht gelingen, mit den Schatten zu verschmelzen, weil das, was sie jagte, selbst zu den Schatten gehörte.

Sie drehte sich um und wich zurück, als sie die Jäger erspähte, die sich ihr näherten. Das Licht der Monde erhellte ihre großen Körper für einen Moment, bevor die Wolken sie in Dunkelheit tauchten. Doch ihre Augen glimmerten golden. Es waren Geschöpfe aus der alten Welt.

Nebelwölfe.

Sie wirkten noch majestätischer, als sie sich die Tiere vorgestellt hatte. Elegant rannten sie durch die Nacht. Fast schien es, als ob sie den Boden nicht berührten, sondern nebelgleich auf sie zuflossen.

Fia holte schluchzend Luft, fiel rückwärts über einen Baumstamm, und eisige Kälte verschluckte sie. Panikartig schlug sie um sich, als sie unterging. Die Strömung ergriff sie. Fia hörte auf, dagegen anzukämpfen. Tod infolge Ertrinkens lockte wie ein gnädiges Geschenk.

Ein großer Umriss landete neben ihr in dem See. Sein Kiefer umschloss ihren Unterarm mit einem eisernen Griff. Unerbittlich zog er sie nach oben. Sie strampelte, doch der Wolf ließ nicht los. Starke Arme packten ihre Schultern.

Rasul.

Sie schnappte nach Atem, während Rasul sie auf die Seite drehte. Fia spuckte Wasser, und als ihr Körper zum Leben erwachte, kämpfte sie mit dem inneren Tod. Rasul würde sie leiden lassen oder seinen Lakaien befehlen, es zu Ende zu bringen, falls er sich nicht selbst die Hände beschmutzen wollte. Er rieb ihr fest über den Rücken. Seine Wut prallte gegen sie, in einer Weise, dass sie es auf der Haut spürte.

„Mein Prinz, soll ich mich der Sklavin annehmen?"

Die grauenvolle Stimme raspelte ihre Nervenbahnen entlang, als ob sie jemand an die Oberfläche gezogen hätte. Intensive Angst packte sie gnadenlos, unbewusst suchte sie bei Rasul Zuflucht und umklammerte ihn.

„Das ist nicht nötig, Malik."

Eine äußerst interessante Reaktion, die Fia zeigte. Sie hatte weder bei Tabith, Drugal noch ihm mit einer derart offenen Furcht reagiert wie bei dem Aufseher der Sklaven. Ihr eiskalter Körper presste gegen Rasul, als ob sie versuchte, in ihn hineinzukriechen. Selbst als er sie an den Bettpfosten gebunden hatte, war Fia nicht dermaßen panisch gewesen. Instinktiv hatte sie Rasul vertraut. Auch Rasul drückte sie an sich. Beinahe hätte er sie verloren. Der bloße Gedanke schmerzte mehr, als er sollte.

Für einen Moment starrte Tabith auf Rasuls Tätowierung, die ebenso flimmerte wie Fias. Sein Freund zog seine Jacke aus und legte sie Fia um die Schultern. Eigentlich stand es der Sklavin nicht zu, dass man sie umsorgte. Es wäre vernünftig, sie Malik zu übergeben, der sie auspeitschen würde, wie sie es verdiente. Rasul konnte es nicht.

Seelengefährtin! Er wollte es nicht glauben, und dennoch, die Beweise lagen glasklar auf der Oberfläche seines Arms und ihres Oberschenkels. Er konnte nicht glauben, dass Fia sich hatte ertränken wollen. Wie konnte sie nur! Ein ungewohnter Stich schoss durch sein Herz. Er war wütend auf sie und gleichzeitig verwirrt. All ihre Dummheiten würde er sie spüren lassen. Aber zuerst musste er sicherstellen, dass sie aushielt, was er mit ihr vorhatte.

Als ob du ihr Grausamkeiten antun könntest, die ihr wirklich schaden!

Sie presste ihr Gesicht in seine Halsbeuge. Braxas, der Nebelwolf, der sie gerettet hatte, schnüffelte winselnd an ihrem Hals. Erst zuckte sie zusammen, aber sie zeigte längst nicht so viel Angst vor dem Furcht einflößende Tier wie vor Malik, der sie nicht einmal berührt hatte. Sie streichelte Braxas zögerlich über den Kopf. Rasul hatte geplant, Fia an Tabith zu übergeben, bis er sich im Griff hatte und sie eigenhändig bestrafen konnte. Doch jetzt widersetzte sich alles in ihm, sie aus den Händen zu geben. Er war hin- und hergerissen zwischen dem Wunsch, ihr das zarte Genick umzudrehen und sie zu halten, bis sie sich beruhigte.

Malik würde eine Beschwerde bei Sakuro einreichen. Es war Rasul egal, Fia gehörte ihm. Er würde sie selbst bestrafen. Malik nestelte nervös an seiner Kleidung, als er mit Fia auf den Armen an ihm vorbeilief, obendrein wich er Rasuls Blick aus. Der Kerl benahm sich immer seltsamer.

Rasul stieg auf sein Pferd. Mit der Hilfe von Tabith drapierte er Fia vor sich. Sie verharrte bewegungslos. Er wusste nicht, ob vor Schock oder Angst. Sein Hengst Rugar wieherte leise, bevor er sich in einem weichen Galopp in Bewegung setzte.

Sobald sie den Palast erreicht hatten, rutschte Fia auf den Boden und blieb mit gesenktem Kopf auf der Erde sitzen. Sie versuchte, unbeweglich zu verharren, doch das Zittern machte es unmöglich.

Beim Wargo! Er fühlte erneute Besorgnis in sich hochsteigen. Mit groben Händen zog er sie auf die Füße, warf dem bereitstehenden Sklaven die Zügel zu und zog seine bebende Beute hinter sich her. Nach wenigen Schritten gab er es auf, weil sie ständig stolperte, obendrein ihre unterdrückten Schluchzer an seinen Nerven zerrten, die drohten zu reißen. Er hob sie hoch, und sie presste ihr Gesicht gegen ihn.

Verdammt! Er spürte ihre heißen Tränen, die ihm viel zu nahe gingen. Tabith lief schweigend neben ihm, was Rasul erstaunte. Selbst als sie drakanischen Plünderern in die Falle gelaufen waren und diese Tabith, Drugal und ihn gefoltert hatten, hatte Tabith nicht aufgehört, belangloses Zeug zu reden, bis die Drakanier an ihm verzweifelten.

Tabith öffnete die Tür zu Rasuls Gemächern, nickte ihm zu und flüchtete, als rannte ein Gatak hinter ihm her.

Feigling!

Rasul warf Fia aufs Bett. Er riss beinahe die Knöpfe ab, als er ihr das durchnässte Hemd auszog. Er umwickelte ihr rechtes Handgelenk mit einer Manschette, aus der sie sich nicht befreien konnte. Falls sie es dennoch versuchte, löste die Fessel einen schrillen Alarm aus, der selbst einen Nachtbären aus dem Winterschlaf aufwecken würde. Die ganze Zeit fixierte sie einen Punkt auf seiner Schulter, während Tränen ihre Wangen hinunterliefen.

Rasul drehte sie auf die Seite, zog seine Kleidung aus und presste sich an ihren eisigen Körper. Er zog eine Decke über sie beide, und allmählich hörte sie auf zu zittern. Die Erschöpfung forderte ihren Tribut. Fia schlief in seinen Armen ein. Ihre Bestrafung musste bis morgen warten.

Kapitel 6

Noch ehe Fia die Augen aufschlug, ahnte sie, dass etwas nicht stimmte. Sie lag nicht in ihrer Hütte, die Jos gebaut hatte. Die Laken rochen nicht nach ihm, sondern nach Rasul. Sie spürte seinen Blick auf ihrer Haut, nachdrücklich und fordernd.

„Gut, du bist wach, Sklavin. Steh auf", sagte er in diesem sanften Tonfall, der augenblicklich jede Müdigkeit aus ihrem Körper jagte.

Sie war geflohen, obwohl er sie ausführlich vor den Konsequenzen gewarnt hatte.

Doch sie hatte aus reinem Instinkt gehandelt, ihr Verstand von dem Seelentattoo auf ihrem Oberschenkel ausgeschaltet, sobald sie zu sich gekommen war.

Fia rutschte von Rasul weg, soweit das Bett es zuließ. Wieso er sie nicht gestern sofort bestraft hatte, war ihr ein Rätsel. Vielleicht hatte er gedacht, sie wäre zu geschwächt, um es zu überleben.

Rasul, der eben noch lässig mit verschränkten Armen an der Wand gelehnt hatte, ragte nun neben ihr auf. Er zerrte sie an den Beinen an die Bettkante, seine Hände unerbittlich wie eiserne Schellen.

Auf seinem Gesicht fand sie weder Wut noch Grausamkeit, sondern … Belustigung. Er zog sie auf die Füße und schob sie ins Bad. „Du hast fünf Minuten, um dich frisch zu machen."

Auf dem Balkon lag der Nebelwolf, der sie vor dem Ertrinken gerettet hatte. Seine unergründlichen goldenen Augen fixierten sie. Er beobachtete alles, was sie tat. Fia beeilte sich, sie wollte dem Sumarier nicht weitere Gründe geben, um sie zu züchtigen.

Was hatte er nur vor? Was immer es war, es trieb ihr den Schweiß aus den Poren. Sie berührte mit den Fingerspitzen das Tattoo, das sich warm und beruhigend anfühlte.

Ihre Beine trugen sie kaum, während sie in das Schlafgemach ging. Wie verführerisch Rasul aussah, bekleidet mit einer engen schwarzen Hose und einem losen weißen Hemd.

Ob sie ihn anflehen sollte? Sie drückte ihre Wirbelsäule durch. Nein, lieber hielt sie aus, was er geplant hatte.

Und wenn er sie an dieses grauenvolle Monster übergab? Nur die Erinnerung an diese Stimme jagte ihr eine Gänsehaut den schweißgebadeten Körper entlang.

Verflucht, sie verspürte Angst und irgendwie auch nicht. Und das bereitete ihr die meiste Furcht. Rasul trat auf sie zu, blieb so dicht vor ihr stehen, dass sie seine Körperwärme spürte.

„Sire, ich …"

„Sei still."

Diesmal drückte sein Tonfall pure Bedrohung aus. Zu ihrem Entsetzen musste sie sich an ihm festhalten, weil sie ansonsten auf dem Fliesenboden gelandet wäre. Doch sie musste wissen, was er über das Tattoo dachte.

„Aber …"

Sein Blick fraß sich in ihr fest, und die Worte erstarben ungesagt auf ihren Lippen. Mit unnachgiebiger Hand packte er ihren Nacken und schob sie auf die Tür zu.

Bei den vergessenen Heiligen, sie war nackt. Wahrscheinlich lohnte es sich schlichtweg nicht, sie anzukleiden, ehe er sie auspeitschte.

Fia fixierte den polierten Boden, blendete die unzähligen Augen aus, die sie auf ihrem Weg ins Verderben betrachteten. Ob sie den heutigen Tag überleben würde? Oder waren diese schimmernden Steine das Letzte, woran sie denken würde, ehe unglaublicher Schmerz sie überrannte?

Rasul führte sie die Treppe hinunter, verhinderte mehrmals, dass sie stolperte. Wäre auch zu schade, wenn sie sich das Genick bräche, bevor er sie zu Tode peitschen könnte, dachte sie zynisch.

Rasul schob sie in ein Esszimmer mit fünf Tischen, die jeweils Platz für acht Personen boten. Drei von ihnen waren besetzt. Die Unterhaltung der Sumarier erstarb bei ihrem Eintreten. Rasul löste den Griff um ihren Nacken, der sie gerade noch gestört hatte und den sie jetzt herbeisehnte. Verunsichert sah sie ihn an. Er wirkte immer noch amüsiert.

„Mach dich nützlich, Sklavin, und bedien die Männer beim Frühstück." Er deutete auf mehrere Anrichten, auf denen Speisen und Getränke standen.

Sie verharrte wie festgewurzelt. Rasul setzte sich zu Tabith und Drugal. Stimmengemurmel brandete um sie herum.

„Gieß mir Tee ein, Mädchen", sagte Drugal spöttisch. Er drehte sich nicht einmal zu ihr um.

„Tu, was er verlangt, sonst wirst du bestraft", wisperte eine weibliche Stimme hinter ihr. „Ich bin Malura." Fia drehte sich um, und die Adrianerin schubste sie, um sie aus der Starre zu lösen.

Was sollte das denn jetzt? Was war das für eine seltsame Strafe?

Sie drückte die Schultern durch und stellte sich neben Drugal. Bevor sie die Teekanne greifen konnte, schob er sie in die Mitte des Tisches.

Dieser schleimige Gatak!

Sie musste sich über die Platte lehnen, um an den Tee heranzukommen. Empört schrie sie auf, als er seine große Handfläche beiläufig auf ihren Po legte. Sie wirbelte herum und hielt sich gerade noch davon ab, ihm ins Gesicht zu schlagen.

„Wie viele sagtest du, Rasul?"

„Für jeden Ungehorsam sollten fünf Stück ausreichend sein."

Drugal packte ihren Nacken und zwang ihren Oberkörper auf den Tisch. Erst jetzt entdeckte sie das Schlaginstrument, welches so lang wie eine Männerhand war, schmal und in der schwarzen Lederoberfläche waren Löcher eingearbeitet. Rasul hatte alles geplant, und sie war geradewegs in seine Falle gesprungen.

Drugal schlug hart zu. Doch Fia verbiss sich sämtliche Laute. Sie warf Rasul einen Blick aus der dunkelsten Ecke ihrer Seele zu. Der Mistkerl verzog spöttisch den Mund.

„Sei so gut, mein Freund, und verabreiche ihr weitere zehn. Die Sklavin hat Schwierigkeiten mit der Disziplin. Sie dürfen auch gern etwas fester ausfallen. Sie mag Schmerz und wird davon geil anstatt unterwürfig."

Fia presste die Lider zu und wimmerte bereits, ehe der erste Hieb aus purem Feuer auf ihrem Po landete. Diesmal schaffte sie es nicht, ruhig zu bleiben. Sie hasste die Sumarier, hasste sie für das, was sie ihr antaten. Drugal ließ sie nicht warten, und egal, wie sehr sie versuchte, nicht zu schreien, es misslang ihr. Nachdem er fertig war, setzte er sich auf den Stuhl, wischte ihr mit einem Tuch die Tränen vom Gesicht und bat sie höflich, ihm endlich den Tee einzugießen.

Drugal streichelte die Innenseite ihres Oberschenkels. Sie stützte sich mit einer Hand ab. Zu ihrem Entsetzen zitterte sie dermaßen, dass die Kanne ihr entglitten wäre, wenn sich Rasuls starke Finger nicht um ihre gelegt hätten.

„Langsam, Sklavin. Atme tief durch und beruhige dich." Er wartete, bis sie sicher stand, erst dann ließ er sie los. Sie schüttete den Tee ein. Die Hälfte landete auf der Tischplatte.

„Bedanke dich bei Drugal für seine Mühe … auf den Knien." Bevor sie wusste, was sie tat, sank sie neben dem Sumarier auf den Boden.

„Ich danke dir für die Bestrafung, Sire."

Du Arschloch!

„Es war mir ein Vergnügen, Sklavin. Und jetzt hol uns Brot, ehe wir verhungern."

Fia rappelte sich auf die Füße. Auf dem Weg zu der Anrichte wischte sie sich die Tränen von den Wangen. Sie war wild entschlossen, ihnen kein weiteres Schauspiel zu bieten.

Sie wünschte sich, Rasul hätte sie ausgepeitscht, anstatt diese Demütigung zu ertragen. Egal, an welchen Tisch sie trat, irgendeine Hand betatschte sie. Doch keiner der Sumarier außer Rasul berührte ihre Scham.

Sie zuckte nicht einmal zusammen, als sie einem großen blonden Kerl Saft einschüttete und er ihr leicht in den Po biss. Als sie sich unbeobachtet fühlte, sah sie Rasul mit purem Hass an.

„Sklavin, hast du gerade deinen Sire angefunkelt, mit einem Blick, der Hunde in die Flucht schlagen könnte?“

Ein belustigt wirkender Sumarier, der Rasul ähnlich sah, schritt auf sie zu.

„Eldor, mein Bruder.“ Rasul stand auf, und die Männer schlugen sich gegenseitig auf den Rücken. Langsam wich Fia zurück. Rasuls gesamte Aufmerksamkeit packte sie, und sie blieb stehen, als hätte er sie an den Boden gekettet.

„Fia, komm her.“

Sie blickte kurz zur Tür, und Rasuls Augen bohrten sich in sie. Fia ging auf ihn zu. Die wenigen Schritte erschienen wie eine Ewigkeit.

„Darf ich dir meine neue Sklavin Fia vorstellen? Sie hat Schwierigkeiten, sich einzugewöhnen.“

„Hat sie das? Sie ist höchst kurvig, wie gemacht, eine Hand auf ihrem Arsch zu spüren. Mag sie Schmerz, Bruder? Ihr Hintern leuchtet entzückend und erweckt den Eindruck, als ob ihm zusätzliche Hitze durchaus angenehm wäre.“

Rasul umfasste warnend ihre Schultern. Niemals zuvor war es ihr dermaßen schwergefallen, ihren Unmut für sich zu behalten. Sie behandelten sie wie einen Gegenstand. Und Gegenstände besaßen keine Rechte.

„Sie ist empfänglich für Lustqual. Sehr sogar.“

„Hast du ihr nicht verboten, dich auf diese Weise anzufunkeln, als ob sie dich in deine Bestandteile auflösen möchte?“

Rasul streichelte mit dem Handrücken ihre Wange entlang. „Sie ist neu und muss sich eingewöhnen. Obendrein hat sie nicht begriffen, dass ihr Verhalten immer Konsequenzen nach sich zieht.“ Er lachte leise. „Irgendwie beschleicht mich das Gefühl, sie fordert eine Bestrafung heraus.“ Rasul umfasste sanft ihre Kehle und legte den Daumen auf ihren rasenden Puls.

„Was hast du vor mit ihr, Bruder? Ich würde gerne zusehen.“

„Ah, ich verstehe. Du darfst nicht nur zusehen, du könntest mir helfen.“ Rasul schob sie langsam nach hinten, bis sie mit dem Po an einen Widerstand stieß. Rasul packte ihre Hüften und hob sie hoch, setzte sie auf die gepolsterte Unterlage, die eine Seite des Raumes säumte. In regelmäßigen Abständen waren Ringe in der Längskante des Leders eingearbeitet. Dahinter war ein breiter Zwischenraum zur Wand. „Wenn ich mit dir fertig bin, Sklavin, wirst du unfähig sein zu funkeln, geschweige denn zu stehen.“

Rasul drückte sie nach unten und kontrollierte Fia noch immer durch den Griff um ihren Hals. Sie konnte nichts tun, als Eldor ihre Handgelenke mit Manschetten an der Kante in Höhe ihres Pos fesselte, sodass ihre Arme gespreizt waren. Rasul erhöhte ein wenig den Druck, und sie blieb bewegungslos liegen, während Eldor die Fesselungen um ihre Knöchel anbrachte.

Sie versteifte sich, versuchte, ihr Bein gerade zu halten.

„Sklavin, bleib ganz ruhig. Wehr dich nicht, sonst tu ich dir weh. Rasul, beruhige sie."

„Sieh mich an, Fia. Atme regelmäßig … so ist es gut, Mädchen."

Eldor führte ihr Fußgelenk zu ihrem Handgelenk und hakte die beiden Fesselungen aneinander. Ihr entwich ein Wimmern, als er ihr zweites Bein fixierte. Die Haltung spreizte sie weit, überließ nichts mehr der Fantasie.

„Sire, bitte." Fia kämpfte damit, die drohenden Tränen zu unterdrücken. Sie bahnten sich dennoch ihren Weg. Rasul beugte sich zu ihr herab und küsste sie sanft auf den Mund.

„Entspann dich, Feuerblume. Dir bleibt schlussendlich keine Wahl. Du verlässt den Raum erst, wenn du dich unterwirfst, aufhörst, gegen mich anzukämpfen, einsiehst, dass ich nur dein Wohlergehen im Sinn habe."

Eldor verließ den Platz zwischen ihren Schenkeln. Leicht streichelte er über das Tattoo. Fia atmete so schnell, dass sie glaubte, ihr Brustkorb würde explodieren. Jeder der anwesenden Kerle sah sie an, betrachtete sie auf eine Weise, wie sie es selbst niemals getan hatte. Die Spreizung war so weit, dass sie kühle Luft an den Innenseiten ihrer Schamlippen fühlte.

„Sire!" Sie drehte den Kopf, um ihn anzusehen.

Rasuls Mimik verriet ihr nicht, was er dachte. Er schenkte ihr nichts, nicht einmal seine Berührung.

„Darf ich mich mit deiner Sklavin bekannt machen?"

Rasul machte eine zustimmende Handbewegung. Eldor schwang sich über die Unterlage, stellte sich hinter sie und legte seine Handflächen auf ihre Schultern.

„Ich werde dir nicht wehtun." Eldor lächelte sie verführerisch an, die blauen Augen ein sinnliches Versprechen. Er war jünger als Rasul, das Gesicht nicht ganz so hart. „Wir sind keine Ungeheuer. Schließ die Augen, und konzentrier dich nur auf mich, auf das, was ich mir dir mache."

Ihre Lider flatterten zu, doch sie riss sie wieder auf, als er mit den Händen tiefer rutschte, sanft ihre Nippel berührte.

„Nimm ihr die Sicht, Bruder."

„Nein!"

Eldor schnippte mit den Fingern gegen die Knospen, die bereits geschwollen waren.

„Bitte, Sire, nicht."

Rasuls unergründliche Augen waren das Letzte, was sie sah, ehe er eine weiche Binde um ihren Kopf band. „Das Einzige, was von nun an aus deinem Mund kommt, sind Bekundungen deiner Lust. Sonst finde ich einen Weg, dich am Sprechen zu hindern, Sklavin." Rasuls Atem streichelte über ihre Lippen, und er küsste sie hart, fordernd.

Dennoch spürte sie Eldors Hände auf ihren Brüsten, der sie mit steigendem Druck massierte. Ihr ohnehin heißes Geschlecht pulsierte gierig. Rasul löste sich von ihr. Ihr entwich ein leises Stöhnen, weil Eldor sanft an ihren Nippeln zupfte, bis sie den Rücken durchbog.

Jetzt war sie erleichtert, dass sie nichts mehr sehen konnte. Die Stimmen der Männer verblassten in den Hintergrund. Niemals hätte sie gedacht, dass Rasul sie auf diese Art bestrafen würde.

Geschickt lockte er ihre Erregung. Fia ahnte, er würde alles von ihr erhalten, auf das er abzielte. Wenn er sie gepeitscht hätte, würde sie ihn hassen, eine Barriere gegen ihn aufbauen. Doch im Moment schaffte sie es nicht, auch nur nachzudenken. Sie spürte nur noch. Am allerschlimmsten war, dass sie Rasul vertraute. Er fügte ihr keinen Schmerz zu, den sie nicht aushalten konnte. Aber sie musste ihn dennoch bekämpfen. Er durfte nicht erreichen, dass sie die Kontrolle über den eigenen Körper verlor.

„Du bist nass, Feuerblume." Rasul lächelte, sie hörte es deutlich. „Obwohl du dich sperrst und verzweifelt versuchst, unsere Verführungen zu ignorieren. Es wird dir nicht gelingen, dafür sorge nicht nur ich."

„Und sie hat fantastische Brüste, prall und empfindsam."

Ein vibrierendes Geräusch ertönte. Sie wäre von der Unterlage gesprungen, wenn sie nur gekonnt hätte, als Rasul das pulsierende Utensil auf ihre Lustperle hielt. Sie wünschte sich, er würde zwischen ihren Schenkeln stehen, sie vor den Blicken verbergen.

Beim Wingo!

Ein unglaublich intensiver Reiz erfasste ihr Geschlecht. Fia entwich ein Geräusch purer Lust.

„Die Empfänglichkeit der Sklavin beschränkt sich nicht auf ihren Busen, wie mir scheint." Eldor kniff ihr fest in die Nippel, rollte die schrecklich gierigen Spitzen zwischen seinen Fingern. Sie spürte seinen Atem auf der Haut, und dann saugte sein warmer Mund an ihrer rechten Brustwarze, hart und gleichmäßig.

Wellen von Begierde rasten zu ihrem Schoß, bildeten eine Einheit mit dem pulsierenden Gerät. Sie kam heftig und schaffte es nicht, stumm zu bleiben. Fia schrie und jammerte, während Rasul und sein Bruder nicht von ihr abließen.

Rasul schob ihr den Vibrator vorsichtig in das Geschlecht. „Die Sklavin ist so heiß und nass. Ich brauche nicht einmal ein Gleitgel."

Maskulines Gelächter brandete um sie herum. Rasul führte den Stimulator vor und zurück, nur um ihn rauszuziehen und erneut auf ihre Klitoris zu halten. Er presste ihn gegen die überempfindliche Spitze, und es tat fast weh. Eldor ließ von ihr ab, doch ihre Erleichterung war nur von kurzer Dauer. Er umrundete sie, blieb zwischen ihren Schenkeln stehen. Der eigene Atem rasselte überlaut in ihren Ohren. Eldor würde sie jetzt einfach nehmen, seine Lust an ihr stillen, und sie konnte, wollte nichts dagegen tun. Sie spürte seinen harten Schwanz an ihrem Eingang. Er rammte ihn nicht in sie hinein, sondern eroberte sie langsam und liebevoll.

„Was für ein williges gieriges Ding sie ist."

„Das ist sie." Rasul erhöhte die Vibration.

Eldor bewegte sich tief in ihr, umfasste ihre Hüften und fickte sie in einem gleichmäßigen Tempo. Die Sumarier gewährten ihr keine Atempause, versagten ihr die Gelegenheit, zu Sinnen zu kommen. Zu intensiv fühlte ihr Körper, was sie ihr antaten.

Rasul führte den Stimulator in einer kreisenden Bewegung auf ihrer pochenden Perle. Er beugte sich herab und saugte abwechselnd an ihren Nippeln, an der Grenze zum Schmerz.

„Schrei für mich, Sklavin", wisperte Eldor mit rauer Stimme.

So sehr sie es nicht tun wollte, sie kam, heftiger als beim ersten Mal. Beiden Brüdern entwich ein maskulines Schnauben. Eldor intensivierte seine Stöße, packte ihre Hüften härter. Rasul nahm den Vibrator fort, aber nicht seine fordernden Lippen. Eldor zog seinen Schwanz aus ihr und spritzte seine Lust auf ihren Bauch. Fia presste die Augen zusammen, um nicht zu weinen. Sie spürte, dass er sich zu ihr herunterbeugte.

„Ich danke dir, süße Fia", sagte er so sanft, wie sein Kuss zärtlich war.

Das Blut rauschte so laut in ihren Ohren, dass sie nicht hörte, was um sie herum geschah. Warme starke Hände umfassten ihre Schenkel. Würden jetzt eine Reihe Männer sich an ihr bedienen?

„Ruhig, Kleines."

Sie schluchzte erleichtert auf. Es war Rasul. Er war nicht so vorsichtig wie Eldor. Mit einem harten Stoß war er in ihr. Dann zog er ihr die Binde vom Kopf. Sie blinzelte gegen das helle Licht an.

„Du wirst mich die ganze Zeit ansehen, während ich dich ficke, Sklavin."

Was würde sie in seinem Blick erkennen? Triumph? Wut? Genugtuung?

Es war Wärme, die ihr entgegenstrahlte und ihren letzten Verteidigungswall zerstörte.

Rasul sah die Verwirrung auf Fias Gesicht. Sie war so verletzlich, nackt, wie sie vor ihm lag, nicht nur körperlich, sondern vor allem emotional. Gefesselt, gespreizt, auf das Äußerste aufgewühlt, konnte sie ihm nichts entgegensetzen. Sie unterwarf sich ihm in diesem Moment mit ihrer Seele. Aber er hatte ihr auch keine andere Wahl gelassen.

Er strich ihr die verschwitzten Haare aus der Stirn. Sie lehnte sich in die Berührung, während sie mit den Tränen kämpfte. Noch hatte Fia nicht erfasst, dass er mittlerweile allein mit ihr war.

Rasul vögelte sie langsam und gab dem Bedürfnis nach, sie überall anzufassen, die Weichheit ihrer Haut zu fühlen, den bebenden Bauch, die geschwollenen Knospen. Die Muskeln ihrer Beine zitterten. Lange durfte er sie nicht mehr in dieser Position lassen.

Er legte einen Daumen auf ihre Klitoris, die von ihren Säften nass und pochend unter seiner Hand lag. Sie wimmerte von der Berührung auf. Rasul fickte sie schneller, stimulierte sie, bis sie den Rücken durchbog. Sie schrie seinen Namen, als sie kam, immer und immer wieder. Gleichzeitig rannen Tränen aus ihren Augenwinkeln.

Vollkommene Hingabe.

„Sieh mich an!“

Ihre Lider flatterten doch sie gehorchte. Sobald er ihren Blick traf, verflüchtigte sich ein großer Teil seiner angestauten Emotionen, die ein seltsames Gemisch aus Wut, Enttäuschung und Zuneigung bildeten. Die Zuneigung verblieb.

Er konzentrierte sich auf das, was sein Körper fühlte. Ihre inneren Muskeln massierten seinen Schwanz. Ihre enge Hitze stimulierte ihn auf eine unerträgliche Weise, während sie ihn schüchtern ansah und gleichzeitig mit einer Sinnlichkeit, die ihn berührte.

Rasul ließ der eigenen Lust freien Lauf, nahm sie hart, gefangen von ihrem Blick und der Wirkung, die sie auf ihn ausübte. Und wie nass ihre Pussy war! Mit jedem Stoß spürte er es. Seine Knie wurden weich, und er krallte die Finger um ihre Schenkel.

Er warf den Kopf in den Nacken, als der unglaublich intensive Orgasmus ihn packte, der ihn auf eine Weise befriedigte, die er niemals zuvor erlebt hatte. Er vergoss seinen Samen in Fia und hielt atemlos inne.

Rasul löste die Haken der Manschetten, noch während er in ihr war. Vorsichtig zog er sich aus ihr zurück und half ihr, die Beine durchzustrecken. Sie wimmerte leise, presste die Lider zu, als ob sie das vor der Realität retten könnte.

Er gewährte Fia ein paar Augenblicke, sodass sie zu Atem kommen konnte. Rasul legte eine Handfläche unter ihren Hals. Sie schaffte es nicht einmal, den Kopf zu heben. Gierig trank sie das Wasser, das er an ihre Lippen hielt.

„Ich fürchte, ganz ohne Schmerz kann ich dich nicht gehen lassen, Sklavin.“

Sie schluckte so hart, dass er es hörte. Rasul musste unerbittlich bleiben. Keine Sklavin kam nach einem Fluchtversuch ungestraft davon.

„Dreh dich auf den Bauch.“

Ihre Augen füllten sich mit Tränen, die ihm ein Seufzen entlockten. Sie wirkte wie ein Welpe, den man gerade von dem Muttertier trennte. Er zog sie in eine sitzende Position und drehte sie um. Sie lag bewegungslos über der Kante und zitterte wie die feinen Blätter eines Hadarasbaumes in der Morgenbrise.

„Ich fixiere dich nicht, Fia. Du wirst die Züchtigung ertragen, sie akzeptieren und mitzählen. Wenn du dich angemessen verhältst, höre ich bei zehn auf."

Rasul zog den Gürtel aus den Schlaufen seiner Lederhose. Er würde sie genau richtig disziplinieren, nicht zu fest, aber schmerzhaft genug, dass sie ihre Lektion lernte.

Er holte aus, zielte, und das Leder schlug quer auf ihre Pobacken auf. Sie war zu aufgewühlt, um sich zu beherrschen. Ein Schrei brach aus ihrer Kehle. Hätte er sie sofort bestraft, hätte er sie viel erbarmungsloser schlagen müssen, doch so durcheinander, wie sie war, reichte der eher *sanfte* Schmerz. Das Zählen gab ihr Gelegenheit, sich zu konzentrieren und nicht vor Angst zu vergehen. Er wartete.

„Eins, Sire." Ihr Leid klang in jeder Silbe.

„So ist es gut, Kleines."

Bei dem vierten Treffer weinte sie so heftig, dass er sie kaum verstehen konnte. Er war gespannt, wie sie sich nach der Bestrafung verhalten würde. An ihren Reaktionen vermochte er zu erkennen, ob sie ihn als Sire akzeptierte.

Den letzten und schlimmsten Hieb platzierte er auf die Rückseite ihrer Oberschenkel. Er ließ den Gürtel fallen und drehte sie um. Sie wehrte sich nicht. Stattdessen klammerte Fia sich an ihn, als ob ihr Leben davon abhinge.

Rasul hielt sie und flüsterte ihr tröstende Worte zu. Allmählich beruhigte sich seine Sklavin. Er schob sie auf Armeslänge von sich, um ihr in die Augen zu sehen.

Fia hörte auf zu hinterfragen, auf welche Art sie auf Rasul ansprach. Anstatt ihn zu hassen, gegen ihn anzukämpfen, sog sie den Trost, den er ihr gewährte, auf wie ein See in der Salzwüste. Zu aufgewühlt, zu nackt fühlte sie sich. Mit Leichtigkeit hatte er ihren brösligen Schutzwall eingerissen, sie gezwungen, Emotionen zu fühlen, die sie zu keiner Zeit zuvor dermaßen intensiv gespürt hatte. Alles vermischte sich, und sie wusste nicht mehr, wo sie sich befand.

„Renn niemals wieder fort, Fia. Sonst muss ich dich auf eine Weise bestrafen, die mir keinerlei Freude bereitet."

Wie warm sein Blick wirkte! Die Ruhe, die er ausstrahlte, umschmeichelte sie und griff auf sie über. Sie war unglaublich müde und konnte kaum auf den Beinen stehen, geschweige denn laufen. Die Schläge des Gürtels brannten schrecklich, und doch hatte er ihr nicht zu viel zugemutet. Ihre Muskeln schmerzten von der starren Haltung; wenn Rasul sie jetzt losließe, würde sie zusammenbrechen.

Er hob sie auf die Arme. „Ich bringe dich in die Entspannungsgärten, Feuerblume. Dort erhältst du alles, was du brauchst."

Niemals zuvor war sie sich dermaßen unbedeutend und hilflos vorgekommen. Der Zustand gefiel ihr nicht. Im Moment jedoch war sie ihm ausgeliefert.

Rasul brachte sie in einen großen gläsernen Raum, der mit Wasserbecken und Pflanzen angefüllt war. Er stellte sie auf die Füße, nahm aber nicht die Hände von ihren Schultern. Eine Sumarierin eilte auf sie zu. Das rote Gewand wehte um ihre schlanke Gestalt. Die hochgesteckten Haare betonten die anmutige Linie ihres Halses.

„Rasul, mein Prinz. Was bringst du uns denn da?" Die blauen Augen musterten sie. „Die Kleine ist ganz aufgelöst."

„Sie steht unter meinem persönlichen Schutz, Akira."

„Ich verstehe. Ihre Besonderheiten?"

„Fia ist sehr schüchtern und schamhaft. Lass sie von zwei Männern behandeln. Sie sollen sie waschen, massieren und die Striemen versorgen. Ihre Pussy braucht ein wenig Gel. Und gebt ihr genug zu essen. Danach bringt sie in meine Gemächer, sodass sie sich ausruhen kann." Rasul sah Fia prüfend an, und sie spürte ein erstes Anzeichen von Zorn in sich hochsteigen. Er redete von ihr, als ob sie ein Schatten ihrer selbst wäre.

Akira winkte zwei riesige Kerle zu sich heran.

„Seid vorsichtig mit ihr, aber falls nötig, zwingt sie, eure Berührungen zu ertragen." Rasul gab Fia noch einen aufmunternden Klaps und schubste sie in die Arme des Sumariers, der sie unbeteiligt ansah.

Die Männer wuschen sie, massierten sie und behandelten ihre Striemen, ließen sich nicht davon abhalten, sie gründlich zu untersuchen und ihre Pussy mit einer kühlenden Salbe zu behandeln. Danach fütterten sie Fia wie ein Kind und legten sie anschließend in Rasuls Bett.

Sie schwor sich, dass der miese Gatak es nicht erneut schaffen würde, sie zu erregen und zu verunsichern.

Wenn sie doch nur nicht so müde wäre. Sie schlief auf der Stelle ein, und ihr letzter Gedanke galt ihm.

„Verflucht noch mal!", brüllte Eldor. Er wirkte, als wollte er Rasul seine Faust in die Visage schlagen.

Rasul massierte seine Schulter, an der das Übungsschwert ihn hart getroffen hatte.

„Unser Prinz scheint nicht bei der Sache zu sein." Tabith grinste über das ganze Gesicht, während er mühelos Drugals Hieb parierte.

Eldor packte Rasuls Arm und berührte das Seelentattoo. „Ich konnte es nicht glauben, als ich es heute Morgen gehört habe."

Rasul entriss seinem Bruder den Arm. Er war nicht in der Stimmung, diesen Mist zu diskutieren. Wenn er nur seine Gedanken sammeln könnte, aber er vermochte sich einfach nicht von Fia loszureißen. Ihre tränenüberströmten Wangen schwebten ihm vor den Augen. Sie hatte einsam ausgesehen, als er sie in den Entspannungsgärten zurückgelassen hatte.

Das sollte ihm nicht dermaßen nahegehen. Er sorgte sich zwar um Frauen, die er als Sklavinnen unter seine Obhut nahm, allerdings ließ er sie nicht zu dicht an sich heran.

Fia zierte seine Haut und steckte tief in ihm drin. Obendrein kribbelte das Tattoo entsetzlich. Es machte ihn wahnsinnig, zerstörte seine Selbstbeherrschung, und es juckte ihn in den Fäusten, auf etwas einzuschlagen.

Eldors Pupillen weiteten sich, er sprang elegant einen Schritt zurück. Doch Rasul hatte es kommen sehen, setzte ihm nach, holte aus und rammte seine Faust mitten in Eldors dämlich grienende Visage. Sein Bruder zahlte es ihm heim, traf ihn auf die rechte Wange. Rasul war schwerer als Eldor, nutzte jetzt sein Gewicht aus und warf sich auf ihn. Sie rollten auf der Erde herum, wie sie es als Kinder oft getan hatten.

Ein guter Kampf hatte noch niemandem geschadet. Keuchend presste er Eldor den Unterarm auf die Kehle. Eldor schlug mit der flachen Hand auf den staubigen Boden. Rasul löste sich von ihm und zog ihn auf die Füße.

„Das hast du gebraucht, großer Bruder. Die Kleine hat dich aus dem Gleichgewicht gebracht." Eldor legte ihm den Arm um die Schultern. „Komm, wir gehen duschen und essen was. Ich muss heute Abend zurück auf die paskanische Seite."

Eldor war ein Spion, ein Kundschafter, und versuchte mit Hochdruck herauszufinden, ob die Paskanier für die Schattentoten verantwortlich waren. Bis jetzt liefen seine Bemühungen ins Leere.

„Was ist das zwischen dir und Fia?"

Wenn er das nur wüsste!

„Als ich das erste Mal in ihre Augen gesehen habe, hat es mich gepackt. Irgendwie verlangsamte sich alles um mich herum. Sogar die einzelnen Regentropfen konnte ich erkennen." Rasul wischte sich den Schweiß aus der Stirn. „Hört sich ganz schön verrückt an."

Eldor schnaubte wie ein Hengst, dem eine Stute gerade in den Arsch biss. „Nicht verrückter als dieses Ding auf deinem Arm und ihrem Schenkel." Er drehte sich zu Rasul und wackelte mit den Augenbrauen. „Sie ist eine verdammt süße, freche Herausforderung. Und so schüchtern. Du hast dir eine gemeine Strafe für sie einfallen lassen.“ Er lachte laut. „Die sie schlussendlich genossen hat.“

Rasul ahnte, seine Feuerblume würde morgen erneut gegen ihn ankämpfen, und es juckte ihn bereits in den Fingern, sie unter sich zu spüren, in ihre Augen zu sehen, wenn ihr Zorn in pure Leidenschaft umschlug.

Fia schlief fest, als er sich später zu ihr legte. Für einen Moment spielte er mit dem Gedanken, sie zu wecken und zu ficken. Aber sie wirkte erschöpft. Sobald sie aufwachte, würde er sie aufs Neue mit dem Sklavinnen-Dasein konfrontieren. Rasul gönnte ihr die Ruhe, denn sie hatte sie bitter nötig.

Kapitel 7

Fia seufzte von dem Gefühl einer herrlichen Wärme auf. Sie erinnerte sich an entsetzliche Kälte und Angst, die sie tief gepackt hatte. Sie lag mit dem Bauch nach unten auf einer weichen Unterlage. Jemand spreizte ihre Schenkel, um ihren Schoß zu stimulieren. Geschickte Finger fanden ihre Lustperle und massierten sie sanft. Schlaftrunken hob sie das Becken an, um ihm besseren Zugriff zu gewähren.

Was für ein wunderbar intensiver Traum!

Sie hatte schon lange keine erotische Fantasie mehr gehabt. Es fühlte sich so echt an. Starke Hände hoben sie seinen Berührungen entgegen, maskulines Flüstern vibrierte gegen ihren Nacken.

Oh, verdammt! Die Realität brach über sie herein. Fia versuchte, sich auf den Rücken zu drehen, um der verführerischen Stimulation durch Rasul zu entgehen. Sie konnte sich nicht rühren. Er hatte ihre Handgelenke am Kopfteil fixiert und kniete zwischen ihren Beinen.

„Nein!“, wisperte er.

Ein flammender Hieb landete auf ihrem Po, noch während er gleichzeitig zwei Finger in ihr Geschlecht schob. Bei den verlorenen und vergessenen Heiligen, sie war klatschnass und bereit, ihn zu empfangen. Zu gut hatte er ihren schlaftrunkenen Leib überlistet. Wenn sie nur nachdenken könnte! Aber er spreizte sie weiter und rieb hart über ihre empfindlichste Stelle.

„Hör auf, Rasul.“

Er reagierte nicht sofort, stattdessen packte er ihr Haar nach endlos erscheinenden Sekunden. Rasul zog ihren Kopf grob nach hinten, indessen seine geschickte Hand nicht von ihr abließ. „Wie heiße ich?“

Fia wollte nichts fühlen, wehrte sich gegen die Stimulation. Doch ihr Fleisch und ihr Geist gehörten ihm. Sie war hilflos, Rasul gegenüber und vor allem gegenüber sich selbst.

„Bitte … Sire.“

„Du gehörst mir, Fia. Ich verlange deinen Körper und deine Seele. Du wirst sie mir überlassen, egal, wie sehr du dich sträubst.“ Er biss in ihren Nacken, hart genug, um ihr einen Schrei zu entlocken. „Je stärker du dich wehrst, desto größer wird nicht nur deine Lust, sondern auch meine. Ich spüre es auf meinen Händen und sehe es deutlich. Du kommst für mich, wann und so oft ich es will, Sklavin“, flüsterte Rasul in ihr Ohr.

„Nein“, schluchzte sie.

„Du bist eine schlechte Lügnerin. Aber als Sklavin stellst du eine echte Herausforderung dar.“ Rasul ließ ihr Haar los und schob die Handfläche unter ihren Busen. Er kniff fest in die geschwollenen Nippel. Fia presste die Augen zu, während ihr Körper pulsierte, summte und gierig nach mehr verlangte. Rasul hielt sie genau an der Schwelle zum Orgasmus, lachte sadistisch, als sie wimmernd versuchte, sich an seiner Hand zu reiben.

„Bitte mich, Fia. Erkenne mich als deinen Sire an."

„Niemals, du …" Ihr versagte die Stimme, weil Rasul ihr in den Po biss, immer und immer wieder.

Der Schmerz vermischte sich mit dem Pulsieren in ihrem Schoß. Sie brauchte es nur zu sagen und Rasul würde ihr geben, was sie begehrte. Aber lieber würde sie ersticken. Unvermittelt ließ er von ihr ab. Er beugte sich zu ihr herab, bis sein Atem ihren Nacken streichelte.

„Wie du willst, Fia."

Er packte ihr rechtes Fußgelenk und befestigte eine Manschette darum. Obwohl sie sich wehrte, gelang es ihm mühelos, ihr linkes Bein zu fesseln. Weit spreizte er sie, bis sie sich nicht mehr rühren konnte. Sie wusste, er würde jetzt etwas Furchtbares tun, das sie selbst zu verantworten hatte.

„Ich erlaube dir so laut zu schreien, wie du möchtest, kleine Sklavin."

„Du hast mir gar nichts zu erlauben."

Er lachte leise, schrecklich gefährlich. „Dein Stolz und deine Sturheit sind Zutaten, die mich reizen. Du erhältst von mir zwanzig zusätzliche Schläge für deinen Fluchtversuch und deinen Ungehorsam, der dir so sehr am Herzen liegt. Danach werde ich dich zwingen, einen Orgasmus zu bekommen, während die Tränen auf deinen Wangen trocknen und du mich obendrein in einen bodenlosen Abgrund verwünschst." Rasul klapste sie auf den Po. „Wenn ich mit dir durch bin, Sklavin, wirst du vergessen, dass du mich hassen willst."

Die Worte klangen in ihr nach, vibrierten ihre Haut entlang, nur um tiefer zu dringen; zu tief. Ein Beben erfasste ihre Muskeln, und sie brachte es nicht fertig, es zu kontrollieren. Sie drehte den Kopf, um zu sehen, was er tat. Vielleicht zeigte er jetzt sein wahres Gesicht! Es würde den Zauber brechen, die Macht beseitigen, die er über sie hatte. Sie verstand nicht, wieso sie Rasul dermaßen verfallen war. Das Tattoo auf ihrem Bein prickelte und veränderte sein Aussehen, sie spürte es deutlich.

Das Schicksal war eine Bestie, ein heimtückisches Monster, sie auf diese Weise leiden zu lassen, gebunden an einen Mann, der sie versklavte und nicht liebte. Laut der alten Legenden sollte dies nicht möglich sein. Seelenpartner waren auf ewig verbunden. Nur der Tod vermochte sie zu trennen.

„Bitte, Sire." Sie biss sich auf die Lippen, um weiteres sinnloses Flehen zurückzuhalten.

Egal, was sie stammelte, Rasul ließ sich nicht aufhalten. Er genoss, was er ihr antat, sah es als notwendig und sinnvoll an, um sie in das zu formen, was er herbeisehnte. Er wollte sie zerbrechen.

Ist das so?, fragte eine Stimme in ihrem Kopf. *Bis jetzt hat er dir nichts angetan, was du nicht aushalten konntest. Er hat dich nicht grausam behandelt und dir grundlos Schmerzen zugefügt. Er hat dich getröstet und dich gehalten, dir immer erklärt, warum er dich bestraft.*

Sie erstickte den penetranten Nörgler, den sie ebenso hasste wie Rasul.

Rasul zog die Schublade der Kommode auf und drehte sich mit einem ernsten Ausdruck zu ihr. In den Händen hielt er eine Gerte. Niemals hatte sie etwas gesehen, das ihr größere Angst eingejagt hatte. Würde er sie so gnadenlos schlagen, bis sie blutete? Sie danach diesem grauenvollen Mann übergeben, dessen Anblick ihr noch immer einen Schauder den Körper entlangjagte? Wie Malik sie angesehen hatte! Mit purer Unmenschlichkeit, die ihr wie Würmer über die Haut gekrochen war.

Rasul strahlte eine Ruhe aus, die sie nicht verstand. Er wirkte nicht grausam, zornig oder unbeherrscht. Der dunkle Krieger kontrollierte ihre Zügel und seine eigenen.

„Was ich dir jetzt antun muss, ist nur zu deinem Besten, Feuerblume. Anscheinend brauchst du eine harte Hand. Es wäre verantwortungslos, sie dir zu versagen. Der Schmerz und die daraus resultierenden Erfahrungen werden dir helfen, dich leichter einzugewöhnen. Ich bin dein Sire. Du wirst es akzeptieren – schlussendlich."

Das Monster besaß die Frechheit sie anzulächeln, in einer Weise, die ihr eine Horde Feuerkäfer über die Haut jagte.

„Du arroganter Arsch eines Dungkäfers", platzte es ungewollt aus ihr raus.

Amüsiert zog er die Augenbrauen hoch, holte aus, und der erste Hieb aus purem Feuer traf ihre rechte Wade.

„Du verdienst, was ich dir antue. Wenn ich mit dir fertig bin, wirst du deine Handlungen bereuen und ein wenig Demut gelernt haben. Diesmal werden die Spuren nicht sofort verblassen."

Sie zuckte zusammen, als er sie auf dem Po berührte, doch es waren nur seine Lippen, die sich furchtbar sanft anfühlten.

„Möchtest du noch etwas sagen", er lachte gemein, „um mich milde zu stimmen?"

„Spring von der nächsten Klippe, du schleimiger Auswurf eines Gataks."

Erneut dieses Lachen, das sie umschwirrte wie ein lästiges Insekt.

„Gern gebe ich zu, sehr lange nicht hat es mir ein dermaßen großes Vergnügen bereitet, eine Sklavin für ihre Vergehen zu züchtigen. Mein Schwanz ist hart. Du wirst nachher betteln, ihn in dir zu spüren, wenn sich Qual mit Lust vermischt."

Sie biss in das Laken, um ihm keine weitere Reaktion zu schenken. So unendlich zärtlich folgte er mit den Fingerkuppen der Kontur ihres Körpers. Er trat zurück. Die Gerte brannte sich in das Fleisch ihrer linken Wade. Rasul arbeitete sich abwechselnd an ihren Beinen hoch. Fia vermochte das Schreien nicht mehr zurückzuhalten, als er ihre Kniekehlen erreichte. Sie wusste nicht, wie oft er sie bereits geschlagen hatte. Vergessen waren ihr Hass, ihre Verwirrung, ihre Furcht. Alles, was zählte, war der Schmerz, ausgeführt durch Rasul. Er besaß die Frechheit, ihr über das Haar zu streicheln, und befahl ihr, ruhiger zu atmen.

„Fass mich nicht an", stieß sie kaum verständlich hervor.

„Hör auf, dich zu sträuben. Im Gegensatz zu dir habe ich Erfahrung mit Bestrafungen." Seine siedende Handfläche rieb ihren Po, glitt an den Innenseiten ihrer Oberschenkel entlang.

„Und wie nass du bist, du wollüstiges Ding, heiß und gierig. Perfekt für einen Sire wie mich."

So sehr Fia von sich verlangte, nicht auf ihn zu reagieren, sie sprach auf ihn an – und nicht mit der Missachtung, die er verdiente. Etwas zerriss in ihr, als ihr bewusst wurde, dass sie keine wahre Angst vor ihm verspürte. Sich selbst gewährte sie die Verachtung, die sie ihm gegenüber nicht empfand. Er hörte nicht auf, ihren Hintern zu reiben, bis er sich warm anfühlte, durchblutet von der Massage.

Als die Gerte auf ihrem Po landete, wusste sie, wieso er das getan hatte. Im Vergleich zu dem Flammenmeer, das über ihre Rundungen zuckte, wirkten die Hiebe auf ihren Beinen wie ein mildes Prickeln. Alles in ihr verstummte, während pure Qual ihren Leib entlanghuschte, sich in ihrem Po festbiss, bis sie nicht mehr konnte. Fia weinte, schrie und flehte Rasul an, endlich aufzuhören.

„Sire! Bitte, bitte." Ihr Körper bebte so hart, dass sie dachte, es würde sie zerreißen. Sie bereute jedes Wort, ihre Fluchtversuche, dass sie nicht einfach erfüllt hatte, was er von ihr verlangte. Es wäre so leicht gewesen.

„Das waren zwanzig." Er musterte sie gründlich. „Deinem ganzen Geschrei zum Trotz ist deine Pussy nass. Wie kann das sein?"

Wenn sie das nur wüsste.

„Bitte mich darum, dir Vergnügen zu schenken, Feuerblume, sodass der Schmerz sich in eine Lust wandelt, die du herbeisehnst."

Fias Stolz erschien ihr in diesem Moment wie eine schreckliche Bürde. Sie wusste nicht, was er ihr noch antun würde, bis er bekam, wonach er trachtete. Fia wollte ihn nicht ansehen, nicht den Triumph auf seinem maskulinen Gesicht erkennen, der klar aufzeigte, dass er gewonnen hatte.

Sie hörte, dass er die Hände aneinanderrieb. Rasul glitt mit einer Handfläche unter ihr Becken, und Wärme erfasste sie an ihren geheimen Lippen. Er hatte sich die Hände eingeölt und rieb sanft über ihre Perle, die auf ihn mit einer Heftigkeit reagierte, die Fia ein Wimmern entlockte. Sie brauchte die Erfüllung und den Trost durch den Mann, der ihr gerade diese entsetzliche Qual zugefügt hatte. Die Sinnlosigkeit ihres Widerstandes brannte auf ihrer Haut.

„Bitte, Sire, nimm mich so, wie du es möchtest." Die gesagten Worte legten sich auf Fia mit einer Endgültigkeit, die auch beruhigend wirkte, weil sie innerlich nachgab und ihr die Kraft zum Kämpfen fehlte.

Viel zu zärtlich massierte er ihren Venushügel, führte einen Finger in sie hinein. Zu leicht weckte er das unterdrückte Pulsieren zu neuem Leben. Jetzt vermischte sich Schmerz mit der Lust, bis sie beides nicht mehr auseinanderzuhalten vermochte, genau, wie er es verkündet hatte. Wie war das möglich? Wieso weigerte sich ihre Seele, ihn zu hassen? Als er sie gezüchtigt hatte, hatte sie nur den Wunsch verspürt, innerlich zu erstarren, ihn nicht an sich heranzulassen. Doch er war nicht nur mit den Fingern in ihr, obendrein befand er sich in ihrem Bewusstsein. Fia schaffte es nicht, sich ihm zu verweigern.

Sie würde später darüber weinen, im Moment war sie ihrem Körper und somit Rasul hilflos ausgeliefert. Er rieb mit seinem Daumen über ihre pochende Lustperle, presste leicht darauf und massierte sie mit kreisenden Bewegungen.

„Rasul, Sire, bitte lass mich kommen." Sie weinte diesmal fast vor unerfüllter Begierde. Rasul löste die Fesseln. Fia wimmerte, sobald sie sich bewegte. Er half ihr und drehte sie um. Schmerz flackerte erneut auf, als die geschundene Haut das Laken berührte. Dem Himmel sei Dank, dass er sie nicht auf den Rücken gezüchtigt hatte. Sein sinnlicher Ausdruck zeigte ihr deutlich, dass er sich an ihrer Pein erfreute. Dazu brauchte sie nicht auf seine Erektion zu starren, die beinahe seine Lederhose sprengte.

Er lachte, weil sie errötete.

„Sieh mich an, Fia."

Sie schluckte schwer, sobald sie den flammenden Blick traf. Die Lust in Rasuls Pupillen schien sie zu verbrennen. Sehr langsam knöpfte er sein Hemd auf. „Hasst du mich, Kleines?"

Wie gern hätte sie ein *Ja* in den Raum gebrüllt. Sie konnte es nicht. „Nein, Sire."

Sein Ausdruck wurde weicher. Es fuhr ihr direkt ins Herz. Rasul beugte sich zu ihr herab und küsste sie liebevoll auf den Mund. Er richtete sich auf und zog seine Hose aus, während er nicht die Augen von ihr ließ. Sein Phallus stand von seinem Körper ab.

„Du wirst für mich kommen, Feuerblume, und nicht nur einmal."

Die Zärtlichkeit, die er ihr schenkte, schmerzte intensiver, als die Gerte es getan hatte. Wenn sie wirklich Seelengefährten wären, würde er sie immer gleichwertig behandeln. Doch sie war seine Sklavin, und Verdammnis wartete auf sie.

„Heb dein Becken an.“

Ohne zu zögern gehorchte sie, und Rasul schob ihr ein großes festes Kissen unter den Po. Langsam eroberte er sie mit seinem heißen Schwanz, den er millimeterweise in sie hineinschob, während sein Blick sich ebenso in sie bohrte. Sachte bewegte er sich vor und zurück, die Stöße tief in ihr. Seine Hand fand ihre Lustperle, die durch das wärmende Öl empfindlich und geschwollen war. Genauso bedächtig, wie er sie liebte, massierte er ihre Klitoris. Es war nicht zum Aushalten! Ihre gestammelten Worte entlockten ihm ein sinnliches Lächeln. Musste er so verführerisch aussehen, mit dem harten maskulinen Gesicht? Wie ein erotisches, unwiderstehliches magisches Feld, das sie anzog und nicht mehr losließ.

„Komm für mich, Fia. Jetzt.“

Er rieb fest die hochsensible Knospe, und alles in ihr zerbarst, als der Orgasmus sie erfasste. Sie spürte ihre inneren Muskeln, die sich um seinen Phallus zusammenzogen, um ihn pulsierten, während er sie langsam fickte. Rasul ließ nicht von ihr ab, massierte sie weiter, bis sie vor Lustqual schrie und sie die Augen zupresste, da die Empfindung dermaßen intensiv war, dass sie keinen zusätzlichen Sinnesreiz ertrug. Nach Luft schnappend packte sie das Bettlaken. Rasuls sinnliches Lachen brandete über sie, als er sie weitertrieb. Hilflos musste sie erdulden, was er ihr antat. Der nächste Höhepunkt wirkte fast schmerzhaft, und Sterne tanzten unter ihren Lidern.

„Bitte, Sire, fester.“

„Sieh mich an, Sklavin.“

Fia wimmerte, weil das Wort in diesem Moment nicht abstoßend erschien, sondern auf eine seltsame Weise zu ihrem Verlangen beitrug. Rasul umfasste ihre Wangen. Er war so kräftig. Diesmal küsste er sie leidenschaftlich, eroberte ihren Mund ebenso gnadenlos wie ihren restlichen Körper. Seine Zunge traf ihre zu einem wilden Duell. Er schmeckte nach Begierde und Mann. Er löste den Kuss und folgte mit den Lippen der Kontur ihres Halses, bis sein heißer Mund ihre rechte Brustwarze umschloss, in die er leicht hineinbiss, um dann schmerzvoll daran zu saugen. Es war pure, herrliche Tortur.

Schweiß bedeckte ihre Leiber und brannte köstlich auf ihrem gezüchtigten Po. Rasul richtete sich auf, packte ihre Hüften, um sie hart zu ficken. Er spreizte ihre Knie weiter, drang noch tiefer vor und warf den Kopf in den Nacken. Rasul schrie seine Lust in den Raum, bis sein Samen sie füllte. Seine Finger krallten sich in das weiche Fleisch ihrer Schenkel, und atemlos verharrte er. Er schenkte ihr ein herzerweichendes Lächeln.

Rasul zog sich aus ihr zurück. Der amüsierte Blick entfachte das Brennen auf ihren Wangen erneut. Seine Worte jedoch erkalteten die Hitze, die auf Körper und Seele nachglühte. „Knie dich vor das Bett, Sklavin."

Zu gern hätte Rasul sich neben ihr ausgestreckt, um Fia langsam zurückzuholen. Doch er durfte nicht. Fia bekämpfte ihre Rolle als Sklavin. Wenn sie Sakuro auf diese respektlose Weise gegenübertrat, würde ihr Oberster nicht lange fackeln und sie auspeitschen. Sakuro würde es selbst durchführen, ihr obendrein noch andere Dinge antun.

Rasul stellte sich an das Bett und zwang einen harten Ausdruck auf sein Gesicht. Ihre herrlichen grünen Augen füllten sich mit Tränen. Sie war bis ins Innerste aufgewühlt.

Schon wieder.

Verdammt, das Tattoo auf seinem Arm kribbelte und brannte. Er riskierte keinen Blick, weil er das Ergebnis fürchtete. Fia konnte unmöglich seine Seelengefährtin sein. Das war verrückt und ein Hirngespinst von abergläubischen Weibern. Sie war eine Sklavin, nichts weiter. Er kam nicht umhin, Fia wie eine zu behandeln.

„Aber die Zeichnungen, Rasul. Sie verbinden uns." Sie sah ihn an wie ein geprügelter Hund.

Davon wollte er nichts hören. „Bedanke dich auf den Knien bei deinem Sire für deine Bestrafung und das Vergnügen, das er dir schenkte."

Musste sie dermaßen verletzlich aussehen? Eine Träne kullerte ihre Wange hinab, die sie verzweifelt fortwischte. Zitternd holte sie Luft. Rasul trat einen Schritt zurück und verschränkte die Arme vor seiner Brust. Die kleine Sklavin schloss kurz die Augen, und ihr Körper wurde stocksteif. Zorn ersetzte den Schmerz auf ihrer Mimik. Sie sah sich in dem Raum um, als ob sie nach einer Waffe suchte, die sie ihm in das Herz rammen konnte.

„Wie du es verlangst, Sire." Sie sagte *Sire*, als ob sie etwas Übelschmeckendes im Mund hätte, zudem auf Eierschalen herumkaute. Sie erhob sich graziös, was ihr nicht leichtfallen konnte. Die Striemen der Gerte würden sie noch ein paar Tage lang schmücken und sollten sie daran erinnern, dass Ungehorsam Konsequenzen nach sich zog. Mit einer fließenden Bewegung packte sie die Vase, die auf dem Tisch neben dem Bett stand, und warf sie nach ihm.

Seine Kriegerinstinkte retteten ihn, sonst hätte ihn das Geschoss mitten ins Gesicht getroffen. Mit einem Knall landete das antike Stück hinter ihm an der Wand, ehe sie in Scherben zerbarst. Die Tür flog auf. Zwei Wachen stürmten in den Raum. Rasul hob die Hand. Beide verharrten und versuchten, emotionslos auszusehen, was ihnen gründlich misslang. Belustigt zuckten die Mundwinkel, ehe sie sich unter Kontrolle hatten.

Rasul nickte zur Tür. Sie verschwanden genauso schnell, wie sie gekommen waren. Anstatt die Flucht anzutreten, raste die Sklavin förmlich auf ihn zu. Sie ballte ihre Fäuste, zielte auf seine Nase, um zu erreichen, was sie mit der Vase nicht geschafft hatte. Sie war außer sich vor Wut, missachtete daher jede Grundregel eines Zweikampfes. Aber es war ihr egal. Rasul sah es ihr deutlich an.

Er wich zur Seite aus und packte ihre Handgelenke. Sie strampelte gegen ihn an, doch sie war zu erschöpft, um sich lange zu wehren. Ihr Körper erschlaffte. Er schenkte ihr die geballte Kraft seiner Sire-Natur. Eines musste er der kleinen Feuerblume lassen, sie zuckte nicht zurück. Selbst gestandene Krieger waren unter der Wucht seiner Augen erblasst. Fia dagegen stieg erneute Zornesröte ins Gesicht.

Gut.

Mit ihrer Rage vermochte er umzugehen, mit ihren Tränen, die von einer verletzten Seele herrührten, nicht.

Verstört bemerkte er das stärker werdende Brennen auf seinem Arm. Rasul packte seufzend in ihr Haar. Sie hatte ihre Lektion noch immer nicht gelernt. Rasul zwang sie auf den Bettrand und fasste nach dem Becher mit dem Honignektar. Das reichhaltige Getränk würde sie davor bewahren zu kollabieren, aber nicht ihren Magen füllen. An Schmerz hatte er heute genügend ausgeteilt, und es missfiel ihm, auf den Rücken einer Frau zu schlagen. Die Vorderseite bearbeitete er nur, wenn er eine erotische Bestrafung ausführte.

Doch was er jetzt mit ihr vorhatte, würde ihr nähergehen im Vergleich zu einer körperlichen Züchtigung.

„Trink." Er hielt den Becher an ihre Lippen. Fia presste störrisch den Mund zu. „Soll ich eine der Wachen rufen und dir mit Gewalt das Getränk einflößen?"

Sie sah ihn mit einem Ausdruck eines verletzten Welpen an. Gehorsam schluckte sie. Seine kleine Sklavin benötigte dringend eine Dusche, kühlende Salbe für die Striemen und Nahrung. All das würde sie bekommen, sobald sie akzeptierte, dass sie ihm gehörte.

Rasul zog sie grob auf die Füße und zerrte sie zu der gepolsterten Tür im rückwärtigen Bereich seines Gemaches, die auf den ersten Blick nicht zu erkennen war. Fias nackte Sohlen rutschten auf den Fliesen, als er sie hinter sich herzog. Im Vorbeigehen aktivierte er den Knopf, der in einer der Säulen eingelassen war, die sein Schlafzimmer zierten, und die Tür schwang auf.

„Bitte, Sire, tu das nicht." Jegliche Farbe wich aus Fias Gesicht, sobald sie die fensterlose Zelle erblickte. Ihr Teint glich staubigem Sand.

Rasul stieß sie hinein. Fia fiel auf die Unterlage, die als Bett diente.

„Ein wenig Respekt, mehr hatte ich nicht verlangt, Fia."

Ein Beben lief ihren Körper entlang. Rasul unterdrückte den Reiz, sie in seine Arme zu ziehen.

„Du wirst lernen, dass alles, was dir zuteilwird, durch meine Hände kommt. Egal, ob es Nahrung, Kleidung, ein Bad oder eine Bestrafung ist." Rasul packte ihr Kinn, und diesmal zuckte sie zurück. Es missfiel ihm.

Fia holte zitternd Atem und fixierte einen Punkt über seiner Schulter.

„Wenn du Demut gelernt hast, bekommst du, was du brauchst. Von mir. Die nächsten Stunde oder Tage …" Sie keuchte entsetzt. „… erhältst du ausreichend Gelegenheit, darüber nachzudenken. Die Länge deines Aufenthaltes in diesem Zimmer liegt allein bei dir." Er drehte sich um. Ihr Wimmern schnitt in seine Seele.

Beim Wingo!

„Nutz die Zeit, um dir zu überlegen, wie dein weiteres Leben sich gestalten soll. Du bleibst hier, bei mir, ob es dir passt oder nicht." Rasul schlug die Tür zu, die mit einem leisen *Plopp* ins Schloss fiel. Er ging zu dem Display, um Fia zu betrachten. Sie saß erstarrt auf der Unterlage, kauerte sich zusammen und starrte mit purem Entsetzen auf den Eimer, der in der Ecke stand. Rasul brachte es nicht übers Herz, das gedämpfte Licht auszuschalten.

Er drücke auf das Feld der Sprechanlage, um Jorgan in seine Gemächer zu beordern. Jorgan war vertrauenswürdig, tratschte nicht, wie so manches andere Mitglied der Wache.

Fia wickelte die Decke um ihren Körper, sank in sich zusammen und brach in Tränen aus, die ihren ganzen Leib schüttelten.

Verflucht!

Das Klopfen an der Tür kündigte Jorgan an.

„Was kann ich für dich tun, mein Prinz?"

Rasul rollte mit den Augen. Jorgan hatte ihn als Kind auf den Knien geschaukelt, ihn einige Male darübergelegt und seinen Arsch mit glühendem Schmerz überzogen, den Rasul jedes Mal verdient hatte.

Jorgan starrte auf den Bildschirm und runzelte missbilligend die Stirn. Rasul hob die Hand und legte sie seinem Mentor auf die Schulter.

„Bitte gib auf sie acht, mein Freund."

Jorgan packte ihn am Unterarm und betrachtete Rasuls Tätowierung. „Es ist wahr. Rasul …"

„Nicht jetzt. Benachrichtige mich, wenn es nötig wird."

Rasul versuchte das schlechte Gewissen zu unterdrücken, das ihn anfiel wie eine Nachtkatze in der nebligen Dämmerung. Er musste hart bleiben, es war nur zu ihrem Besten.

Mit weit ausholenden Schritten durchquerte er den Flur und schenkte dem polierten Steinboden keine Beachtung. Sakuros Blick prallte gegen ihn, sobald Rasul im Türrahmen des privaten Frühstücksraumes ihres Regenten auftauchte. Der Kerl konnte aber auch Autorität ausstrahlen. Rasul merkte, wie ihm der Schweiß die Wirbelsäule entlangtropfte.

„Wo ist die Sklavin? Stimmt dieser Quatsch mit den Seelengefährten?“ Sakuro packte ihn an der Schulter, so fest, dass Rasul ein Keuchen unterdrückte. „Bei den vergessenen Heiligen, es ist wahr.“ Sakuro berührte die Flammentätowierung. „Sie ist heiß, und die Eisrose wirkt so lebendig. Ich könnte schwören, dass sich die Blütenblätter bewegen.“

Rasul ließ sich mit einem Seufzen auf den nächstbesten Stuhl fallen. „Sie bewegen sich, ich spüre es ständig.“

Sakuro griff nach einer Scheibe Brot und bestrich sie großzügig mit Butter. „Was hast du mit Fia vor?“

Wenn er das nur wüsste! „Ich erziehe sie zu einer Sklavin, die ihren Titel mit Stolz und Demut trägt.“

„Mein Freund, sie ist deine Seelengefährtin, auch wenn sich alles in mir sträubt, diesen Unsinn zu glauben. Doch die Tätowierung besitzt eine unverwechselbare Stimme.“

„Sie ist nichts anderes als eine Sklavin. Sie wird es einsehen. Ich lasse mich nicht von irgendwelchen Mächten aus der alten Welt in einen Spielball verwandeln.“

Für einen Moment sah Sakuro ihn mit unverhohlener Belustigung an. Sakuro drapierte Schinken auf dem Brot und biss herzhaft hinein. Erst jetzt spürte Rasul den eigenen Hunger. Sobald Fia zur Ruhe kam, würde Hunger an ihr nagen. Und er würde ihn stillen, indem sie Nahrung aus seinen Händen annahm. Rasul griff nach dem Brot und belegte zwei Scheiben mit dem würzigen Käse aus den Nebelbergen. Er spülte mit Tee nach, der stark und sahnig auf seiner Zunge lag. Mit einem Seufzen bemerkte er die beruhigende Wirkung, als das Getränk seine Kehle hinunterlief und ihn mit Wärme erfüllte. Ihm war seltsam kalt.

Mit einem unguten Gefühl wurde ihm bewusst, dass diese Kälte ihn erfasst hatte, als er Fia verlassen hatte.

„Warum übergibst du Fia nicht Malik? Er würde sie in kürzester Zeit in eine gehorsame Sklavin verwandeln. Das schafft er immer.“

Die Frage erstaunte ihn. Rasul wusste, dass Sakuro dem Sklavenaufseher seit ein paar Wochen misstraute, doch bislang hatte er keine Beweise oder Zeugen gefunden, die seine Befürchtungen bestätigten, und die Wurzeln der Sumarier reichten tief, die Titel wurden von Generation zu Generation weitergegeben. Ohne handfeste Gründe konnte niemand seines Postens enthoben werden. Maliks Vorfahren waren integre Männer gewesen, die ihre Aufgabe mit Weitsicht erledigt hatten. Auch Malik hatte bis vor wenigen Monaten tadellos gearbeitet.

Sakuro grinste ihn an wie ein Nachtaffe. „Oder verlangt es dich nicht nach einer folgsamen Sklavin, sondern eher nach einer wilden Gefährtin, die dir ausreichend Impulse gibt, sodass du sie bestrafen kannst?“

Das stellte nicht den einzigen Grund dar. Rasul hatte vom ersten Moment, als er Fia berührte, eine sonderbare Bindung zu ihr verspürt. Er wusste nicht, woher sie stammte. Aber zum Wolfgul, als ob er sich von irgendeinem Aberglauben beeinflussen lassen würde. Rasul zuckte zusammen, weil ein starkes Brennen durch das Tattoo fuhr, fast so, als ob die Flammen wirklich loderten.

Ein Räuspern von der Tür kündigte Tabith an. Mit einem amüsierten Ausdruck betrachtete er Rasul, und sie tauschten eine kurze Begrüßung aus. Tabith warf das altmodische Ortungsgerät auf den Tisch, das sie Fia vom Handgelenk genommen hatten. „Die Techniker fanden den Zielort heraus. Es ist die alte Tempelanlage der Nubinier in den Outlands.“

Die Nubinier waren vor all den Jahrhunderten ihre Gelehrten gewesen, die allerdings ihre Macht missbraucht hatten, indem sie sich selbst zu Schöpfern ernannten. Die falschen Götter hatten unzählige Menschen ermordet, geopfert und gefoltert. Sie waren von Sumapasks Angesicht gewischt worden. Lediglich zerfallene Ruinen bezeugten ihre längst vergangene Existenz. Sumapask war besser dran ohne vorgetäuschte Götzen. Doch mit ihnen war auch die Magie gestorben, hatten die Sumarier zumindest geglaubt. Angeblich war die Magie auf die Schwesternschaft der Hexen zurückzuführen, die zu den Eiszeiten über Sumapask geherrscht hatten. Rasul biss in das Brot, als ob es an seinem Zustand die Schuld trug. Anscheinend gab es noch Zauberei, und aus irgendeinem unerfindlichen Grund versuchte diese Höllenkunst, ihn für sein restliches Dasein an eine Sklavin zu binden.

Tabith musterte ihn schweigend. Diese ungewohnte Ruhe versetzte Rasul in Alarmbereitschaft.

„Was?“ Plötzlich überkam ihn das Bedürfnis, jemandem seine Faust ins Gesicht zu schlagen. Schon wieder! Das blöde Grinsen seines Freundes eignete sich hervorragend dazu. Rasul spürte förmlich, wie er Tabith das Grienen von der Visage wischte. Ein Frösteln lief über Rasuls Haut und biss sich fest. Es war ein unbekanntes, seltsames Gefühl.

Tabith traf seinen Blick und zog spöttisch die Mundwinkel nach oben. „Ein wenig gereizt, mein Prinz.“

Rasul presste die Lippen aufeinander und warf der Nervensäge einen Ausdruck zu, der selbst einen Gatak in die Flucht gejagt hätte.

„Wenn die kleine Sklavin zu viel für dich ist, helfe ich dir gern aus. Sie kann das Jucken zwischen meinen Schenkeln jederzeit stillen." Tabith spannte sichtbar die Muskeln an.

Rasul sah rot. Nur allein der Gedanke, dass jemand sie berühren könnte, wenn er nicht dabei war, überwand seine Barrieren. Er sprang auf.

Sakuro schlug mit der Handfläche auf den Tisch, so fest, dass das Geschirr beinahe von der Tischplatte stürzte. „Setz dich sofort auf deinen Arsch, Rasul." Goldene Einschlüsse umrahmten seine Pupillen.

Shitak!

Er sank auf den Stuhl zurück, spürte die Missbilligung ihres Obersten brennend auf der Haut. Rasul meinte fast, etwas wie Mitleid in den Tiefen der unergründlichen Augen zu erkennen.

„Wir haben genügend Schwierigkeiten. Und ihr beide wollt euch in meinen Gemächern prügeln! Wie pubertierende Flegel! Meine ranghöchsten Krieger!" Sakuros Stimme glich dem eisigen Wind, der das Eismeer entlangwehte und einem auf seinem Weg das Blut in den Adern gefrieren ließ. „Rasul, dein Problem ist größer, als du es zugeben willst. Und du, Tabith, hast nichts Besseres zu tun, als ihn mit dem Gesicht in Gatakshitak zu tunken."

Sakuro sah sie an, als ob sie wirklich zwei Jünglinge wären, die er zu gern über seine Knie legen würde. Nur würden es nicht seine Knie sein, sondern er würde sie auspeitschen – höchstpersönlich.

„Wie weit bist du mit der Sklavin? Wann kann ich sie befragen?"

Sakuro sprach es nicht aus, doch die Erkenntnis krachte auf Rasul mit einer Wucht, die ihm einen erneuten Schauder den Rücken entlangjagte. Rasul beschützte Fia, wollte, dass sie ihm vertraute, sodass er sie selbst vernehmen konnte, ohne sie der Gefahr einer Bestrafung auszusetzen, ausgeführt durch fremde Hände. Die Bindung zwischen Sklavin und Sire reichte tief, und aus vielen gingen Liebesbeziehungen hervor. Warum zum Wolfgul war ihm dermaßen kalt?

„Du hast zwei Tage, Rasul. Dann verhöre ich sie."

Sie aßen ein paar Minuten schweigend. Rasul versuchte, nicht an Fia zu denken, der Anblick ihrer zusammengerollten Form und wie sehr sie gebebt hatte.

Es ist nur zu ihrem Besten.

Na klar!

Eine Gänsehaut brach erneut auf seinem Körper aus, der sich gleichzeitig zu eng anfühlte. Mit Mühe konzentrierte er sich auf das Frühstück und die Probleme, die Sumaria belasteten und ihre gesamte Spezies auslöschen könnten, wenn die Infizierung um sich griff. „Haben die Wissenschaftler den Ursprung der Seuche identifizieren können?"

Sakuro schüttelte den Kopf. „Aber sie fanden heraus, dass es ein abgeänderter Stamm des Ursprungsvirus ist. Wer immer uns bedroht, hat es geschafft, einen ganz eigenen Erreger zu kreieren und ihn unter Kontrolle zu halten. Ansonsten wären wir bereits verloren. Bis jetzt konnten wir alle Infizierten lokalisieren und vernichten. Die implantierten Warnmelder versagen nicht.“ Sakuro trank einen Schluck Tee, und für einen Augenblick wirkte er müde. „Uns bleibt nur zu hoffen, dass das Glück nicht von kurzer Dauer ist.“

„Wer würde am meisten davon profitieren, uns auszulöschen?“, fragte Tabith. Er betrachtete nachdenklich seinen Teller. „Meine Instinkte bestehen darauf, dass es nicht die Paskanier sind. Sie haben zu viel zu verlieren.“

Rasul gab ihm recht. Was kaum jemand wusste, war, dass eine der Obersten der Paskanier an Sakuro herangetreten war, um einen Frieden zu verhandeln. Nadena schien wild entschlossen, Paskanias Leiden zu beenden. Das sagte aber den anderen Befehlshabern nicht zu. Die Verhandlungen waren noch geheim und die Bande obendrein zerbrechlich. Zudem besaß Paskania eine Reihe Oberster, was ein Problem darstellte, weil sie sich lieber bekriegten anstatt zusammenzuarbeiten.

Paskania würde nicht mehr lange existieren, falls die Dürre sich weiter ausbreitete.

In einvernehmlichem Schweigen beendeten sie das Frühstück und liefen anschließend in die Bibliothek. Rasul hoffte, dass die Besprechung nicht ewig anhielt. Er fühlte sich fahrig und krank.

Rasul richtete seinen Aufmerksamkeit auf die Generäle, die gerade durch die Tür kamen. Nicht einer von ihnen verstellte sich, sie alle starrten auf Rasuls Arm.

Kapitel 8

„Beim Wingo, reiß dich zusammen!“ Die eigene Stimme erschien Fia fremd. Sie hörte sich verletzt und verunsichert an. Sie war innerhalb kürzester Zeit zu einem Geschöpf geworden, das sich selbst nicht mehr erkannte.

Nachdem Rasul sie bestraft und geliebt hatte, war sie erneut dem Irrtum erlegen, dass er etwas für sie empfinden würde. Sie rieb sich abwesend den Oberschenkel und fröstelte. Sobald Rasul sie in diesem Raum zurückgelassen hatte, hatte sie zu frieren angefangen. Sogar nach dem Tod von Jos hatte sie sich nicht dermaßen einsam gefühlt. Das realisierte sie jetzt glasklar.

Was dachte sich diese Schlange von Schicksal eigentlich! In den Straßen von Ladur hatte Fia schmerzlich erfahren müssen, dass Schwäche Verdammnis bedeutete. Sie war immer ein Außenseiter gewesen, auch wenn nicht alle Paskanier offene Feindseligkeit zeigten und Fia stillschweigend duldeten. Doch die meisten verachteten Mischlinge.

Tränen strömten über ihre Wangen. Sie wusste, hätte sie einfach getan, was Rasul von ihr verlangt hatte, hätte er ihr Zuneigung geschenkt, Nahrung gegeben und die furchtbar brennenden Striemen behandelt. Sie betastete ihre Haut. Gegensätzlich zu ihren Befürchtungen blutete sie nicht. Er hatte sie bestraft, nicht gefoltert. Sie sah sich in dem dämmrigen, kleinen Raum um, der überall gepolstert war, sodass sie sich nicht selbst verletzen konnte.

Eiskalte Schauder erfassten erneut ihren Leib und ihre Seele. Ihre Gedanken drifteten zu Suno, den sie als fernen Klang in ihrem Bewusstsein spürte. Das war seltsam. Normalerweise mussten sie dicht beisammen sein, damit sie sein Muster wahrnahm. Er lebte. Fia empfand Trost dabei, doch keine Stärke. Sie fühlte sich müde, unbeschreiblich erschöpft. Rasul hatte ihr alles genommen, obendrein unglaubliche Emotionen von ihr eingefordert und sie bekommen.

Er hatte ihr das Gefühl gegeben, dass sie ihm mehr bedeutete als eine Sklavin, nur um es ihr gleich drauf höhnisch in ihr Gesicht zu rammen, dass sie sein Eigentum darstellte, weniger wert war als ein Möbelstück.

Sie war eine Närrin, die vor Dummheit glühen müsste. Sein Samen klebte an den Innenseiten ihrer Schenkel. Der eigene Schweiß verkrustete salzig ihre Haut. Was immer er ihr vorhin eingeflößt hatte, es hatte bedauerlicherweise die drohende Bewusstlosigkeit vertrieben. Noch nicht einmal das gönnte er ihr. Sie sollte seine Bestrafung bei vollem Verstand ertragen, bis sie ihm geben würde, was er forderte. Erneut wünschte sie sich, Rasul hätte sie einfach gefoltert.

Sie lehnte ihre Stirn an die gepolsterte Wand und schrie ihr Leid in den Raum. Bald schaffte sie auch das nicht mehr. Fia trat gegen die Polsterung, bis sie die letzten Kräfte verließen. Ihr Magen rebellierte. Fia würgte den kümmerlichen Inhalt in den Eimer, rollte sich auf der Unterlage zusammen und wusste bereits jetzt, wenn Rasul kam, um sie zu holen, würde sie alles tun, um diese Kammer zu verlassen, weil sie ihn brauchte.

Sie fiel in einen dämmrigen Schlaf, bis heftiges Zittern sie weckte. Es wurde immer schlimmer. Fia hatte keine Ahnung, wie viel Zeit vergangen war.

Erneut befiel Übelkeit sie. Sie war nicht einmal fähig aufzustehen. Fia wollte gerade zu dem Eimer kriechen, als die Tür aufflog und Rasul im Türrahmen stand. Es ging ihr augenblicklich besser. Mit einem Schritt war er bei ihr. Sobald er sie berührte, lief Wärme durch ihren Körper. Sie konnte nichts anderes tun, außer sich an ihm festzuklammern, während sie vor ihm kniete.

„Sire, es tut mir leid. Bitte."

Wortlos hob er sie auf die Arme und trug sie in das Badezimmer. Erst jetzt fiel ihr auf, dass er blass war. Er stellte sie in die Dusche.

„Halt dich an dem Ring fest, Fia."

Seine sanfte Stimme rann balsamgleich über ihre Seele.

Das war auch bitter nötig, weil ihre Beine die Konsistenz von Daunen besaßen. Er drückte auf ein Display, und angenehm temperiertes Wasser rieselte auf sie herab, so, wie sie sich einen leichten Sommerregen vorstellte. Sie lehnte ihre Stirn gegen den grünen Fliesenspiegel und versuchte nicht daran zu denken, wozu der Ring eigentlich gedacht war. Fia verspürte Dankbarkeit, dass er sie nicht fesselte, sie bestrafte, sondern ihr Zärtlichkeit schenkte, die sie dringend benötigte.

Er hatte sie dahin gebracht, wo er sie von Anfang an hatte haben wollen. Sie war zu erschöpft und durcheinander, um dagegen aufzubegehren. Dieses grauenvolle kalte Gefühl, das sie angefallen und sich ihrer mit schmerzender Heftigkeit bemächtigt hatte, hatte in dem Augenblick aufgehört, als er die Tür aufstieß. Fia verstand nicht, was mit ihr geschah.

Sie hörte, dass er sich seiner Hose sowie des losen Hemdes entledigte. Erleichtert atmete sie auf, sobald er seinen warmen Körper gegen ihre Rückseite presste. Er hielt ihr einen Becher an die Lippen. Fia trank dankbar den süßen Nektar, der ihr Kraft spendete. Das weiche Wasser lullte sie ein. Sanft schäumte Rasul sie ein, spülte alles von ihr: ihre Tränen, die Verwirrung, ihre Furcht. Zurück blieben nur seine kräftigen Hände, die sie unglaublich liebevoll berührten. Es war so einfach, ihm zu verzeihen. Er umfasste ihre Kehle und drückte ihren Kopf in den Nacken. Tief sah Rasul ihr in die Augen. Wenn sie ihn besser lesen könnte, würde sie glauben, es glimmerte fast so etwas wie Angst in den Abgründen seiner Pupillen.

Rasul wusch ihr Haar und bediente erneut das Display. Wasser traf sie von vorn und von den Seiten. Sie wimmerte, als er ihren Po und ihre Oberschenkel reinigte.

„Schhh, ganz ruhig, Modhair."

Fia stockte der Atem, er hatte sie *meine Geliebte* genannt. Seine seifigen Hände glitten über ihre Brüste und neckten die Nippel.

„Dreh dich um, Fia."

Sie umklammerte ihn, presste sich an ihn, als hinge ihr Leben davon ab. Das Verlangen ihn zu berühren, toste übermächtig in ihr. Sie wollte und musste ihn anfassen.

„Darf ich, Sire?"

Rasul räusperte sich und küsste sie auf die Stirn. „Mit Vergnügen."

Sie nahm sich von der Seife, die nach frischem Gras und Sonne duftete, und schäumte seinen Brustkorb ein. Rasuls Torso war mit Narben übersät. Sie berührte die Linien vorsichtig mit den Fingerspitzen.

„Sie tun nicht mehr weh."

Fia glitt mit den Händen über seine Brustwarzen. Rasul zuckte lachend zusammen, als sie die Nippel reizte. Wer hätte das gedacht, der große Krieger war kitzlig! Sie verteilte den Schaum auf seinem Bauch und erreichte sein Geschlecht. Glatte Haut. Fia rasierte ihren Schambereich, doch so samtig fühlte sie sich dort nicht an. Es war, als hätte er keine Schambehaarung. Leicht streichelte sie seine schweren Hoden, entlockte ihm ein Keuchen, sobald sie die empfindlichen Körperteile einseifte. Vor ein paar Stunden hatte sie sich vorgestellt, die *Bällchen* zu zerquetschen.

„Sei vorsichtig mit deinen Wünschen, Feuerblume." Rasul küsste sie auf den Scheitel.

Warum konnte er nicht ihr Liebhaber sein? Wieso begehrte er sie lediglich als Sklavin?

Hör auf zu grübeln.

Sie umfasste Rasuls Geschlecht, das hart und heiß in ihrer Hand lag. Rasul packte stöhnend ihre Schultern, während sie seinen Phallus wusch. Konnte die Lust auf ihn nur von diesem dämlichen Tattoo herrühren? Alles, was ihren Verstand beherrschte, war, ihn in sich zu spüren, und wenn sie dazu auf dem Boden knien musste, dann würde sie es tun. Sie sank auf die Knie, und Rasul schenkte ihr ein herzerweichendes Lächeln. Sie spülte den Schaum ab. Zaghaft leckte sie über die Eichel, umkreiste sie mit ihrer Zunge. Rasul verstärkte den Griff, und sie lutschte stärker, saugte an der Penisspitze, bis er laut stöhnte. Feuchtigkeit benetzte erneut ihre Pussy.

Fia war nicht nur verloren, sie war zudem außerstande, sich selbst zu finden.

Rasul schaute auf seine äußerst willige Sklavin herab. Das grauenvolle Gefühl, das er vorhin empfunden hatte, war in dem Augenblick erloschen, als er sie angesehen hatte. Diese eiskalten Klauen, die sein Innerstes beherrscht hatten, erweckten sogar im Nachhinein ein Schaudern. Er hätte beinahe gekotzt, mitten bei der Besprechung mit den Generälen. Jorgan hatte ihn genau in dem Moment kontaktiert, dass mit Fia etwas nicht stimmte.

Sobald er sie angefasst hatte, verdrängte Wärme die Kälte, begleitet von einem unüberwindlichen Verlangen, sie zu besitzen. Fia trieb ihn in den Wahnsinn mit dem, was sie ihm gerade antat. Sie leckte mit rauer Zunge Rasuls Schaft und Hoden. Fest saugte sie an der Spitze und massierte ihn gleichzeitig mit der Hand. Falls sie so weitermachte, würde er nicht lange durchhalten. Fia schien es zu spüren, denn sie lutschte ihn sanfter, neckte ihn, bis er seine Beherrschung zurückgewann. Sie sah zu ihm auf, und der liebevolle Ausdruck in ihren Augen berührte ihn tief; zu tief. Sie durfte ihn nicht bis in sein Herz berühren. Und doch tat sie es. Ihre zarten Finger gruben sich in seine Hüften. Er packte in ihr Haar, um die Kontrolle zu übernehmen.

Ihre Mundhöhle war so heiß und ihre Lippen umfassten seinen Schwanz auf eine höchst erotische Weise. Rasul bewegte sein Becken langsam und genoss die Hitze, die ihn umfing. Jedes Mal wenn er sich zurückbewegte, leckte sie die Unterseite seines Phallus.

Sie schenkte ihm freiwillig Vergnügen. Rasuls Hoden zogen sich zusammen, und er ergab sich dem herrlichen Gefühl, bis er ihr seinen Samen in den Mund spritzte. Köstliche Erfüllung erfasste ihn, und der Orgasmus dauerte an, bis er nicht nur Rasuls Körper befriedigte, sondern auch seine Seele. Dermaßen erfüllt hatte er sich niemals nach einem Liebesspiel gefühlt. Er lächelte über sich selbst; diesen Gedanken schien er bei dieser Sklavin ständig zu hegen.

Fia löste sich von ihm und lehnte ihre Stirn gegen Rasuls Bein. Anscheinend hatte sie für heute genug vom Kämpfen. Rasul ahnte, dass sie ihren Widerstand erneut aufnehmen würde, wenn sich alles in ihr beruhigt hatte. Doch im Moment war sie sein. Rasul fasste sie an den Oberarmen, um sie auf die Füße zu stellen. Er schaltete das Wasser aus und trocknete sie ab. Rasul wollte sie schmecken, sie ebenso unter der Zunge spüren, wie sie es bei ihm getan hatte.

Ihre Wangen nahmen eine entzückende Purpurfärbung an, als er sie ansah und seinen Blick in ihren bohrte. Fia wich vor ihm zurück. Er setzte ihr nach, drängte sie in sein Schlafgemach, bis sie mit den Kniekehlen an das Bett stieß und auf die Matratze fiel.

Sie wimmerte, sobald ihr Po das Laken berührte. Der Laut weckte eine animalische Lust in ihm. Nichts war so faszinierend wie der Gedanke, dass Lustschmerz den Körper einer Sklavin erhitzte.

„Rutsch nach hinten, und spreiz deine Schenkel für mich."

Sie bebte bereits jetzt. Rasul senkte sich über ihre Scham. Ihr entwich ein lüsternes Keuchen. Er spreizte die äußeren Schamlippen und betrachtete ihre vor Erregung geschwollene nasse Pussy. Ihre Lustknospe zeigte deutlich die Begierde, die sie spürte. Sie schaffte es genauso wenig gegen ihn anzukämpfen, wie er gegen ihre Anziehungskraft ankam. Viele Frauen verkrampften sich zuerst bei oralen Genüssen, ehe sie sich bereitwillig hingaben. Fia stellte keine Ausnahme dar.

„Ganz ruhig, Modhair." Das Kosewort rutschte ihm erneut über die Lippen, und bei den vergessenen Heiligen, es fühlte sich richtig an. Er legte die Handfläche auf ihren süßen Bauch.

Mit einem Seufzen krallte sie die schlanken, zerbrechlichen Finger in das Laken. Rasul leckte an der Innenseite ihres Schenkels entlang. Unbewusst berührte er die Tätowierung, die sie vereinte. Elektrische Impulse erfassten seine Fingerspitzen, strömten seinen Arm hoch, bis sie seine Zeichnung erreichten. Wärme floss durch ihn. Fia warf den Kopf zur Seite, und ihre Lider flatterten. Eigentlich hatte er sich Zeit lassen wollen, sie mehrere Male an den Rand der Erfüllung bringen, ehe er sie ihr gewährte, aber er hatte Schwierigkeiten, sich zu kontrollieren. Rasul stimulierte die geschwollene Perle mit der Zunge und biss leicht hinein. Sie versuchte, die Beine zu schließen, dem fordernden Gefühl zu entkommen, doch seine Schultern verhinderten es.

„Bitte, Sire", stammelte sie. Aufbäumend griff sie in sein Haar. Rasul leckte und saugte abwechselnd an ihrer Klitoris. Ihre Muskeln zitterten, und er führte zwei Finger in ihren Schoß. Ihre inneren Wände zogen sich zusammen. Er krümmte die Finger, um den geheimen Punkt zu finden, der sich mühelos ertasten ließ, wenn die Sklavin so erregt war wie Fia.

„Rasul!" Sie bog den Rücken durch. „Sire!"

Er massierte die Stelle und lutschte hart an der heißen Knospe, reizte die Spitze ihrer Klitoris. Ihr Becken ruckte, und Fia liefen Tränen aus den Augenwinkeln, als sie ihre Lust in den Raum schrie, so verdammt ungezügelt. Ihr Orgasmus war ebenso heftig, wie es seiner gewesen war. Rasul stimulierte Fia, bis sie ermattet auf dem Bett lag, die Hände noch immer in seinen Haaren verkrallt. Er löste ihren Griff und schlängelte sich nach oben. Ihre grünen Augen wirkten unendlich verstört, ein Indiz ihrer Verletzlichkeit. Rasul küsste sie zuerst sanft auf die Lippen. Als sie den Mund öffnete und seine Zunge traf, schmeckte er sich selbst. Fia umklammerte ihn, ihr rasender Herzschlag trommelte gegen Rasul, bis er glaubte, es wäre das eigene Herz.

Rasul strich Fia die verschwitzten Strähnen aus der Stirn und sah sie intensiv an.

„Hasst du mich, kleine Feuerblume?"

„Nein, Sire. Ich wünschte, ich könnte es, aber ich kann nicht."

Rasul presste auf das Display der Hauskommunikation, um das bestellte Mahl anzufordern. Er drehte Fia auf den Bauch, um ihren Po und die Oberschenkel mit heilender Salbe einzucremen. Es klopfte an der Tür. Malura brachte das Essen hinein. Respektvoll neigte sie den Kopf, lief aber so schnell, dass sie beinahe stolperte, und hastete genauso schweigsam aus der Tür, wie sie aufgetaucht war. Doch ihm entging nicht, dass sie sich ein kurzes Lächeln erlaubte. Wahrscheinlich war sie froh, seinen Bemühungen zu entgehen. Er setzte sich auf den Stuhl an dem Tisch und hoffte, dass Fia nachgeben würde. Sie musste ausgehungert sein. Verlangend sah sie zu dem knusprigen Fleisch, das von einem Bison aus den Grasebenen stammte, und dem knackigen Gemüse.

Fia wusste, was Rasul von ihr wollte. Alles, was gerade geschehen war, zählte nicht. Er verlangte ihren Gehorsam. Sie war zu durcheinander, um länger gegen ihn zu bestehen. Dass er sie *Modhair* genannt hatte, besaß keine Bedeutung. Auch die Zärtlichkeit, die er ihr geschenkt hatte und die sie in seinen Augen in diesem Moment sah, war ohne Belang. Sie war eine Sklavin, nichts weiter. Ihr Magen reagierte mit einem wilden Knurren und sabotierte den letzten Willen, über den sie noch verfügte. Er entsprach sowieso nur einem Hauch.

Fia erhob sich vom Bett und lief mit gesenktem Haupt auf ihn zu. Sie blieb neben ihm stehen und betrachtete den Boden, wie sie es bei der Sklavin gesehen hatte, die das Essen gebracht hatte.

Malura war aus dem Raum gestürmt, als ob ein geflügelter Wingo hinter ihr her gewesen wäre. Fia vermochte es ihr nicht zu verdenken. Die großen vogelähnlichen Wesen zerrten ihren Opfern bei lebendigem Leib das Fleisch von den Knochen, sodass diese langsam und äußerst qualvoll starben. Rasul gewährte ihr auch kein schnelles *Vergnügen*. Doch was stellten seine wahren Motive dar? Entnervt befahl sie ihren Gedanken, sie endlich in Frieden zu lassen. Sie war unfähig, sich mit ihnen auseinanderzusetzen. Rasul verlangte alles von ihr und bekam es schlussendlich.

„Ich habe Hunger, Sire." Eine dämliche Träne tropfte ihre Wangen, hinunter. Ehe sie die verräterische Spur wegwischen konnte, zog Rasul Fia seitlich auf seinen Schoß und küsste sie fort.

Er nahm ein Stück von dem Braten und führte es an ihre Lippen. Sie öffnete den Mund, schloss verzückt die Augen, als die Aromen ihre Zunge trafen. Rasul fütterte sie zuerst mit mehreren Happen. Der erdige Geschmack des knackigen Gemüses ließ sie seufzen.

„Dir schmecken die Takani." Rasul hielt ihr den Becher mit dem kalten Wein an die Lippen, und sie trank gierig. Sie wusste nicht, ob es von dem süß-herben Getränk kam, das ihr sofort in den Kopf stieg, oder es seine Nähe war, doch sie hatte seit Langem kein Mahl derart genossen. Zum Abschluss gab es ein cremiges Dessert, das sie im Aroma an Vanilleblüten erinnerte.

„Satt, Kleines?", fragte Rasul vergnügt.

„Ja, Sire. Ich danke dir." Es kam ihr viel zu leicht von den Lippen. Sie meinte es so, wie sie es gesagt hatte. Wieso fehlte das Gefühl der Erniedrigung und des Missbrauchs? Sie war ehrlich genug, es vor sich selbst zuzugeben. Rasuls Arme, die sie hielten, seine Stärke und sein Körperduft lullten sie ein. Sie fühlte sich beschützt und … geliebt.

Sie war verloren.

„Leg dich ins Bett, Fia. Ich komme gleich zu dir."

Ob sie jemals wieder an Flucht denken oder sich gegen ihn auflehnen würde? Seit Jos gestorben war, hatte sie sich nicht mehr so umsorgt gefühlt. Verwirrt ballte sie die Hände zu Fäusten. Erlag sie einer Illusion oder steckte bei Rasul was anderes dahinter, als er wahrhaben wollte? Hatte das Schicksal sie an einen Mann gebunden, der sie nicht liebte? Das konnte sie nicht aushalten.

Dir bleibt der Tod als Ausweg.

Rasuls Mimik war blank, sobald er aus dem Bad zurückkehrte. Er legte sich neben sie und bettete ihren Kopf auf seiner Schulter. „Morgen wird ein anstrengender Tag, Feuerblume. Schlaf jetzt."

Fias Erwartung, dass er sie fesseln würde, erfüllte sich nicht. Wozu auch? Sie war viel zu müde, um nur einen Fuß vor den anderen zu setzen. Er wusste es. Sie drehte sich auf die Seite, und er kuschelte sich an ihre Rückseite. Fia schlief auf der Stelle ein.

Kapitel 9

Stimmen rissen Fia aus dem Schlaf, und sie rieb sich schlaftrunken die Augen. Der Platz neben ihr war leer, doch Rasuls Duft haftete überall an ihr. Goldenes Licht tauchte den großzügigen Raum in einen fantastischen Glanz. Rasul hatte anscheinend eine Vorliebe für Rot, nicht nur bei der Einrichtung, sondern auch auf weiblichen Hinterteilen. Eine der zwei Sklavinnen zog gerade den letzten rubinfarbenen Vorhang zur Seite. Die Laken auf dem Bett besaßen den gleichen Farbton. Auf dem hellen Steinboden lagen vereinzelte Teppiche, die in Rottönen schillerten.

„Ich bin Liana", stellte sich die größere der Sklavinnen vor. Sie war eine Leganerin und hatte die typische eisig blau schimmernde Hautfarbe und kinnlanges silbernes Haar. Die kleinere war eine Paskanierin. Beide betrachteten Fia mit unverhüllter Neugierde.

„Und das ist Carina." Liana lächelte sie an, wirkte dermaßen glücklich, dass Fia beinahe mit den Augen rollte.

Fia zog sich die Decke bis zum Kinn, was den Frauen ein Lächeln entlockte.

„Schamhaftes Verhalten ist nicht angebracht und wird auch nicht geduldet. Du wirst auf Festen leicht bekleidet oder nackt herumlaufen", teilte Liana ihr mit.

Fia starrte sie an, denn sie sagte es mit einer Beiläufigkeit, als ob es so normal wäre, wie einen Atemzug zu nehmen. Die Sklavinnen trugen durchsichtige Gewänder, die kaum etwas verbargen. Die perlmuttfarbene Haut von Carina schimmerte durch den dunkelgrünen transparenten Stoff, der ihr bis zu der Mitte der Oberschenkel reichte. Lianas Kleidungsstück war ebenso freizügig und leuchtete in dem kräftigen Blau eines Sommerhimmels.

„Sakuro, der Oberste Regent von Sumaria, erwartet dich. Du sollst dich frisch machen und das hier anziehen." Carina hielt ein Sklavengewand aus weißem Voile in den Händen.

Fia schluckte hart bei dem Gedanken, so verführerisch in der Gegend herumzulaufen. Mit Rasul hatte sie sich abgefunden, aber das hieß nicht, dass sie jedem dahergelaufenen Bolok gehorchen würde. Allein die Vorstellung, dass jeder sie berühren durfte, ihr einfach die Finger in das Geschlecht schieben konnte, sofern er es nur begehrte, jagte Wellen der Übelkeit durch sie.

Liana sah sie erschrocken an, ihre grauen Augen spiegelten die Emotion. „Fia, finde dich mit deinem Schicksal ab, dann wirst du gut behandelt und von den Sires auf Händen getragen."

Fia spürte, dass sich Zorn, der aus Unsicherheit entstand, in ihr bildete. Waren die beiden Sklavinnen ein Spiegelbild von Fia, wie sie sein würde, wenn sie ihr Los akzeptierte? Ein Lustobjekt, mit dem die Sumarier umsprangen, wie sie es wollten. Einer der Männer brauchte nur mit den Fingern zu schnippen und sie musste ihre Schenkel für ihn öffnen, egal, ob sie ihn begehrte. Würde Rasul das zulassen?

Sie schwang die Beine aus dem Bett. Die Sklavinnen keuchten auf, sobald sie das Tattoo erspähten.

„Bei den vergessenen Heiligen, es entspricht der Wahrheit. Du bist Rasuls Seelengefährtin." Liana berührte die Zeichnung. „Was für ein Glück du hast."

Fia blickte sie fassungslos an. Die Sklavin war völlig verrückt, weil sie glaubte, was sie sagte.

„Glück? Rasul hat mich geschlagen und mich …"

Liana sah sie scharf an. „Überleg dir gut, was du sagst. Rasul bestraft niemals ohne Grund. Du willst mir nicht ernsthaft erzählen, er hätte es versäumt, dich zu schreienden Orgasmen zu bringen oder dich mit Zärtlichkeit zu behandeln?"

Nicht nur flammende Hitze raste durch Fias Körper, sondern auch eine gänzlich unerwartete Emotion: Eifersucht. Sie schob Lianas Hand grob von sich. Wenigstens Carina müsste ihr Dasein verfluchen. Doch in den lavendelfarbenen Augen sah sie die gleiche Verzückung wie auf Lianas Gesicht.

„Eine Sklavin zu sein, ist kein schreckliches Schicksal bei den Sumariern. Wir haben alles, was wir brauchen, und Männer, die uns beschützen. Nicht wie bei den Paskaniern", stieß Carina hervor.

Hier war keine Hilfe zu finden.

„Beeil dich, Sakuro wartet nicht gern." Liana drückte Fia das *Gewand* in die Arme. Die Sklavinnen wirkten, als ob sie bereit wären, Fia eigenhändig zu waschen und ihr das Kleidungsstück über den Kopf zu ziehen. Fia zog das Laken vom Bett, verhüllte sich darin und lief ins Badezimmer. Sie konnte sich nicht davon abhalten, die Tür ins Schloss zu knallen.

Erst jetzt fiel ihr auf, dass die Kälte fehlte, die sie gestern bei Rasuls Abwesenheit gespürt hatte. Vielleicht, weil sie im Moment keine Verzweiflung spürte, sondern nur hilflosen Zorn. Möglicherweise reagierte die Seelenbindung auf Schmerz und Verlassenheit.

Fia erledigte das Nötige und gönnte sich eine schnelle Dusche. Sie starrte auf das durchsichtige Ding, das sie auf den Boden geworfen hatte. Im Leben nicht würde sie das anziehen. Falls Liana oder Carina glaubten, sie könnten Fia dazu zwingen, würde sie ihnen zeigen, was sie in den Straßen von Ladur gelernt hatte. Die Frauen waren ihr unterlegen. Sie hüllte sich in das dunkelrote Bettlaken und verknotete es geschickt über einer Schulter.

Das leichte Ziehen auf ihrem Oberschenkel hätte sie warnen sollen, denn als sie aus dem Badezimmer trat, war es Rasul, der auf sie wartete. Sein Blick schweifte ihren Körper entlang. Pures Amüsement erhellte seine dunklen Züge. Ein Ausdruck reiner Gefahr. Ehe sie realisierte, dass er sich bewegt hatte, umklammerten Rasuls Hände ihre Oberarme, und er zog sie dicht zu sich heran. Rasul presste seine Lippen auf ihre und zwang ihren Mund auf. Er küsste Fia nicht nur, er eroberte sie. Sie hing in dem Griff und konnte dem leidenschaftlichen Kuss nicht widerstehen. Rasuls Erektion drückte gegen ihren Bauch.

Mit einer geschickten Bewegung löste er den Knoten des Lakens, zerrte ihr anschließend den Stoff vom Körper.

„Da dir unsere Kleidung offensichtlich nicht zusagt, wirst du mich nackt zu Sakuro begleiten." Er umfasste ihren Nacken und schob sie Richtung Tür.

Fia stemmte ihre Füße auf den Boden und versuchte herumzuwirbeln, um seinen Halt zu durchbrechen. Ein stahlharter Arm presste ihre Rückseite an seine Vorderseite.

„Mir scheint, Sklavin, du forderst eine erneute Bestrafung geradezu heraus. Dir gefällt meine feste Hand auf deinem üppigen Arsch anscheinend außerordentlich gut. Nur so kann ich mir dein Verhalten erklären."

Pure Lust jagte in ihr Geschlecht, doch sie würde lieber explodieren, als es zuzugeben. Seine Arme waren wie eiserne Bänder, und sein Atem streifte ihren Nacken. Er umfasste ihre Kehle, eine sanfte Warnung, dass sie stillhalten sollte.

„Was ist los, Sklavin? Hat es dir die Sprache verschlagen? Angst vor den eigenen Gelüsten, die so wild in dir toben, deren Geschmack du auf eine Weise begehrst, die dir den Verstand raubt?"

Ihr Herz ging viel zu schnell, gefolgt von dem Wirrwarr in ihrem Kopf. Sie konnte keinen klaren Gedanken fassen. Rasul legte die andere Hand auf ihren Bauch. Die Geste wirkte unglaublich intim. Wie heiß er sich anfühlte! Und sein Geruch betörte sie, war es doch eine Mischung aus Lust sowie Mann. Er rutschte mit der Handfläche höher, zog eine glühende Spur über ihre Haut, knetete ihre Brüste und zupfte die pochenden Nippel.

„Sire." Ihre Stimme hörte sich so dünn an, wie ihr Widerstand es gewesen war.

„Du hast Glück, dass Sakuro uns erwartet, sonst würdest du über meinen Knien liegen und ich würde mehr von dir einfordern als deine Begierde, die du mir – nebenbei gesagt – äußerst bereitwillig schenkst."

„Bitte, Sire, lass mich das Gewand anziehen."

Er packte ihren Nacken und schob sie vor sich her. Die Wachen vor der Tür drehten sich um und betrachteten lüstern ihren Körper.

Sie versteifte sich.

„Fia, noch eine abwehrende Bewegung und ich lege dich vor den Männern über meine Knie“, flüsterte er so laut an ihrem Ohr, dass die Sumarier belustigt schnaubten.

Zur Hölle mit ihm! Und diese nagende Stimme, die fröhlich durch ihr Bewusstsein hüpfte, brüllte ihr zu, dass sie selbst schuld war. Ungehorsam zog immer eine Strafe nach sich. Rasul hatte ihr das von Anfang an klar aufgezeigt. Dennoch weigerte sie sich, ihm zu gehorchen. Tief in ihrem Inneren wusste sie, dass es nicht nur aus Widerstand geschah, sondern weil der köstliche Schmerz, den Rasul ihr geschenkt hatte, in ihrem Leib nachklang. Einerseits riefen seine Handlungen Abscheu in ihr hervor, aber andererseits überwog die daraus entstehende Freiheit, die sich ihr Körper erkämpft hatte. Zügellos hatte er die Pein aufgesogen und ihre Barrieren zerstört, bis nur Fia übrig blieb. Und nicht eine Sekunde lang hatte sie das Gefühl gehabt, er würde sie überfordern. Wahre Angst fühlte sich anders an. Sie war verloren, denn ein Teil von ihr akzeptierte das Schicksal, als Rasuls Sklavin zu leben.

Fia straffte die Schultern und versuchte, unbeteiligt auszusehen. Doch die Purpurfärbung auf ihrer Haut war von hundert Metern aus erkennbar, da war Fia sich sicher. Sie betrachtete intensiv den polierten Steinboden und ignorierte all die Augen, die sie auf ihrem Weg ins Verderben musterten, ebenso wie das Getuschel über das Tattoo auf Fias Schenkel.

Rasul bewegte sich in seinen weichen Stiefeln absolut geräuschlos, ebenso wie ihre bloßen Füße keinen Laut auf dem Boden hinterließen. Die Kälte des Untergrunds schaffte es nicht, die Hitze aus ihren Gliedern zu vertreiben, dennoch rann ihr ein Schaudern die Wirbelsäule entlang. Fia hatte nicht die geringste Ahnung, was sie erwartete. Plante Rasul sie auszuhändigen, sich umzudrehen und nie mehr zurückzublicken? Würde die Seelenverbindung mit ihrem Tod erlöschen? War das sein Plan?

Zu ihrer Überraschung legte Rasul den Arm um sie und zog sie dicht an sich. Fia vermochte sich nicht zu helfen und rückte so eng an ihn heran, als ob sie mit ihm verschmelzen wollte. Er küsste sie auf den Scheitel. Ihre Barrieren, die sie immer wieder aufbaute, bestanden mittlerweile aus bröseligen Steinchen und zerfielen zu Staub.

Sie liefen auf eine Flügeltür zu, vor der zwei finster aussehende Wachen standen. Ihre Mienen blieben unbeweglich, und sie traten kommentarlos zur Seite.

Fia hatte befürchtet, dass Rasul sie in ein Kellerverlies bringen würde und sie nie mehr das Licht der Sonnen auf ihrem Körper spüren würde. Vielleicht folterten und mordeten die Sumarier in aller Öffentlichkeit, um ein Spektakel zu veranstalten.

Du hast auch nicht gesehen, dass Rasul Säuglinge verspeist.

Ein hysterisches Kichern löste sich ungewollt aus ihrer Kehle. Vor ein paar Tagen noch hatte sie eine kleine Farm besessen, die gerade genug zum Überleben abwarf, war einsam und unglücklich gewesen.

Jetzt war sie eine völlig andere Person, die sich nicht zu entscheiden vermochte, welche davon die bessere Fia darstellte.

Rasuls Hände lagen schwer auf ihren Schultern. Fia atmete tief ein, verdrängte das Schamgefühl, das sie befiel. Er schob sie in das Zimmer, das nicht die geringste Ähnlichkeit mit einer Folterkammer aufwies. Stattdessen war es eine Bibliothek mit bodentiefen Fenstern und weißen Vorhängen, die im leichten Wind wehten. Hohe Bücherregale füllten eine Wand des großen Raumes aus. Es mussten Tausende von Büchern sein.

Sie bemerkte eine große Gestalt, und die Präsenz des Obersten von Sumaria prallte gegen sie.

Sie starrte ihn an. Durfte eine Sklavin ihn unverblümt ansehen? Rasul hatte es ihr nicht verboten. Sakuro trat hinter dem Schreibtisch hervor, und sie wäre zurückgewichen, wenn Rasuls Körper es nicht verhindert hätte.

Sie merkte selbst, dass sie Sakuro respektlos musterte, aber sie vermochte sich einfach nicht zu helfen. Sakuro war kein reinrassiger Sumarier! Seine Augen waren leicht schräg und von einem Grün, das sie an einen See erinnerte, in dem silbern die Sonnen glitzerten. Seine Hautfarbe war die der Sumarier, ähnelte einem goldenen Strand, die Gesichtszüge waren paskanisch mit den typischen starken Wangenknochen. Sakuro trug sein schwarzes Haar kurz.

Er bewegte sich lautlos in seinen Stiefeln über den glänzenden Holzboden. Das lose Hemd passte genau zu seiner Augenfarbe. Niemals zuvor hatte sie sich dermaßen klein und unbedeutend gefühlt. Der Mann war ein Oberster, nicht nur vom Titel her. Auf Paskania wäre er als Feldarbeiter geendet, hätte ebenso ausgestoßen gelebt wie sie – geduldet, aber nicht geschätzt. Die Verstoßenen durchlitten ein hartes Schicksal. Die meisten von ihnen erlebten keine fünfzig Sonnendämmerungen.

Sakuro blieb vor ihr stehen. „Du wirkst überrascht, Sklavin. Entspreche ich nicht dem, was du erwartet hast?"

Die Worte stockten in Fias Kehle. Was würde mit ihr geschehen, wenn sie frei sprach, so wie sie es gewohnt war? Sie presste die Lippen aufeinander, was ihm ein Lächeln entlockte. Er schien oft zu lachen, denn eine Reihe Lachfältchen zierten seine Augenwinkel. Sein Blick schweifte ihren Körper entlang. Er tauschte mit Rasul einen Blick aus, den man nur als maskulin bezeichnen konnte. Fia spürte, dass sich die Stimmung änderte. Erotische Schwingungen erfassten sie.

Er hob die Hand, sah sie warnend an, als sie zusammenzuckte, sich gerade noch davon abhalten konnte, ihm auf die Finger zu schlagen. Mit dem Handrücken berührte er ihre Wange, folgte der Kontur ihres Halses, ignorierte, dass sie sich versteifte. Spöttisch verzog er seine Mundwinkel und streichelte über ihren Busen. Sobald er die Brustwarze streifte, reagierte sie auf die Berührung, obwohl Fia es ihr verboten hatte.

Anscheinend war sie nicht nur den Sumariern gegenüber hilflos ausgeliefert, sondern auch dem eigenen Körper.

„Äußerst sensibel. Ein Vorteil bei einer Befragung. Wie sind ihre Orgasmen, Rasul?“

Das hatte er nicht wirklich gefragt! Kalter Zorn sprang sie an, der sich glühend heiß einen Weg suchte. Sie war keine Sklavin, und niemand hatte das Recht, sie so zu behandeln, sie mit solchen Äußerungen zu demütigen.

„Fia!“, knurrte Rasul, während seine Fingerspitzen sich in ihre Schultern gruben.

Es war zu spät, die Worte blubberten aus ihr wie aus einer Quelle, die sich den Weg durch einen Pass bahnte.

„Nimm deine Drecksgriffel von mir!“ Gleichzeitig hob sie das Knie an, nur um sich plötzlich in der Luft wiederzufinden. Rasul hatte sie angehoben, und Sakuro hielt ihre Beine in einem Griff, der sie an eiserne Klammern erinnerte.

„Wir legen sie auf die Chasola. Ein wenig Unterhaltung beim Frühstück sollte uns von den trüben Gedanken ablenken. Sie soll Lust empfinden, keinen Schmerz. Ich vermute, dass macht ihr stärker zu schaffen, stellt eine schlimmere Bestrafung dar, als ihren Arsch mit Pein zu überziehen.“

Fia schrie aus voller Kehle, doch die niederträchtigen Gataks ignorierten Fias Beleidigungen. Sie trugen sie nach nebenan in einen lichtdurchfluteten Raum, in dem ein gedeckter Tisch für fünf Personen stand, sowie ein seltsam aussehendes Möbelstück, das irgendwie obszön wirkte. Die Fensterfront ließ einen freien Blick auf den blühenden Garten zu, der Fia unter anderen Umständen das Herz erweicht hätte. Kerzenständer, bestückt mit dunkelroten Kerzen, und farbenprächtige Gemälde schmückten das Zimmer. Fias Aufmerksamkeit lag allein auf dem Möbel, auf das die Boloks sie mit dem Rücken nach unten legten. Mit einem gemein wirkenden Grinsen half Sakuro Rasul dabei, ihre Handgelenke auf Höhe ihrer Hüften zu fesseln.

„Hör auf, dich zu wehren, Feuerblume. Du solltest dir deine Kräfte einteilen“, sagte Rasul amüsiert. Sie drehte den Kopf und versuchte, ihm in die Hand zu beißen, als er die Frechheit besaß, ihr über die Wange zu streicheln. Sie schwor, dass seine dämlichen blauen Augen Funken sprühten.

„Du wirst mich bald anbetteln, dich zu erlösen."

Niemals!

Sie trat nach Sakuro, sobald er nach ihrem Knöchel fasste. Doch er hielt sie mit Leichtigkeit in Schach und fesselte ihr rechtes Fußgelenk an die Chasola.

„Glaubst du mir nicht, kleine Fia?" Rasul beugte sich zu ihr herab, umfasste ihre Kehle und presste seine Lippen hart auf ihre. „Wir hatten schon Sklavinnen auf der Chasola liegen, die weitaus schwerer erregbarer waren als du. Selbst sie bettelten um Erleichterung."

Sakuro hatte die Gelegenheit genutzt und auch ihr zweites Fußgelenk fixiert. Er stand an ihren Füßen, sah Fia noch dazu auf eine Weise an, die ihr pure Hitze in das ohnehin siedende Geschlecht trieb. Fia wunderte sich, dass sie ihr Spielraum gelassen hatten, und sie strampelte, beobachtet von den höchst amüsierten Mistkerlen. Rasul berührte das Display. Das Möbel unter ihr bewegte sich, bis ihr Rücken leicht gewölbt war. Jetzt wusste sie, wieso es nicht aus einer durchgehenden Unterlage bestand.

„Spreiz ihre Schenkel für mich, Rasul. Ich möchte einen Blick riskieren, ob ihre Pussy ebenso nass ist, wie sie riecht." Sakuro sah ihr direkt in die Augen, leckte sich zudem über die Lippen. „Mir gefällt deine Beschämung, Sklavin."

„Ich bin keine Sklavin, du niederträchtige Schleimspur einer …"

Sakuros Hand knallte erst auf ihren rechten Oberschenkel, dann auf den linken. Der Schmerz war so intensiv, dass sie keuchte.

Der Oberste beugte sich zu ihr herab, bis seine Nasenspitze beinahe ihre berührte. „Zwing mich nicht, dich auszupeitschen, kleine Sklavin. Bei dir würde ich es sogar selbst übernehmen." Er packte ihr Kinn und grub die Fingerkuppen schmerzhaft in ihre Haut.

„Es tut mir leid, Sire." Eine Träne bahnte sich ihren Weg.

Erstaunlich sanft wischte er sie fort. „Akzeptiere dein Schicksal, Liebes. So abscheulich ist es nicht. Rasul hat Gefallen an dir gefunden. Es könnte dich schlimmer treffen. Du könntest in meinem Bett landen." Sakuro folgte mit den Fingerspitzen den Konturen der Flammen, die ihre Eisrose einrahmten. „Mir scheint, du hast keine andere Wahl, als dich deinem Sire hinzugeben, ihm zu schenken, was er verlangt. Rasul, öffne sie für mich."

Rasul berührte das Display. Die Handlung spreizte und winkelte Fias Beine an. Kühle Luft streichelte ihre erhitzte Scham. Fia schloss entsetzt die Lider, weil sie den Blickkontakt mit Sakuro nicht mehr aufrecht halten konnte. Erst jetzt wurde ihr bewusst, dass ihr Geschlecht geschwollen und nass war. Sehr nass.

„Ah, das übertrifft meine Vorstellung bei Weitem. Sie ist so erregt, dass ich meinen Schwanz in ihr vergraben könnte, sofern ich es nur wünschte. Zudem diese hübsche Purpurfärbung. Sie zeigt deutlich den Grad ihrer Begierde an, obwohl sie doch versucht, es zu leugnen."

Ehe Fia es schaffte, sich davon abzuhalten, suchte sie Schutz bei Rasul, indem sie ihre Wange an seinen Arm schmiegte, den er neben ihrem Kopf aufstützte.

Bitte tut das nicht, bitte, verlangte ihr Verstand, während ihr Schoß etwas ganz anderes begehrte.

„Interessant, wie sie Beistand bei dir einfordert, wo sie dich doch angeblich so verabscheut." Sakuro positionierte sich zwischen ihren Schenkeln, bis sie die Hitze seines Körpers spürte, die sich intim anfühlte und sie zusätzlich erregte. Sie wünschte sich, sie könnte sich selbst züchtigen für diese unangemessenen Reaktionen ihres heimtückischen Leibes. Fia befürchtete, Sakuro würde die Knöpfe seiner schwarzen Hose lösen, um sie sofort zu nehmen.

„Bitte, Sire." Ein heftiges Beben erfasste sie.

„Rasul, wir sollten uns erst der lästigen Stoppeln entledigen, ehe wir fortfahren. Ohne sie wird sie alles noch stärker spüren." Er lachte maskulin. „Nicht, dass es bei ihr nötig wäre. Sie ist unglaublich empfänglich für unsere Bemühungen. Hast du sie bereits mit der Zunge zum Höhepunkt gebracht?"

„Das habe ich, und um deine allererste Frage zu beantworten, sie ist sehr ungezügelt, wenn sie ihre Erfüllung findet. Aber davon kannst du dich gleich selbst überzeugen." Rasul lächelte sie unverschämt an.

Fia funkelte ihn an, wünschte sich, ein Felsbrocken würde vom Himmel fallen und ihn unter sich begraben. Rasul reichte Sakuro ein Gerät, das wie ein innovativer Rasierer aussah, nur dass er über keine Klinge verfügte.

„Erlaubst du, Rasul, dass ich es tue?"

Rasuls Mundwinkel verzogen sich spöttisch, als sie ihn stärker anfunkelte. „Nur zu, ich werde mich in der Zwischenzeit anderweitig vergnügen."

Belustigt betrachtete Sakuro sie. „Du hast ihr üppiges Hinterteil noch dazu ihre Schenkel mit einem hübschen Muster versehen. Mag sie Schmerz?"

„Sehr." Rasul zwinkerte ihr zu. „Sie benimmt sich gern ungehorsam, sodass ich einen Grund habe, sie zu bestrafen."

Ehe es Fia gelang, ihren Unmut herauszuschreien, senkten Rasuls Lippen sich auf ihre, und seine Zunge drängte in ihren Mund. Ihr erster Impuls war, ihn zu beißen, aber stattdessen ergab sie sich dem fordernden Kuss. Sie konnte nicht anders. Rasul hielt ihre Wangen umfasst und saugte an ihrer Unterlippe.

„Entspanne dich, Fia. Ich füge dir keine Qual zu, deine Haut wird sich lediglich erwärmen.“ Sakuro streichelte die Innenseiten ihrer Oberschenkel und leckte direkt über ihre Lustperle. Ihr Becken ruckte nach oben. Sakuro kommentierte es mit einem Lachen. Zuerst führte Sakuro den *Rasierer* ihren Venushügel entlang. Wärme erfasste prickelnd ihren Schambereich. Er spreizte ihre Schamlippen, nur um zu weitaus intimeren Regionen vorzudringen. Fia konnte ihm nicht entkommen, als er ihren Anus berührte. Ihre Befürchtung, er würde einen Finger dort hineinpressen, erfüllte sich nicht.

„Fertig, Sklavin. Die Haare wachsen nicht mehr nach.“ Sakuro nahm ein Tuch und reinigte sie. Fia war hin- und hergerissen zwischen Beschämung und Lust. Doch die Begierde siegte haushoch.

„Feuerblume, das zornige Sprühen in deine Augen ist reinem Verlangen gewichen. Du siehst hinreißend aus. Das wird den Gästen gefallen.“

Das meinte Rasul nicht ernst! Doch die Gerüchte sprangen mit intensiver Kraft an die Oberfläche ihres Bewusstseins. Den Sumariern sagte man nach, dass sie Orgien liebten, sich paarten wie die Tiere, in aller Öffentlichkeit, bar jeglichen Schamgefühls. So wie Rasul es bereits bei ihr getan hatte. Fia war froh, dass es ihr erspart geblieben war, Eldor wiederzusehen.

Sakuro spreizte mit den Fingern ihre äußeren Lippen und pustete auf die viel zu heiße Knospe. „Massier ihre Nippel, sodass wir die Stimulatoren anbringen können. Ich tue das Gleiche mit ihrer Klitoris, die geschwollen und durchblutet ist, obwohl ich sie kaum berührt habe. Was für ein lüsternes kleines Ding, mit einem Arsch, der einen Sire geradezu anbettelt, sich seiner anzunehmen. Ich würde die Sklavin mit Freude über meinen Schoß legen, ihr den Hintern versohlen, bis er leuchtet und ihr die Säfte aus der Pussy rinnen.“

Rasul zwinkerte Fia vergnügt zu. „Es war mir ein besonderes Vergnügen, ihre zarte Haut zum Glühen zu bringen. Auch darauf hat sie mit Begierde reagiert – jedes Mal. Ein Genuss, den ich zu gegebener Zeit gerne mit dir teilen werde.“

Ihren Protest erstickten die Sumarier, die sie stimulierten, weil Fias Lust jeden klaren Gedanken auslöschte. Rasul saugte abwechselnd an ihren Nippeln und umkreiste sie mit seiner Zunge. Sakuro lutschte an ihrer Lustperle, leckte sie, sodass Fia nichts tun konnte, außer sich den überwältigenden Gefühlen hinzugeben. Rasuls heißer Mund umschloss ihren rechten Nippel, und er begann, mit einer Hand an ihrer linken Brustwarze zu zupfen, sie zwischen Daumen und Zeigefinger zu massieren.

„Rasul“, knurrte Sakuro. „Sachte, sonst kommt sie sofort.“ Federleicht berührten seine Lippen ihre pulsierende Knospe.

Fia seufzte frustriert, weil die Erfüllung einen Zungenschlag entfernt lockte. Von zwei Männern gleichzeitig *geliebt* zu werden, wirkte wie ein

Rausch. Zuerst hatte sie *missbraucht* gedacht, doch das wäre falsch. Obwohl sie Fia gefesselt, ihr zudem die mentale Gegenwehr geraubt hatten, taten sie nichts Grauenvolles. Ganz im Gegenteil. Rasul richtete sich auf und sah ihr tief in die Augen. In seinen stand nur Zuneigung, gepaart mit stählerner Entschlossenheit. „Zeit für die Stimulatoren."

Fias Magen zog sich nervös zusammen, überdies brach erneute Hitze auf ihrem Körper aus. Was meinte er damit? Rasul zog eine Schublade auf, und in der Hand hielt er drei … *Saugnäpfe*?

Rasul presste eine Handfläche auf ihren Bauch, raubte ihr die letzte Bewegungsfreiheit, die sie besaß. Sakuro verteilte Gel auf ihrer pochenden Knospe und platzierte einen der durchsichtigen runden Sauger auf ihr.

Sie bäumte sich auf, weil er sich festsaugte und Kühle auf ihre empfindlichste Stelle traf. Ehe sie Gelegenheit erhielt, sich mit dem unbekannten Gefühl zu befassen, brachte Rasul mit einem Grinsen auf den Lippen die anderen Stimulatoren auf ihren Nippeln an, nachdem Sakuro sie ausgiebig mit dem Gel eingerieben hatte.

„Sie hat verdammt aufreizende Brüste. Groß und mit prallen Brustwarzen versehen, die eine wunderschöne goldene Farbe besitzen." Sakuro lächelte sie an. „Das Gel geht eine Verbindung mit den Reizgebern ein. Genieße es, Sklavin." Federleicht streichelte er mit sanften Fingerspitzen über die erhitzte Haut ihres Bauches.

Rasul strich ihr die verschwitzten Haare aus der Stirn. „Falls dir danach ist, Sklavin, darfst du mich um Erlösung anbetteln."

Sie warf ihm einen Blick ungetrübten Zorns zu, der ihm ein verführerisches Lächeln entlockte. „Du wirst es tun, Fia. Es ist nur eine Frage der Zeit."

Die Flügeltür schwang auf. Fia starrte auf Tabith und Drugal, die in den Raum glitten, ganz die gefährlichen Krieger, die sie waren.

„Was für ein hübscher Anblick, den ich bereits zum wiederholten Male genießen darf." Breit grinsend blieb Tabith zwischen ihren gespreizten Schenkeln stehen. „Wenn sie weiter errötet, brauchen wir kein Tageslicht mehr."

Drugal schaute ihr geradewegs in die Augen. Sein harter Blick sah sie mit reinem Hunger an. Fias Atmung beschleunigte sich, bis das Blut in ihren Ohren rauschte. Würden alle vier sie nehmen, ihre Lust an ihr stillen? Furcht fiel sie an wie ein wildes Tier, bis zu dem Moment, als Rasul sie berührte und anlächelte.

„Wir sind keine Bestien, Modhair."

Zu ihrer grenzenlosen Erleichterung setzten sich die drei Männer. Nur Rasul blieb bei ihr. Er nahm etwas aus der Schublade, positionierte sich zwischen ihren Schenkeln und schob ihr den Stab, den er vorher mit dem

Gel einrieb, vorsichtig in das Geschlecht. „Das stellt sicher, dass du deinen Orgasmus nicht bekommst. Er kontrolliert die Sauger." Er grinste gemein. „Jetzt entspanne dich, kleine Sklavin." Rasul warf lachend den Kopf zurück.

Die Mistkerle fielen in das Lachen ein. Rasul bediente das Display, aktivierte die Stimulatoren, die sanft an ihren Knospen saugten.

Lieber Himmel!

Fia presste die Augen zu, nur um sie sogleich wieder aufzureißen, weil es die Reize intensivierte. Rasul sah sie nachdenklich an, bevor er sich zu den anderen setzte.

Die Chasola war so platziert, dass den Männern kein Detail verborgen blieb. Schlagartig wurde ihr bewusst, dass der fünfte Stuhl für sie bereitstand; sie hatte sich die Bestrafung selbst eingebrockt.

Fia kämpfte gegen die Versuchungen an, die bereits jetzt unerträglich lustvoll waren. Dennoch, sie sollte in der Lage sein, zu widerstehen, den Fieslingen kein Schauspiel zu bieten. Es waren mechanische Lustmittel und nicht Rasul, der sie berührte. Am besten konzentrierte sie sich auf die Unterhaltung und blendete die Dinger aus. Doch die Kerle blieben stumm und widmeten sich ihrem Frühstück.

Typisch Männer!

Der Reizgeber auf ihrer Lustperle saugte stärker, und ihr wäre fast ein Seufzen entschlüpft. Die Sumarier sahen zu ihr, und bei allen spielte das gleiche wissende Lächeln um die Mundwinkel. Sie warf ihnen einen funkelnden Blick zu, der ihr förmlich auf dem Gesicht erstarrte, weil erst Kälte auf ihre Nippel traf, begleitet von einem Saugen, das an Schmerz grenzte, indessen Wärme ihre Klitoris umfloss.

Fia bäumte sich auf, soweit es die Fesseln zuließen. Die Stimulatoren massierten ihre Knospen abwechselnd mit Hitze und Kälte, bis der Höhepunkt beinahe einsetzte. Dann hörte es auf.

Schweiß bedeckte ihren gesamten Körper. Ein Laut entwich ihrer Kehle, der sich sogar in den eigenen Ohren frustriert anhörte. Rasul trank genüsslich einen Schluck Tee, während er ihr Geschlecht betrachtete.

„Sie ist so nass", kommentierte Tabith ihren Zustand.

„Ich bin gespannt, wie lange sie noch durchhält, bis sie dich anfleht, ihr einen Orgasmus zu schenken." Drugal biss in eine Frucht und leckte sich lasziv den Saft von den Lippen. Es war fast so, als schmeckte er Fia.

Eher gefror ihr das Blut in den Adern, bevor sie Rasul anbettelte. Sie hasste ihn in diesem Moment mit einer Vehemenz, die ihr bis jetzt gefehlt hatte.

Rasul stand auf und streichelte über die Innenseiten ihrer Oberschenkel. „Du wirst es tun, kleine Feuerblume."

Das Saugen begann erneut, stärker als zuvor. Fia bäumte sich stöhnend auf, in dem kläglichen Versuch, die Stimulation zu erhöhen. Jedes Mal wenn die Erfüllung fast einsetzte, hörte es schlagartig auf.

Rasul gab ihr einen Schluck Wasser, ehe er sich setzte.

Die Männer nahmen eine Unterhaltung auf, doch es drangen nur Wortfetzen in ihr Bewusstsein: Infizierte, Verräter, Friedensverhandlungen.

Fias Atem kam in Stößen aus ihrer Kehle. Entnervt bemerkte sie, dass Tränen aus ihren Augenwinkeln rannen. Sie konnte das nicht mehr aushalten. Ihr gesamter Körper vibrierte, schmerzte und forderte sie auf, Rasul anzuflehen, damit er ihr Erlösung verschaffte. Sie biss sich fest auf die Unterlippe und bohrte ihre Fingernägel in die Handflächen, um sich davon abzuhalten. Diese Boloks würden nicht gewinnen.

Der Stimulator auf ihrer Lustperle saugte schneller, erreichte, dass Fias Widerstand sich dem Ende zuneigte.

„Rasul, wärst du so gut und erhöhst die Stimulation? Ich glaube, ihr süßes Arschloch fühlt sich vernachlässigt. Du hast mir erzählt, sie wäre ein wenig gehemmt an dieser Körperstelle." Sakuro grinste hungrig.

Rasul stand auf und hielt ihr erneut Wasser an die Lippen. „Langsam, Fia."

So gern sie den Kopf weggedreht hätte, der Durst war zu groß. Sie trank das Glas leer, lag anschließend ermattet auf der Unterlage. Seine Augen sagten ihr deutlich, sie müsste ihn nur bitten.

Die Vorstellung, dass etwas *dort* eindrang, war zu grauenvoll. Das würde diese schreckliche Lust im Keim ersticken. Rasuls Mundwinkel verzogen sich spöttisch, und er positionierte sich zwischen ihren Schenkeln. Dann verteilte er das Gel auf ihrem Anus und drang mit einem Finger in ihren Po, obwohl sie versuchte auszuweichen. Genau in diesem Moment setzte die Stimulation der Sauger abermals ein.

„Aaaaahhhhhhh."

„Es scheint ihr zu gefallen", kommentierte Sakuro.

Die Männer lachten einvernehmlich.

„Ich hatte auch nichts anderes erwartet." Sakuro stellte sich an ihren Kopf und umfasste zärtlich ihre Wangen. „So einen prallen jungfräulichen Arsch zu ficken, verspricht ein besonderes Vergnügen."

Fias Erwiderung verschwand aus ihrem Gehirn, weil Rasul den Eindringling kreisen ließ. Er zog ihn heraus und bediente das Display. Etwas presste gegen den engen Ring. Fia spannte die Muskeln an, aber das Gel erleichterte dem Utensil den Zugriff. Sie hatte damit gerechnet, dass es ihr unter Schmerzen in den Anus drang. Doch es schob sich langsam, irgendwie vorsichtig vorwärts. Sakuro hielt noch immer ihr Gesicht. Rasuls Hände lagen an den Innenseiten ihrer Oberschenkel.

„Du brauchst ihn nur zu bitten, du stures Ding“, sagte Sakuro sanft.

Die Stimulatoren saugten hart an ihren Knospen, und der weiche Stab bewegte sich vor und zurück, intensivierte die herrliche Lust, die durch ihren Unterleib summte. Sterne flimmerten vor ihren Augen, und die Reize stoppten. Es war pure Qual.

„Bitte, Sire. Bitte, Rasul. Erlöse mich.“ Die Worte sprudelten aus ihr. Fia würde zerbrechen, wenn er sie nicht erhörte.

Rasul sah sie intensiv an, ließ sie einige Sekunden leiden, ehe er auf ihr Flehen reagierte, sich zu ihr herabbeugte, um sie leidenschaftlich zu küssen. Dann sah er sie dermaßen liebevoll an, dass sie es bis in den letzten Winkel ihres Bewusstseins spürte.

Zuerst zog Rasul den Lustbringer aus ihrem Anus. „Ganz ruhig, Fia. Atme tief ein und aus.“ Rasul presste den Sauger auf ihrer Lustperle und entfernte ihn vorsichtig, zog danach den Stab aus ihrer Pussy. Kühle Luft umfloss ihre überhitzte Klitoris. Fia wimmerte, sobald Rasul seinen Finger in ihr Geschlecht einführte. Alles war so überempfindlich. Ihr Schoß fühlte sich geschwollen an, die Haut zu eng.

Sakuro löste die Stimulatoren an ihren Brustwarzen, die fast tiefrot leuchteten, prickelten und unglaublich pulsierten. Sakuro wischte mit einem Tuch das Gel fort. Die Berührung war beinahe zu viel. Er lächelte über ihre hektischen Atemzüge. „Keine Angst, dir geht es gleich besser, nachdem Rasul sich deiner angenommen hat.“

Fia hatte gedacht, Rasul würde es auf der Chasola zu Ende bringen, sie sofort von der quälenden Begierde befreien, die ihren Körper und Verstand beherrschten, doch die Männer lösten die Fesseln. Rasul bediente das Display, sodass sie flach auf dem Rücken lag. Er hielt ihr ein süßes Getränk an die Lippen. Dankbar nahm sie mehrere Schlucke. Rasul half ihr in eine sitzende Position, und Fia klammerte sich an ihm fest.

„Furcht, ich könnte dich in diesem Zustand allein lassen, Sklavin?“ Der liebevolle Tonfall löschte das Wort Sklavin aus. „Sakuro, hilfst du mir? Sie kann kaum stehen.“ Rasul hob sie auf die Arme und ging zu einem gepolsterten breiten Stuhl, der vor einem der Fenster stand. Sakuro stützte sie, als Rasul Platz nahm.

Was hatte er vor? Wollte er ihr den Hintern versohlen? Das würde sie nicht aushalten. Die Striemen von gestern schmerzten deutlich, und sie war am Ende ihrer Kräfte angelangt. Alles, was sie begehrte, war, dass er sie von dem schrecklich fordernden Drang zu kommen befreite.

Sakuro half Fia dabei, sich auf Rasuls Schoß zu setzen, sodass sie mit dem Rücken an seinem starken Brustkorb lehnte. Ihre Beine hingen über Rasuls. Er setzte seine Knie auseinander, spreizte Fia weit, bot sie den Blicken der Sumarier an. Sie machte ein abwehrendes Geräusch, und er biss in ihren Schultermuskel, leckte den Schmerz mit der Zunge fort. „Sei still, oder soll ich dich erneut bestrafen?"

Fia presste die Lider zu, dennoch fühlte sie auf der Haut, dass die Männer sie ansahen.

„Demonstrier uns, wie die Sklavin unter ihrer Erfüllung schreit." Sakuros Stimme klang heiser vor Begierde und sie hörte ihn keuchen. Als sie die Augen öffnete, sah sie, dass Liana vor Sakuro kniete und seine Hose herunterzog. Carina hatte Drugals Schwanz bereits im Mund und saugte lustvoll. Tabith grinste schamlos. Liana fasste nach seiner Erektion, noch während sie Sakuro befriedigte. Doch die Aufmerksamkeit der Sumarier lag auf Fia.

Rasuls Härte spürte sie deutlich. Seine Hitze fachte ihre Lust weiter an. Mit einem Arm umschlang er ihre Taille. Dann rutschte er mit der Hand tiefer und streichelte ihre Lustperle.

„Du bist so nass, Feuerblume, zudem äußerst bereitwillig."

Ihre Lider flatterten zu.

„Sieh mich an, Sklavin!" Sakuro ließ sie nicht in Ruhe, und sie traf seinen Blick.

In diesem Moment zupfte Rasul abwechselnd ihre wunden Nippel, derweil sein Daumen langsame Kreise um ihre pulsierende Knospe zog. Sie erschauerte und spannte die Muskeln an.

„Bitte, Sire. Ich brauche …"

Rasul stieß mit einem Finger in ihre Spalte und rieb ihre Klitoris fester. Das Gefühl der schmerzenden Brustwarzen, die er ruchlos zwirbelte, zusammen mit seiner Hand, die sie unsagbar gefühlvoll stimulierte, trieb sie weiter. Dazu in Sakuros Augen zu sehen, während ihre Erfüllung näher rückte, schubste sie über die Klippe. Selbst wenn sie gewollt hätte, wäre es ihr nicht gelungen, die Lustschreie, die ihr befreiend aus der Kehle drangen, zurückzuhalten. Fia umklammerte Rasuls Arm, und ihre Lider flatterten zu, fortgetragen von dem intensiven Höhepunkt. Sterne flimmerten um sie herum. Rasul reizte den Orgasmus aus, bis sie auf ihm zusammensackte.

Fia schämte sich unglaublich, doch Rasul hielt sie noch immer offen. Obendrein umschlang sein stählerner Arm ihre Taille. Mit einem Knurren stand er auf, wobei er sie bei der Bewegung mitnahm. Rasul hob sie hoch, weil sie nicht zu stehen vermochte, legte sie mit dem Rücken nach unten auf den Esstisch, knöpfte seine Hose auf und spreizte ihre Beine. Ohne Umschweife stieß er in sie hinein und fickte sie hart. Er verlangte nicht von ihr, dass sie ihn ansehen sollte, und sie war dankbar. Wie aus weiter Ferne hörte sie eine der beiden Sklavinnen vor Lust keuchen, dann stöhnen. Anscheinend sorgten die Männer dafür, dass auch sie zu ihrem Recht kamen. Der Lautstärke nach mochte die Sklavin, was man ihr antat.

Fias Geschlecht war unglaublich empfindlich. Rasul beugte sich zu ihr herab. „Kleine Feuerblume, du warst vorhin sehr laut. Ob ich dich erneut zum Schreien bringen kann?“, flüsterte er gegen ihre Lippen, während er dazu überging, sie langsam zu lieben.

Wollte er sie umbringen?

Er saugte ganz leicht an ihrem Nippel, der dermaßen überreizt war, dass es sich anfühlte, als ob er hineinbiss. Der Reiz war verstörend köstlich.

„Sieh mich an, Modhair.“

Flatternd öffnete sie die Lider. Rasul sah ihr tief in die Augen. Fia wusste, jetzt war sie endgültig verloren. Sie konnte ihn weder hassen noch ihm widerstehen, stattdessen durchlebte sie eine Verbundenheit, die eine Intensität erreichte, wie sie sie niemals zuvor erlebt hatte.

„Modhair“, flüsterte er ihr zu, als er ihren Oberkörper anhob, um sie zärtlich zu küssen.

Von diesem Mann geliebt zu werden …

Fia verbat sich, weiter mit diesem irrsinnigen Gedanken zu spielen. Doch das Gefühl in ihr ließ sich nicht länger verleugnen. Das Tattoo auf ihrem Bein änderte sich gerade, sie spürte es deutlich. Rasul keuchte auf und presste sie zurück. Seine Hand fand abermals ihre Lustperle und begann sie zu massieren.

„Nicht, Sire.“ Es tat beinahe weh. Aber nur beinahe. Automatisch griff sie nach seinem Handgelenk.

„Fia! Ich kann Tabith herrufen, er würde dich zu gern festhalten, während ich dich ficke.“

Sie legte dermaßen schnell ihre Hände hinter ihrem Kopf ab, dass Rasul schmunzelte. „Nach allem bist du immer noch so unglaublich schüchtern.“

Ihre Antwort wurde von seinem Daumen erstickt, der ihre Knospe rieb.

„Ich will, dass du erneut kommst. Jetzt!“

Sie wusste nicht, wieso, doch seine Worte rauschten über sie hinweg. Fia reagierte darauf mit einem Orgasmus, der eine Mischung aus Schmerz sowie Begierde darstellte. Als sie die Augen öffnete, grinste er sie mit purem maskulinen Stolz an.

„So laut und ungezügelt. Und so beschämt.“ Er packte ihre Hüften. „Halt dich an der Tischkante fest“, warnte er sie.

Rasul stieß ein paar Mal langsam zu, ehe er sie so hart fickte, dass sein Becken gegen sie klatschte.

Diesmal sah sie ihn freiwillig an, saugte den Anblick in sich auf. Rasul liefen Schweißperlen die Schläfen hinab. Auch sie selbst war schweißgebadet. Sein Blick traf ihren, und sie sah es ihm deutlich an, als sein Höhepunkt einsetzte. Rasul warf den Kopf in den Nacken und brüllte seine Lust in den Raum. Ermattet lag sie auf dem Tisch. Die leisen Stimmen erinnerten sie daran, dass sie das zweite Mal in ihrem Leben vor Zuschauern einen erotischen Akt ausgeführt hatte. Rasuls Glied erschlaffte in ihr, und er zog sich aus ihr zurück. Hoffentlich verlangte er nicht von ihr, dass sie auf die Knie sinken musste, um sich bei ihm zu bedanken. Sie fühlte sich schlichtweg zu erschöpft, um sich überhaupt zu rühren.

Sie wollte im Boden verschwinden. Der Schweiß auf ihrer Haut kühlte ab. Die ganze Anstrengung forderte ihren Tribut, noch dazu hämmerte in ihren umnebelten Verstand die Erkenntnis, wozu Rasul sie gezwungen hatte.

„Du frierst, Feuerblume." Rasul schnippte mit den Fingern. Eine ihr unbekannte Sklavin eilte auf sie zu. „Hol mir einen Ruhemantel und ein paar Strümpfe", sagte er zu der hübschen Adrianerin. Rasul legte eine Hand unter Fias Nacken und half ihr in eine sitzende Position. Rasul presste sie dicht an sich. Er roch so gut, nach Mann und einem frischen Regen, der auf reiche Erde prasselte.

Rasul brachte es nicht übers Herz, Fia auf die Knie zu zwingen. Ihr Herzschlag donnerte gegen seinen Arm. Zum Teufel damit. Sie atmete viel zu schnell.

„Ruhig, Flora."

Tabith reichte ihm einen Becher mit Honignektar. Rasul hielt ihn ihr an die Lippen, und sie trank gierig.

„Lass mich nicht allein, Sire." Sie schien bestürzt zu sein, dass ihr die Worte entschlüpft waren. Fia war bereits stärker an ihn gebunden, als er es erhofft hatte. Sie suchte instinktiv Schutz und Geborgenheit bei ihm.

Über ihren Kopf hinweg lächelte Tabith ihn an.

Wie sie zitterte! Zum Glück kehrte Nora mit den Kleidungsstücken zurück. Er nickte ihr zu, und sie zog Fia die Socken über die Füße. Fia hörte nicht auf zu beben. Rasul hob sie von dem Tisch. Tabith half ihr in den Mantel. Sie kroch förmlich in den kuscheligen Stoff hinein und starrte den Boden an, als ob sie dort die Lösung für ihre Misere finden würde. Rasul war es gewohnt mit Sklavinnen umzugehen, doch bei Fia war alles anders. Er fühlte sich für sie verantwortlich.

Rede dir das nur ein! Als ob das das Einzige wäre, was du für sie empfindest.

Rasul setzte sich an den Esstisch und zog Fia seitlich auf seinen Schoß. Er konnte nicht für einen Moment die Hände von ihr lassen.

„Iss, Fia." Er hielt ihr ein Stück Melone an die Lippen, und sie seufzte, als die Aromen ihre Zunge trafen. „Möchtest du Tee?"

„Ja, Sire, und Brot mit Schinken, bitte.“ Sie zuckte zusammen, da Sakuro gegenüber von ihnen Platz nahm.

„Sieh mich an, kleine Sklavin.“

Fia verkrampfte sich, doch leistete dem Befehl Folge. Rasul sah Sakuro an, dass ihm Fia gefiel und er ihre Verlegenheit entzückend fand.

„Du kommst äußerst laut zum Höhepunkt, süße Fia. Das gefällt mir. Wir sollten es bei Gelegenheit wiederholen.“

Wenn sie sich weiter so versteifte, drohte sie in der Mitte durchzubrechen. Rasul drängte mit seiner Hand unter den Mantel und ließ sie auf ihrem Oberschenkel liegen. Er spürte das Tattoo vibrierend an seinen Fingerspitzen. Die Anspannung wich aus ihrem Körper.

„Iss und trink. Du musst deine Kräfte erneuern.“

Sie zögerte einen Moment, aber der Hunger siegte. Sie griff nach dem Brot und hielt ihm ein Stück an den Mund. „Du auch, Sire.“ Fia lächelte Rasul entzückend an. Er öffnete die Lippen, und sie schob den Bissen hinein. Dann stopfte sie sich schnell einen Happen in den Mund, offensichtlich fürchtete sie, er würde ihr doch noch verbieten zu essen. Als ob er das könnte!

Sakuro versteckte sein Grinsen hinter einer Tasse. Drugal und Tabith hatten sich anscheinend mit Liana und Carina verzogen, um sich einen vergnügten Vormittag zu genehmigen. Es war ihr freier Tag, und Rasul gönnte es seinen Freunden von Herzen. Die Arme einer Frau ließen einen Krieger vieles vergessen, zudem Rasul wusste, dass Tabith einen Narren an Liana gefressen hatte.

Sakuro wartete mit der Befragung, bis Fia gesättigt war und entspannt auf Rasuls Schoß saß. Der Oberste Regent verfügte über eine Menge Fingerspitzengefühl. Rasul hoffte, dass Fia ihnen bereitwillig ihre Geheimnisse anvertraute. Ansonsten würden sie Zwang anwenden. Rasul vermutete, dass jemand sie erpresste. Furcht war ein starkes Druckmittel. Wer wusste schon, was das Arschloch gegen sie in der Hand hielt. Sakuro nickte ihm zu.

„Steh auf, Fia.“ Rasul erhob sich und stellte sie auf die Füße.

Das Blut wich ihr aus dem Gesicht. „Habe ich etwas Falsches getan, Sire?“

Rasul deutete auf die Sesselgruppe, die nur auf den ersten Blick harmlos aussah. Auch auf ihr konnte man Sklaven in jeder erdenklichen Haltung fesseln. Er hoffte, dass dies nicht erforderlich sei. „Keine Angst, wir möchten dich nur befragen. Sofern du die Wahrheit sagst, hast du nichts zu befürchten.“

Fias grüne Augen spiegelten ihre Verwirrung. Sie hatten Fia bis aufs Äußerste aufgewühlt, damit sie ihre inneren Barrieren nicht länger aufrechterhalten konnte. Rasul würde ihr ungern Schmerzen zufügen, wenn sie nicht redete. Doch er würde es selbst tun, falls es nötig war. Sakuro wusste es und akzeptierte Rasuls Wunsch.

Rasul drückte sie auf die Couch. Er und Sakuro nahmen gegenüber von ihr auf zwei Sesseln Platz. Fia wirkte verloren auf dem Sofa und musterte ihre Hände.

„Fia, sieh uns an." Sakuro nutzte seine sanfte Stimme, die selten ihre Wirkung verfehlte. War jemand schuldig, versetzte ihn dieser Tonfall in erhebliche Alarmbereitschaft. War derjenige unschuldig, war sie nichts anderes als beruhigend. „Hier ist kein Raum für schamhaftes Verhalten, Sklavin."

Fia sah hoch, und Rasul unterdrückte den Reiz, sie zu berühren. Er musste einen kühlen Kopf bewahren. „Warum hat man dich auf die sumarische Seite geschickt?" Rasul vermochte förmlich zu sehen, dass sie nicht wusste, was sie antworten sollte. Die kleine Sklavin ahnte zu gut, wozu Sakuro und er fähig waren und dass sie keine Chance hatte, gegen sie zu bestehen. Doch sie schützte jemanden. Vielleicht hatte sie ein Kind!

Sakuro drehte sich und nahm eine Kiste auf, die alle *Beweisstücke* enthielt. Der Oberste legte den Sender mit dem Sprengstoff nach oben auf seine Handfläche. Fia starrte unsicher auf das altmodische Teil.

Rasul gab dem Drang nach und umfasste ihre Hand. Sie klammerte sich zitternd an ihm fest. Die Bindung wurde von Minute zu Minute stärker. „Das habe ich aus deinem Hals entfernt." Er ließ seine Worte einen Moment wirken. „Sieh dir die blauen punktähnlichen Sprenkel an, die unter dem Flüssigeis zu sehen sind."

„Sprengstoff." Die Farbe wich aus ihrem Gesicht, als ob sie ihr jemand entzogen hätte.

„Wer immer dich losgeschickt hat, wollte deinen Tod, sobald du deine Mission erfüllt hast."

Sakuro reichte ihr die Zeichnung. „Warum solltest du das aus der zerfallenen Tempelanlage der Nubinier stehlen?"

Sakuro und seine Führungsriege hatten lange herumgerätselt, wie Fia überhaupt in die Ruine hereinkommen sollte. Sie war verlassen, doch eine unbekannte Energie machte das Eindringen unmöglich. Seitdem die vergessenen Heiligen ausgerottet waren, vermochte niemand mehr, die Trümmer zu betreten. Die Magie starb bei lebenden Wesen aus und somit der Schlüssel, um die antike Stätte zu begehen. Konnte Fia Zauberei aus der alten Welt in sich tragen, die nicht nur auf die Tätowierung beschränkt war?

„Zerfallen und unbewacht?" Ihr Erstaunen war nicht gespielt.

„Verfügst du über irgendwelche ungewöhnlichen Kräfte?"

Sakuro richtete sich neben ihm auf. Auch der Oberste sah ihr deutlich an, dass sie über welche verfügte. Fia blickte zu der großen Vase, die vor dem Fenster stand. In ihr befanden sich ehemals tiefblaue Seelilien, die beinahe verblüht waren.

„Darf ich, Sires?"

Sakuro machte eine zustimmende Handbewegung. Fia lief graziös zu der Vase und kniete sich hin, wobei sie ihn an eine Nachtkatze erinnerte. Der schwarze Ruhemantel verstärkte den Eindruck. Die kleine Diebin vermochte sich absolut lautlos zu bewegen. Sie drehte die Handflächen nach oben und berührte die Blumen. Die Seelilien flimmerten. Als sie die Hände fortnahm, standen sie in voller Blüte, leuchteten obendrein wie niemals zuvor.

Ängstlich sah sie zu ihnen herüber, befürchtete offensichtlich, dass sie ihr Schlimmes antun würden. Wahrscheinlich hatte sie die Magie auf der paskanischen Seite geheim gehalten. Doch irgendjemand musste es herausgefunden haben. Egal, wie vorsichtig man war, kein Mensch konnte den ganzen Tag über Sonnendämmerungen hinweg auf der Hut sein. Zudem besaß Fia ein Seelentier. Sie kniete noch immer auf dem Boden, ihre Augen angsterfüllt. Rasul konnte den Anblick nicht länger ertragen. Er ging zu ihr und zog sie auf die Füße. Fia schmiegte sich in seine Berührung und presste sich dicht an ihn. Er tauschte einen bedeutungsvollen Blick mit Sakuro aus. Rasul benahm sich Fia gegenüber wie bei keiner anderen Sklavin.

Liebst du sie etwa?

Der Oberste erlaubte sich ein kurzes Lächeln, das mehr als genug sagte.

„Werdet ihr mich jetzt hinrichten?"

„Was!?", stießen Sakuro und er gleichzeitig aus.

Rasul umfasste sie an den Schultern und schob sie auf Armeslänge von sich. „Wie kommst du denn auf diese dumme Idee?"

„Ich habe gehört, dass ihr Sklavinnen reihenweise hinrichtet."

Sakuro deutete ihm schnaubend an, Fia zu ihm zu bringen. Der Regent zog sie auf seinen Schoß und lachte, weil sie stocksteif auf seinen Beinen saß, zudem versuchte, ihn so wenig wie möglich zu berühren. Sakuro öffnete den Gürtel des Ruhemantels und massierte ihren Busen. Schockiert fasste sie nach seiner Hand. Ihre Bemühungen, von seinen Knien zu entkommen, kontrollierte Sakuro mit Leichtigkeit.

„Entspann dich, Kleines. Ich will mich noch einmal mit dir vergnügen, bevor ich dir den Kopf abschlagen lasse. Oder exekutieren wir die Sklavinnen diese Woche durch Erhängen?" Sakuro seufzte tief. „Ich habe den Überblick verloren. Rasul?"

„Du liegst ganz falsch, wir hatten uns für etwas Neues entschieden: Tod durch Ertränken.“

Fia sah zu Rasul, und ihr empörter Gesichtsausdruck ließ ihn laut lachen. Sakuro vergnügte sich mit ihren Brustwarzen, die er leicht stimulierte. Fias Wangen färbten sich in diesem entzückenden Purpur, an dem Rasul sich nicht sattsehen konnte. Bewegungslos zu verharren fiel ihr sichtlich schwer.

„Ich entlasse dich in Rasuls Arme, sobald du dich entspannst, kleine Sklavin. Spreiz deine Schenkel für mich.“

Fia atmete heftig.

„Es wäre besser für dich, wenn du es freiwillig tust.“

Fia traten Tränen in die Augen, aber sie gehorchte - widerwillig.

„Es gibt keinen Grund für deine Verzweiflung. Ich füge dir weder Schmerz noch Unerträgliches zu. Vielmehr bist du auf dich selbst zornig, weil meine Berührungen deinem Körper durchaus gefallen. Finde dich damit ab, wir geben dir, was du brauchst. Du tust gut daran, es zu akzeptieren.“

Sakuro signalisierte Rasul mit den Augen, dass er mit der Befragung fortfahren sollte. Rasul verkniff sich mühsam ein Grinsen. Der Oberste wollte Fia davor bewahren, dass sie log. Und da sie es im Moment unmöglich schaffte, sich zu konzentrieren, würden sie ihr nicht wehtun müssen. Er trat hinter sie und schob ihr den Mantel über die Schultern. Sakuro entblößte ihre Schenkel. Fia wirkte, als ob sie schreien oder stöhnen wollte und sich nicht für eines entscheiden konnte. Rasul nahm auf dem zweiten Sessel Platz und sah direkt in ihr schamrotes Gesicht.

„Wer hat dich auf die sumarische Seite geschickt?“

„Diego, er ist der Lord einer Triade. Er hat Suno gefangen genommen und gedroht, ihn zu häuten.“

Tränen lösten sich aus ihren Augen und liefen ihre Wangen hinunter. Rasul verspürte einen unerwarteten Stich Eifersucht. War Suno der Paskanier auf dem Foto? Rasul hatte gedacht, er wäre tot. Hatte Fia gelogen?

„Suno ist mein Seelentier. Er ist alles, was ich habe.“ Jetzt brach sie vollständig in Schluchzen aus. Das Tattoo auf seinem Oberarm jagte eine grauenvolle Kälte durch seinen Körper. Er riss Fia fast von Sakuro und presste sie dicht an sich. Sofort hörte das schreckliche eisige Gefühl auf. Sie brauchten bei Fia keine Verhörtaktiken anzuwenden, sie war viel zu ehrlich, um etwas zu verbergen.

„Erzähl uns deine Geschichte, Modhair. Von Anfang an. Wie bist du aufgewachsen?“ Rasul ahnte, dass ihr Schicksal lange vor Diegos Erpressung besiegelt wurde, und dass ihr Gefährte mit Sicherheit tot war. Sie hatte ihn nicht belogen. Unsicher suchte sie nach den richtigen Worten, doch dann sprudelten sie aus ihrem Mund.

Jeder Sklavin erging es besser auf Sumaria, als es Fia bei den Gataks ergangen war. Sie lebte am Rande der Gesellschaft und musste bereits als junges Mädchen für sich selbst sorgen. Rasul konnte sie sich mühelos als geschickte Diebin vorstellen, um in den Gassen von Ladur zu überleben. Sie hatte sogar einen Mentor gefunden, einen Typ namens Zorgan, ohne den sie die ersten Sonnendämmerungen auf den Straßen nicht überlebt hätte. Er war es gewesen, der ihr Grundkenntnisse in den Künsten der Selbstverteidigung beigebracht und ihr Talent, sich wie ein Schatten bewegen zu können, gefördert hatte. Eines Tages war er spurlos verschwunden. Auch ihr Gefährte Jos musste ein guter Kerl gewesen sein. Rasul vermutete, dass sein Tod kein Unfall gewesen war. Er sah Sakuro an, dass er ebenso dachte. Jemand hatte ihn aus dem Weg geräumt, um an Fia heranzukommen. Derjenige besaß viel Macht, die Fia davor bewahrt hatte, als Arbeiterin auf den Feldern zu landen. Anscheinend war sie ein wichtiges Rädchen in einem komplizierten Getriebe.

„Wie hast du deine Magie entdeckt?“, fragte Sakuro.

„Reiner Zufall. Ich habe oft Friedhöfe besucht. Auf einem Grab stand ein Glas mit verblühten Blumen. Sie haben mich angezogen, weil sie so traurig aussahen. Da ist es zum ersten Mal passiert.“

Fia wirkte unglaublich einsam in diesem Moment, und Rasul verfiel ihr ein Stück weiter, er spürte es deutlich.

„Was hat ein junges Mädchen an solch wehmütigen Orten verloren?“, frage Sakuro.

„Mischlinge haben keine Eltern auf Paskania. Die Säuglinge werden sofort nach der Geburt in Heimen untergebracht, um jeden davon abzuhalten, die Blutlinien zu kreuzen. Begräbnisstätten haben mich stets fasziniert, als ob ich dort Informationen über mich erfahren könnte.“

„Fia, deine Eltern müssen bereits gemischte Gene gehabt haben“, sagte Rasul weich. „Du bist etwas ganz Besonderes.“

Sakuro sah ihn erneut mit diesem eigenartigen Ausdruck an. „Was hat es mit dem Seelentier auf sich?“

Fia erzählte ihnen, dass sie immer wieder den Ort von Jos’ Tod aufgesucht hatte, bis sie Suno fand. Dass das Mal bei der ersten Berührung entstanden war und sich über Wochen hinweg weiter ausgebildet hatte.

„Ich kann seine Gedanken lesen, wenn er mir welche schickt, und andersrum. Sobald ich akzeptiert hatte, dass er mein Seelentier ist, hat sich das Tattoo vervollständigt.“

Rasul starrte auf ihr Bein, die Flammen waren beinahe perfekt. Er brauchte nicht auf seinen Arm zu blicken, um sich davon zu überzeugen, dass die Eisrose kurz vor der Vollendung stand.

Sakuro beugte sich vor und umfasste ihre Hände. „Fia, was will Diego mit dem Artefakt?"

In ihren grünen Augen war nur die Wahrheit zu erkennen. „Ich habe nicht die geringste Ahnung. Er hat mir alles genommen, was ich besaß. Falls Suno stirbt, weiß ich nicht, was mit mir geschehen wird. Bitte glaubt mir. Ich möchte diesen Bastard tot sehen."

Sakuro nickte zu den Wachen. „Bringt Fia in Rasuls Gemächer und bleibt bei ihr. Wascht sie und legt sie danach in sein Bett. Sie soll sich ausruhen."

Rasul winkte Jorgan kurz zu sich heran und gab ihm zu verstehen, was sie mit Fia anstellen sollten.

Fia protestierte nicht, als Jorgan und Lenos ihre Arme umfassten und sie mit sanfter Gewalt aus dem Raum führten. Ihr verletzter Ausdruck grub sich in Rasuls Herz.

Sakuro grinste ihn breit an. „Sie ist eine Sklavin. Entweder erkennst du sie als die Deinige an oder sie wird als solche behandelt. Die Wahl liegt ganz bei dir." Sakuro schlug ihm so fest auf den Rücken, dass Rasul fast aus dem Sessel flog.

Hinterhältiger Gatak!

Rasul wusste selbst nicht, was er begehrte. Doch er würde Fia keinen Gefallen tun, wenn er nicht hart blieb. Sie musste sich an das Dasein, als Sklavin gewöhnen, ebenso an die Berührung von Männerhänden. Er erstickte beinahe an den eigenen Gedanken.

„Von diesem Diego hat mir Nadena berichtet, auch dass er von einigen der anderen Obersten geschützt wird. Diego scheint eine ernsthaftere Bedrohung darzustellen als angenommen. Wir müssen herausfinden, was das Artefakt ist. Du wirst mit Fia eine kleine Reise unternehmen." Sakuro strich sich durch die Haare, die abstanden wie bei einem Igel in Angriffslaune.

Das Display der Kommunikation meldete eine Nachricht.

Der Oberste schüttelte den Kopf. „Ich habe die Sergeants angewiesen, mir ungewöhnliche Aktivitäten zu melden. Dies ist schon die dritte Meldung, dass Hunde in großer Anzahl verschwunden sind."

Auf einmal sah Sakuro um Sonnendämmerungen gealtert aus. „Rasul, wer immer uns bedroht, hat es von verdammt langer Hand geplant. Unsere Spezies steht am Rande eines Abgrundes. Wir sollten den Kriegszustand ausrufen gegen einen Feind, den wir nicht kennen."

„Ich setze die Truppen in Alarmbereitschaft."

Mehr konnten sie im Moment nicht tun. Sie würden warten müssen, bis der Widersacher aus der Deckung kam. Hoffentlich war es dann nicht zu spät.

Vielleicht brachte Eldor etwas in Erfahrung, was ihnen helfen konnte.

Kapitel 10

Die Erleichterung, dass sie den Sumariern alles gestanden hatte, wirkte nur kurz. Erschöpfung presse spürbar auf Fia nieder. Sie musste auch der Grund für die blöden Tränen sein, die sie ständig bedrohten. Die Ereignisse überschlugen sich. Die Sumarier gewährten ihr keine Gelegenheit, um durchzuatmen. Die Wachen trugen sie halb durch die Flure. Selbst als sie allein in den Straßen von Ladur gelebt hatte, hatte sie sich nicht so aufgewühlt gefühlt. Aber da hatte sie nicht gewusst, was es bedeutete, in den starken Armen eines Mannes zu liegen, in denen sie sich vollkommen geborgen fühlte.

Es wirkte vollständig anders als bei Jos. Fia schämte sich dafür. Sie hatte Jos aus ganzem Herzen geliebt, doch bei Rasul empfand sie jedes Gefühl intensiver und lebendiger.

Das Schicksal war grausam!

Ihr Rasul vor die Nase zu halten, der sie nur als Sklavin begehrte. Wenn sie sich willig mit ihrem Los abfinden würde, verlöre er bestimmt jegliches Interesse an ihr. Seelengefährte hin oder her. Er schien nicht bereit, diese Bestimmung zu akzeptieren.

Und du?

Ich liebe ihn längst.

Es vor sich selbst zuzugeben, schmerzte dermaßen stark, dass sie es körperlich spürte. Ihr Herz schlug unruhig, und ihr brach der Schweiß auf dem Körper aus. Ging dieses Gefühl nur von der Tätowierung aus? Sie glaubte es nicht. Früher oder später hätte sie Rasul auch ohne Magie geliebt. Die Erkenntnis wog schwer.

„Ganz ruhig, Kleine.“ Die ältere der beiden Wachen legte den Arm um sie. „Ich bin Jorgan. Der finster aussehende Kerl ist Lenos.“ Er lachte, weil sie empört schnaubte, und zog sie dichter zu sich heran. „Ich weiß, wie du dich fühlst, Sklavin.“

„Das bezweifele ich.“

„Vor ein paar Jahren war ich ein Gefangener auf der paskanischen Seite. Sie haben mich als Feldarbeiter eingesetzt.“

Das hatte sie nicht gewusst. Sumarier wurden wie Legenden behandelt, und angeblich lebte keiner von ihnen auf paskanischem Grund und Boden.

„Du warst aber kein Sklave!“

„Ich wäre lieber ein Sklave auf Sumaria, als ein Leibeigener auf Paskania. Jemals ein paskanisches Lager aufgesucht?“

Das hatte sie nicht, allerdings von den Einrichtungen gehört.

„Ich meine nicht die offen zugänglichen Standorte, sondern die verborgenen.“

„Verborgene?“

Jorgan lachte bitter. „Du hast nicht die geringste Ahnung, was auf Paskania wirklich vorgeht. Wer könnte es dir verdenken, du hast als Ausgestoßene gelebt und musstest um dein Überleben kämpfen.“

Ihr erster Impuls war, die Paskanier zu verteidigen, gleichwohl hatte Jorgan recht. Es zu leugnen, wäre sinnlos, vor allem sich selbst gegenüber.

„Befrag unsere Sklavinnen, ob sie mit ihrem Los hadern. Ich bezweifele, dass du Unzufriedene aufspürst.“

Fia wollte und konnte das nicht glauben. Doch tief in ihrem Inneren ahnte sie, dass Jorgan die Wahrheit sprach. Es fachte ihren Zorn an, denn es erschien so einfach, ihr Schicksal zu akzeptieren. Sobald sie gehorchte, behandelten die Sumarier Fia respektvoll.

Sie standen in Rasuls Gemächern, und Jorgan schob sie ohne Umschweife unter die Dusche. Mit einer geschickten Handbewegung entzog er ihr den Ruhemantel, hockte sich vor sie und befreite sie von den Socken.

„Ich will mich alleine waschen.“

Beide Wachen schnaubten amüsiert.

„Hier geht es nicht darum, was du verlangst, sondern darum, was dein Sire wünscht. Rasul möchte gleich eine saubere Sklavin in seinem Bett vorfinden, die durch uns gewaschen wurde“, sagte Lenos. Die Belustigung in seiner Stimme erreichte nicht seine Augen. „Du hast die Wahl, Fia. Wir reinigen dich, während du willig unsere Hände auf deinem Körper zulässt. Dann ist die *Prozedur* schnell und effizient erledigt. Oder im Falle einer Gegenwehr gestaltest du die Angelegenheit interessanter für uns. Wir bekommen, was wir wollen – auf welche Weise, das hängt von dir ab, Sklavin.“

Am liebsten hätte sie Lenos ihre Faust in das harte Gesicht gerammt. Aber wahrscheinlich hätte sie sich dabei nur das Handgelenk verstaucht und würde sich über seinen Knien wiederfinden.

„Ihr seid …“

Ein unerbittlicher Schlag entflammte ihren Po.

Jorgan grinste sie an. „Eine weitere Beleidigung von dir zieht eine Bestrafung nach sich. Zu gern würde ich dir den Arsch versohlen. Du stellst dich jetzt zurück in die Dusche, benimmst dich, wie es sich einer Sklavin geziemt.“

Das durfte alles nicht wahr sein. Tränen des Zorns erstickten sie beinahe. Sie schluckte sie hinunter und tat, was der Bolok ihr befohlen hatte. Mit einem Grinsen bediente Jorgan das Display, und warmes Wasser rieselte auf sie herab.

„Solch eine rebellische und verführerische Sklavin zu reinigen, ist ein besonderer Genuss, findest du nicht, Jorgan? Möchtest du ihre Vorderseite waschen, einschließlich ihrer geschwollenen Pussy? Oder lieber ihre Rückseite mit ihrem scheuen kleinen Anus?"

„Lass uns eine Münze werfen." Jorgan lachte ihr mitten ins Gesicht, doch sein Blick hielt eine stille Warnung. Er holte ein Geldstück aus der Tasche. „Kopf oder Zahl, mein Freund?"

Fias Versuch sich umzudrehen, verhinderte Jorgan, der sie am Oberarm packte. „Du hast keine Erlaubnis, dich zu bewegen. Es wird mir ein Vergnügen sein, dir in die Augen zu sehen, während ich deine Brüste und dein Geschlecht berühre. Wir finden heraus, wie weit dein angeblicher Widerwillen reicht." Er stellte das Wasser ab.

Ihre Hoffnung, dass sie sie grob behandeln würden, erfüllte sich nicht. Jorgans seifige Hände glitten ebenso sanft über ihren Körper wie die von Lenos. Die Sumarier fingen unverfänglich mit ihrem Oberkörper an. Lenos verteilte den Schaum auf ihren Schultern und massierte die verkrampften Muskeln. Jorgan wusch ihren Hals und ihre Schlüsselbeine, begnügte sich anschließend damit, ihre Arme zu waschen.

Fia unterdrückte ein Seufzen, weil es sich zu gut anfühlte, obwohl sie sich geschworen hatte, stocksteif zu verharren und die Männer zu hassen.

Wieder einmal versagte sie. Jorgans Mimik zeigte ihr deutlich, er wusste genau, was in ihr vorging.

„Entspann dich einfach, Kleines, anstatt zu versuchen, uns als abscheulich zu empfinden. Du hast es dir verdient."

Er glitt mit den Händen tiefer, während er ihr in die Augen sah. Seine waren von einem dunklen Blau, wie ein unergründlicher See, der unter den Nachtmonden schimmerte. Er trug die Haare kurz. Grau sprenkelte das Schwarz. Jorgan war ein verdammt attraktiver Kerl. Er lächelte, weil ihr ein Seufzen entschlüpfte, obwohl sie darum kämpfte, es zurückzuhalten. Amüsiert betrachtete er sie, als er ihren Busen anhob, um die Unterseite zu waschen, derweil Lenos ihren Rücken reinigte. Dann widmete Jorgan sich ihren Flanken, und Lenos erreichte ihren Po.

„Dein Arsch ist dazu gemacht, die Bemühungen eines Sires zu fühlen." Sanft glitten seine Hände ihre geschundene Haut entlang, dennoch brannte es wie Feuer. „Schhh, ganz ruhig, das Brennen hört gleich auf. Anscheinend hast du dich frech aufgeführt, sodass Rasul sich gezwungen sah, dich zu bestrafen." Seine Lippen berührten ihren Nacken. „Es hat ihm bestimmt besonders gefallen, die Üppigkeit unter seiner Handfläche zu spüren, zu sehen, wie deine zarten Rundungen sich von der Hitze röteten."

Jorgan streichelte ihre Brustwarzen, und sie zuckte zusammen. „Mhmm, mir scheint, du bist etwas empfindlich. Deine Nippel sind geschwollen und erhitzt. Der Effekt der Stimulatoren ist noch Stunden danach spürbar." Mit den Daumen rieb er über die wunden Spitzen, während er die Fülle in den Händen wog. „Äußerst reizvoll. Sie haben die gleiche Farbe wie deine purpurfarbenen Wangen."

Lenos schlüpfte mit einer seifigen Hand zwischen ihre Pobacken.

Jorgan sah sie mahnend an, als sie nicht stillhielt. „Fügen wir dir Schmerzen zu?" Er packte ihr Kinn, weil sie nicht antwortete.

„Nein", flüsterte sie.

Sein Blick wurde weicher, und er umfasste ihre Hüften. Lenos seifte ihren Anus ein und glitt mit einem Finger hinein. Fia biss sich auf die Unterlippe.

„Sei vorsichtig, die Sklavin hat kaum Erfahrung mit analen Freuden. Sie haben vorhin einen kleinen Stimulator benutzt."

Ihr stockte der Atem, da ihr bewusst wurde, dass Rasul ihre intimen Geheimnisse mit Jorgan und wer weiß noch wem geteilt hatte. Oder hatten sie zugesehen?

Lenos war sanft und zwang sie, sich weiter zu entspannen. „Reinige ihre Pussy, es wird ihr gefallen", wisperte Lenos an ihrem Ohr. Er kreiste den Eindringling und umschlang mit einem Arm ihre Taille. Beide Männer ignorierten, dass ihre enge Bekleidung, die aus schwarzen Shirts und Hosen bestand, nass wurde. Anscheinend planten sie nicht, sie zu nehmen, wenigstens nicht mit ihren Schwänzen. Offenbar hatten Rasul oder Sakuro ihnen genau gesagt, wie weit sie gehen durften.

Jorgan streichelte langsam ihren Bauch. Federleicht berührte er ihre geheimen Lippen, und seine warme Hand umfasste ihr Geschlecht. Mit dem Daumen reizte er ihre Lustperle, bis er Fia ein Keuchen entriss.

„Deine Klitoris ist überempfindlich. Soll ich dich dazu bringen, dass du erneute Begierde empfindest? Rasul erwähnte, er hege keine Bedenken, dich feucht und willig in seinem Bett vorzufinden, Sklavin." Er rieb über die geschwollene Knospe. Fia drängte sich der Berührung entgegen.

Lenos presste einen zweiten Finger in ihren Anus und bewegte beide ein und aus. Jorgan nahm den Rhythmus auf und massierte ihre Perle, bis ihr beinahe die Knie wegknickten. Er streichelte die Innenseiten ihrer Labien und drang tiefer vor. Nur Lenos Arm hielt sie auf den Beinen. Ungeachtet der ungebührlichen schmerzvollen Lust ihres überreizten Leibs, hätte sie nicht protestiert, wenn Jorgan und auch Lenos sie auf der Stelle gefickt hätten. Auf eine schreckliche Weise sehnte sie es sogar herbei, empfand nicht Falsches dabei.

Sklavin, donnerte es in ihrem Bewusstsein, nachhaltig und berauschend.

Beide Männer entzogen ihr die Reizung, als ob sie ein stummes Signal ausgetauscht hätten.

„Kleine Sklavin, du befindest dich auf einem guten Weg. Dein Körper weiß, was er begehrt, selbst da dein Geist es leugnet." Warnend hob Jorgan die Augenbrauen. „Streite nicht das Offensichtliche ab. Nun?"

Sie untersagten ihr, den einfachen Weg zu gehen. Fia hasste Jorgan in diesem Moment.

„Ich empfand eure Berührungen als höchst anregend." Obwohl sie an dem Gesagten beinahe erstickte, entsprach es der Wahrheit. Und so sehr Fia sich verachtete, sie konnte es kaum abwarten, bis Rasul in seine Gemächer zurückkehrte, um mit ihr anzustellen, wonach es ihm gelüstete. Ihr Fleisch würde sich ihm nur zu gern unterwerfen, Schmerz und Lust empfangen, die sie bis über ihre Grenzen hinwegführte.

Lenos wusch ihr Haar. Jorgan spülte anschließend den Schaum von ihr. Sie ließen es sich nicht nehmen, sie gründlich abzutrocknen, einzucremen und sie danach ins Bett zu legen. Bleierne Müdigkeit überfiel sie. Fia schlief unter den Augen des Feindes ein, umsorgt und geborgen, wie sie es auf Paskania seit dem Tod von Jos nicht gewesen war.

Rasul atmete auf, als das Treffen der Führungsriege sich endlich dem Ende zuneigte. Nur noch Sakuro, Tabith, Drugal und er befanden sich in der Bibliothek. Hier hielt Sakuro am liebsten Besprechungen ab. Rasul war erleichtert, dass die Kälte, verursacht von der Seelenbindung zu Fia, nicht erneut aufgetreten war. Das bedeutete, Fia hatte sich nicht allzu unwohl gefühlt. Er vertraute Jorgan und Lenos bedingungslos, sie hatten ihr mit Sicherheit eine beschämende Zeit verschafft, die sie insgeheim genossen hatte. Aber mehr war nicht passiert. Fia musste sich daran gewöhnen, dass eine Sklavin berührt wurde, auch wenn nur er den Akt mit ihr ausführen würde, solange er sie bei sich behielt oder es erlaubte, dass jemand anderes sie nahm.

Das wäre dann für immer, du dämlicher Bolok!, brüllte die Stimme in seinem Kopf, die sich seltsamerweise wie Sakuro anhörte. Unruhig rutschte er auf dem Stuhl hin und her. Er erinnerte sich nicht, wann er das letzte Mal derartig unkonzentriert gewesen war. Sie hatten Wichtiges besprochen. Die Oberste eines Sektors von Paskania, Nadena, hatte erneut um ein Geheimtreffen mit Sakuro ersucht. Anscheinend meinte sie es ernst mit den Friedensverhandlungen.

Aber ihr blieb keine andere Wahl. Lange würde Paskania nicht mehr durchhalten, geschwächt durch die Dürre. Was Waffengewalt nicht erreicht hatte, schaffte das zermürbende Wetter. Früher verhalf ein kompliziertes Bewässerungssystem Paskania zu Reichtum. Die Paskanier waren begehrte Handelspartner gewesen, mit legendären Kräutern und Gewürzen. Jetzt mieden die übrigen Planeten die paskanische Seite von Sumapask. Die Sumarier hatten sich über viele Sonnendämmerungen hinweg die Wunden geleckt, ihre Kräfte darauf konzentriert, die Kriegsschäden zu beseitigen und ihre Städte aufzubauen. Inzwischen hatten sie sich von dem Wahnsinn, der unzählige Jahrzehnte gedauert hatte, vollständig erholt. Die nachkommenden Regenten waren allesamt besonnene Herrscher gewesen, denen nichts an einem offen ausgetragenen Krieg lag.

Sumaria hatte in Frieden gelebt, wenn man von ein paar Scharmützeln absah und den Gefechten mit Piraten und marodierenden Söldnern. Doch das Aufflackern der Seuche, die im Volksmund Schattentod hieß, könnte alles zunichtemachen.

Glücklicherweise waren keine erneuten Infizierungsfälle aufgetreten, dennoch war es nur eine Frage der Zeit, bis es abermals geschah. Wer auch dahinter steckte, verfolgte einen Plan, der ganz Sumaria ins Verderben stürzen könnte. Zumal sie gezielt Sumarier ansteckten, die das Gen in sich trugen. Nur sie verwandelten sich in die Schattentoten, waren aber höchst infizierend für alle Sumarier. Die unglücklichen Seelen änderten sich in hirnlose Wesen.

Sakuro hatte die entlegensten Außenposten in Alarmbereitschaft versetzt. Ihnen verblieb im Moment nur zu hoffen, dass es reichte.

Ein harter Schlag traf Rasul unvorbereitet auf den Rücken, der ihn beinahe von der Sitzfläche katapultierte. Sakuros Blick war schneidend wie eine Klinge aus feinstem grosamischen Stahl und stand seiner Stimme, die durch Rasul hindurchjagte, nicht nach. „Ich möchte, dass du mit Fia zu der Tempelanlage fliegst, sobald wir die Umgebung sondiert haben. Das könnte einige Wochen dauern. Das Gebiet ist undurchdringlich. Tabith und Drugal begleiten euch. Jetzt konzentrier dich, verdammt noch mal.“

Tabith und Drugal zogen einvernehmlich die Augenbrauen hoch. Beide schmückte die gleiche widerliche amüsierte Mimik. Rasul warf ihnen einen Blick aus der dunkelsten Ecke seiner Seele zu. Unbeeindruckt grinsten sie breiter. Rasul ballte die Hände zu Fäusten, stellte sich vor, wie er Tabith ein paar Zähne ausschlug und obendrein Drugal eine weitere Narbe verpasste.

Was war nur los mit ihm? Er war für seine besonnene Art bekannt. Doch jetzt fühlte er sich wie ein zügelloser Heißsporn, der sich nicht im Griff hatte. Vielleicht sollte er Fia einfach an Tabith übergeben. Dann hätte der Bolok etwas anderes zu tun, als dermaßen blöd zu grienen. Fia würde ihm den Ausdruck austreiben, nach spätestens zwei Minuten.

Rasul seufzte innerlich. Wem machte er was vor! Er konnte es kaum abwarten, sie in die Arme zu schließen, in ihren grünen Augen zu ertrinken, derweil sie gegen ihn ankämpfte, sich unter ihm rekelte und ihre Pussy, trotz ihrer Bemühungen, feucht und heiß für ihn wurde.

Wie sie ihn reizte!

Endlich erklärte Sakuro die Besprechung für beendet. Rasul verabschiedete sich mit einem Nicken und hörte das Lachen der Schleimschnecken, während er den Flur mit weit ausholenden Schritten entlanghastete. Ob Fia schlief? Es würde ihn nicht wundern. Er hatte sie bewusst erschöpft, nicht nur um ihren Widerstand zu überwinden, sondern auch um ihr das Eingewöhnen zu erleichtern.

Jorgan stand bei seinem Eintreten geräuschlos auf. „Sie schläft seit Stunden." Der ältere Krieger grinste ihn genauso blöd an wie die beiden Gataks. „Wie lange noch willst du dagegen ankämpfen, Junge?" Er schlug ihm härter auf den Rücken, als Sakuro es getan hatte. „Sie ist was ganz Besonderes. Behandele sie gut."

Die Tür fiel hinter Jorgan leise ins Schloss. Rasul betrachtete Fia. Sie lag ihm zugedreht auf der Seite. Die Decke war ihr bis zu den Hüften gerutscht. Der Kontrast ihres weißen Haares auf dem dunkelroten Laken und ihre beinahe bronzefarbene Haut waren atemberaubend. Im Schlaf wirkte sie jünger und unschuldiger, unglaublich verführerisch unter dem Licht der Monde, die in das Schlafgemach hereinschienen.

Rasul zog sich aus und vermochte Fia nicht für einen Moment aus den Augen zu lassen.

„Sire." Schlaftrunken lächelte sie ihn an. Die Emotion spiegelte sich in ihrem Blick wieder. Sobald er sich neben sie legte, drapierte sie einen Arm und ein Bein über ihn, nur um weiter zu schlafen. Wie sollte er auf diese Weise Ruhe finden? Sie war so weich, und wie sie roch! Der Duft ihrer Haut erinnerte ihn an Sonnenstrahlen und Wind.

Beim Wingo! Wenn Tabith seine albernen Gedanken kennen würde, würde er ihn ärgern, bis Rasul ihm die Kehle zudrückte.

Und wie warm sie war! Seufzend rutschte sie mit der Hand tiefer. Ihre Handfläche lag auf seinem Bauch. Fia kuschelte sich dichter an ihn. Rasuls Geschlecht erwachte zu schmerzvoller Härte. Ihre Nippel waren geschwollen und purpurrot von den Stimulatoren ebenso wie ihre Perle, die er auf der Haut fühlte, presste sie doch ihren Venushügel an seinen Oberschenkel. Die Hitze ihres Schoßes sickerte in Rasul.

Die Erschöpfung, die er wenige Minuten zuvor gespürt hatte, verflog abrupt. Rasul schloss seine Augen und versuchte, nicht an die Verführung zu denken, die ihn lockte. Fias Hand lag mittlerweile genau auf seinem pulsierenden Schwanz.

Seine Selbstbeherrschung existierte nicht mehr. Alles, was ihn erfüllte, war reine Begierde nach ihr. Er umfasste ihren Busen und zupfte leicht die unwiderstehliche Knospe. Sie seufzte und drehte sich auf den Rücken.

Rasul konnte nicht länger widerstehen, positionierte sich zwischen ihren Beinen und zwang sie auseinander. Er teilte ihre Schamlippen und fand sie nass vor.

Wovon hatte die hinreißende Sklavin geträumt? Er tauchte mit seinem Phallus in ihre Spalte ein. Erschrocken riss sie die Augen auf und versuchte, ihn von sich zu schieben. Rasul packte ihre Handgelenke und hielt sie über ihrem Kopf fest. Sie hörte auf, sich zu wehren, als sie ihn erkannte. Pures Verlangen strahlte ihn an. Fia hob ihr Becken an.

„Fick mich, Sire!"

Kleines Biest! Erteilte ihm Befehle mit schamroten Wangen und einem süßen Lächeln auf den Lippen. Er bewegte sich langsam und drang tief ein.

Frech funkelte sie ihn an. „Härter, Sire!"

Mit einem Knurren löste er sich von ihr, umfasste ihre Taille und drehte sie auf den Bauch. „Auf alle viere, Sklavin."

Sie gehorchte augenblicklich und reckte ihm den Arsch entgegen. Rasul drang mit einem Stoß in sie ein, fasste um sie herum und fand ihre vor Lust geschwollene Knospe. Ein verflucht erotischer Laut kam aus ihrer Kehle, und sie rieb das pralle Hinterteil an ihm. Er brachte sie mit seiner Hand bis kurz vor den Orgasmus. „Streichle dich selbst, Sklavin. Du hörst nicht auf, wenn du gekommen bist. Hast du mich verstanden?"

„Ja, Sire." Erneut stieß sie dieses Geräusch aus, sodass Rasul seine Finger in das weiche Fleisch ihrer Hüften vergrub. Fia schrie, als sie ihre Erfüllung erreichte. Ihr Kopf hing nach unten, und ihre Atmung ging schnell. Noch war er nicht fertig mit der Sklavin.

„Fia, stimuliere dich weiter."

„Ich kann nicht."

„Tu es für mich, Kleines. Jetzt! Oder soll ich dir behilflich sein?"

„Es schmerzt fast, Sire", würgte sie verzweifelt hervor.

„Aber nur fast, Sklavin." Rasul lehnte sich nach vorn und nahm eine Tube von dem Tisch neben dem Bett. „Hier habe ich ein Mittel, um dir dein Entgegenkommen zu erleichtern."

Fias Versuch zu entkommen, verhinderte sein Arm, den er um ihre Taille legte. „Hör auf, dich zu wehren, oder ich fessele dich." Sein Schwanz pulsierte stärker bei ihrer Gegenwehr. Mit den Zähnen öffnete er den Deckel. Rasul bewegte sich langsam und tief in ihr. „Ich verspreche dir, Feuerblume, es wird dir gefallen." Er lachte leise. „Dir bleibt nichts anderes übrig, als dich mir zu unterwerfen, dich der Lust zu ergeben, so qualvoll sie dir auch erscheinen mag. Meine letzte Warnung - halt still."

Fia erstarrte unter ihm und murmelte etwas Obszönes in das Laken, das ihm ein Grinsen entlockte. Er verteilte das Gel zuerst auf ihren Nippeln, anschließend auf ihrer Lustperle. Es enthielt den Zusatz von stimulierenden Kräutern, die prickelten und Wärme erzeugten. Weil ihre Knospen noch von den Stimulatoren überempfindlich reagierten, wirkte die Beigabe bei ihr doppelt stark. Er nahm sich die Zeit, ihre Brustwarzen zu zwirbeln, ehe er sich ihrem Kitzler widmete. Fia stöhnte laut, da die Wirkung des Gels einsetzte.

„Und jetzt, Sklavin, tust du, was ich von dir verlange. Sonst verteile ich das Gel in deinem Arsch und ficke dich dort.“ Rasul hatte Mühe, die langsamen Stöße beizubehalten, doch wenn er sich nicht beherrschte, würde er zu schnell seine eigene Erfüllung finden. Ihm war danach, Fia mit Lustschmerz zu quälen und sie zu unbekannten Höhen zu führen.

Sie beugte sich tiefer herab und stützte sich auf einer Schulter ab. Ihre inneren Muskeln zogen sich um seinen Phallus, als sie ihre Klitoris umkreiste. Der Reiz und der Anblick waren zu viel. Rasul zog sich aus ihr zurück, und sie seufzte erbost.

„Reite mich, Sklavin.“ Rasul klapste ihr auf den Po. Er lehnte sich an das Rückenteil. Fia warf ihm einen empörten Blick zu.

„Es prickelt und ist so heiß. Ich brauche … Sire, bitte.“

Sie positionierte sich über seiner Erektion und nahm ihn auf. Ihr dabei in die Augen zu sehen, erregte ihn zusätzlich.

„Lehn dich nach hinten, beweg dich langsam auf und ab. Stütz dich an meinen Beinen ab.“ Der Anblick ihrer Brüste, die bei ihrem Ritt verführerisch schaukelten, trug zu seiner Erregung bei.

Sein Daumen fand ihre geschwollene Perle. Fia wimmerte, als er sie sanft massierte. Ihre inneren Muskeln pulsierten um seinen Schwanz.

„Sire! Rasul, du bringst mich um. Ohhhhhhh.“

Fia kreiste ihr Becken und stöhnte unkontrolliert. Er hatte noch mehr mit ihr vor. Ihre Brustwarzen bettelten förmlich danach, dass sie gezupft wurden.

„Sklavin, stimuliere deine Nippel. Und mach es richtig.“

Gehemmt legte sie ihre Hände unter ihren Busen, hob die Fülle an und berührte die steifen Knospen. Sie leuchteten in einem tiefen Purpur. Fia warf den Kopf zurück.

„Nicht so zaghaft.“ Er presste auf ihre Lustperle und umkreiste sie fester. Erneut dieser erotische Laut, der ihr über die Lippen kroch. Sie zupfte stärker an den verführerischen Spitzen, bewegte sich langsam auf und ab. Fia trieb ihn in den Wahnsinn. Sie kam heftig und schrie ihre Begierde in den Raum. Noch während ihre Perle unter seinem Daumen zuckte und ihre inneren Muskeln um seinen Schwanz pulsierten, zog er ihren Oberkörper zu sich heran. Er umfasste ihren Arsch. Sie biss ihm in die Schulter und leckte den Schmerz mit ihrer Zunge fort. Das hatte bislang keine Sklavin gewagt. Ihre Brüste drückten an seinen Brustkorb, und er spürte die Hitze ihrer Nippel. Fia war weich an den Stellen, wo er hart war. Sie berauschte ihn, verführte ihn und raubte ihm den Verstand. Seine Haut fühlte sich zu eng an, seine Hoden zogen sich zusammen.

Pure Lust packte ihn, sodass er sie schneller fickte, bis er seinen Samen in ihr verströmte und die Wellen der Ekstase abebbten. Fias Herzschlag donnerte gegen seinen eigenen. Sie war ebenso in Schweiß gebadet wie er. Fia richtete sich auf und sah ihm tief in die Augen.

„Rasul, ich bin verloren. Ich …" Sie presste die Lippen zusammen. Rasul wusste, was sie hatte sagen wollen. Fia liebte ihn. Angst und Verzweiflung lagen eingebettet in ihrer Seele. Er spürte es deutlich. Das Beste wäre, sie in den Sklavenquartieren unterzubringen. Doch dann könnte er sich gleich das Herz aus der Brust reißen. Das verfluchte Tattoo erwachte zum Leben. Das Kribbeln machte ihn wahnsinnig.

„Darf ich ins Bad, Sire?"

Anscheinend wollte sie schnellstmöglich von ihm wegkommen, seine Spuren ebenso abwaschen wie seinen Geruch.

„Nein."

Sie schluckte so hart, dass er es hörte.

„Was muss ich tun, damit ich das Bad aufsuchen darf? Auf dem Boden herumkriechen?"

„Sklavin, stelle meine Geduld nicht auf die Probe." Sie zuckte zusammen, als er sie so nannte. Tränen sprangen ihr in die Augen, und sie versuchte, von ihm herunterzusteigen. Rasul packte ihre Handgelenke. „Du vergisst, wo dein Platz ist."

Verzweifelt sah sie ihn an. „Aber ich muss …"

Er war so ein Bolok! „Geh und erledige das Nötigste, dann kommst du unverzüglich ins Bett zurück."

Fia lehnte sich mit geschlossenen Lidern gegen das Waschbecken, ehe sie die Kraft fand, in den Spiegel zu sehen. Nichts hatte sich geändert. Sie war eine Sklavin, keine Geliebte. Es war nur eine Frage der Zeit, bis Rasul ihrer überdrüssig wurde. Da konnte auch dieser Seelengefährtenmist keinen Deut dran ändern. Wie das Tattoo nach ihrem Liebesspiel gekribbelt hatte, weil sie sich ihm so nah gefühlt hatte und ihr die verbotenen Worte beinahe über die Lippen geschlüpft wären. Sie liebte ihn. Wütend betrachtete sie die Tätowierung auf ihrem Oberschenkel. Nicht nur, dass Flammen die Eisrose einrahmten, die Rose selbst hatte sich verändert. Sie wirkte lebendiger, als sie es jemals getan hatte. Ein eisiges Blau tönte die Spitzen der Blütenblätter.

Vielleicht sollte sie es aus ihrem Bein schneiden. Wenn das Mal fort wäre, bestand die Möglichkeit, dass sie wieder zu Sinnen kam und Rasul endlich als das ansah, was er war. Der Feind und nicht ihr Gefährte. Ob sich hier irgendwo ein Rasiermesser befand? Sie suchte hektisch in dem Schrank, der neben dem Waschtisch stand.

„Fia." Seine starke Hand umschloss ihr Handgelenk. Mit Leichtigkeit zog er sie gegen seinen harten Körper, der sie so betörte. Wieso nur besaß sie keine Kraft mehr? Rasul hob sie auf die Arme und legte sie aufs Bett. „Schlaf jetzt, Modhair."

Er kuschelte sich an ihre Rückseite. Fia wollte grübeln, die chaotischen Gefühle sortieren, aber Erschöpfung übermannte sie. Nach wenigen Sekunden schlief sie ein.

Kapitel 11

Ein lautes Hämmern an der Tür riss Rasul aus tiefem Schlaf. Seine Kriegerinstinkte erwachten augenblicklich zum Leben. Noch bevor seine Füße den Boden berührten, hatte er seine Schallpistole in der Hand. Zu seinem Erstaunen sprang Fia ebenso schnell aus dem Bett wie er. Ihre Besorgnis jedoch galt mehr ihrer Nacktheit, und sie hielt sich das Bettlaken vor den Körper. Er drehte sich in dem Moment zu ihr, als er erkannte, dass die *Bedrohung* lediglich Tabith war.

Ein Blick auf das Gesicht seines Freundes reichte, und Rasul warf sich in die bereitliegende Kleidung.

„Wir haben einen Zwischenfall in den Hochebenen."

Beim Wingo! Schattentote!

Eigentlich war heute ihr Ausflug in die Tempelanlage geplant gewesen. Insgeheim hatte er sich darauf gefreut, den Tag mit seiner kleinen Sklavin zu verbringen und vielleicht Licht in das Dunkle ihrer Herkunft zu bringen. Wie schlimm musste es für sie sein, nicht zu wissen, ob sie eine Familie hatte. Seine Feuerblume musste vor Einsamkeit umgekommen sein.

„Fia, leg dich wieder ins Bett und ruh dich aus. Jorgan holt dich nachher."

Rasul hatte ihre steigende Unzufriedenheit in den letzten Tagen bemerkt, weil sie es nicht gewohnt war, untätig zu sein. Er hatte eine Beschäftigung für sie gesucht, die sie ausfüllen würde. Er hätte gern ihr leuchtendes Gesicht gesehen, wenn sie inmitten des Kräutergartens stand, umgeben von Pflanzen, die sie so liebte. Jorgan würde sie in die Küche bringen und sie mit Azura, der Köchin, bekannt machen.

Fia wirkte mehr als nur ein wenig verloren. Rasul konnte nicht widerstehen und küsste sie auf den Scheitel, ehe er aus der Tür stürzte. Tabith hielt, den vergessenen Heiligen sei Dank, wenigstens dieses eine Mal die Klappe, wofür Rasul unglaublich dankbar war.

Braxas, der Nebelwolf, patrouillierte vor dem Balkon, zusätzlich hatte Tabith zwei Männer abkommandiert, die Rasuls Gemächer bewachten. Rasul glaubte nicht, dass Fia einen erneuten Fluchtversuch unternehmen würde. Doch er wollte sie keiner Versuchung aussetzen. Ungern würde er sie einer weiteren Bestrafung unterziehen, weil sie es versuchte. Obendrein widerstrebte es ihm, sie mit einer Warnmanschette zu versehen. Den Grund wollte er vor sich selbst nicht eingestehen: Fia reagierte auf ein Sklavenhalsband und auf die Manschette mit purem Entsetzen.

„Wie schlimm ist es?"

„Sie haben bisher drei Infizierte in dem Dorf und sie in einem Keller eingesperrt. Einer davon ist der Captain der Hochebenen, Argus. Ich kenne ihn von einem Trainingslager. Er hat die beiden anderen angesteckt, als sie ihn erledigen wollten. Zum Glück haben die Dorfbewohner vernünftig reagiert." Tabith holte tief Luft. „Er war ein guter Kerl. Er hinterlässt eine Frau und zwei Kinder."

„Seid ihr in ständigem Kontakt zu dem Dorf?" wollte Rasul wissen.

Tabith schüttelte den Kopf. „Wir haben keinen Kontakt mehr zu Trivala. Jegliche Kommunikationswege sind abgeschnitten."

Das war nichts Ungewöhnliches in den Hochebenen. Stürme unterbrachen oft für Stunden die Verbindungswege zu den entlegenen Dörfern. Doch in diesem Fall glaubte keiner von ihnen an einen Sturm.

Drugal wartete auf sie und hatte das Shuttle bereits gestartet. Ein Gleiter mit einer gut ausgebildeten Einheit begleitete sie. Während die Luke sich mit einem saugenden Geräusch verschloss, hob der Transporter ab. Die gewohnte Übelkeit befiel Rasul gnadenlos.

Er hasste es, zu fliegen!

Rasuls Gedanken schweiften zu Fia ab. Es fiel ihm fortwährend schwerer, sie als Sklavin anzusehen, die er ausschließlich für seine Lust benutzte. Wie war das nur geschehen? Sie war jetzt seit zwei Wochen bei ihm, und es kam ihm wie ein ganzes Leben vor. Sakuro hatte mit Nadenas Hilfe Rasuls Bruder Eldor in Diegos Organisation eingeschleust. Suno lebte und wurde gut behandelt. Eldor vermutete, dass Diego Weiteres mit dem Tier vorhatte. Die Paskanier begehrten immer mehr gegen ihre Führung auf. Aber man konnte es ihnen nicht verdenken. Sie wollten Frieden und eine Verbesserung ihrer Lebenssituation.

Ihm lief ein Schaudern über den Rücken, weil er genau wusste, was Fia vor ein paar Tagen gesucht hatte; ein Rasiermesser, um sich die Seelenbindung aus dem Bein zu schneiden. Auch er hatte mit dem Gedanken gespielt, die Tätowierung zu zerstören. Doch er ahnte, es war sinnlos. Sie würde sich nicht vernichten lassen, und was immer ihn mit Fia verband, reichte bereits jetzt bis in sein Herz. Niemand konnte ihm erzählen, dass dieses Gefühl nur auf das Seelentattoo zurückzuführen war.

Das Shuttle geriet in ein Luftloch und sackte einige Meter nach unten. Hatte sich denn alles gegen ihn verschworen? Strömender Regen tauchte Sumapask in ein graues Nichts. Drugals ganze Aufmerksamkeit lag auf den Instrumenten. Rasul war es dennoch ein Rätsel, weshalb Drugal und Tabith dermaßen ruhig blieben. Zu allem Überfluss holte Tabith mehrere Scheiben Brot, die dick mit Schinken belegt waren, aus einem Behältnis. Drugal riss ihm eins aus den Händen, nur um herzhaft hineinzubeißen. Rasul kämpfte damit, dass das gestrige Abendessen nicht auf der Windschutzscheibe landete. Der Geruch des Brotbelages attackierte seine Nase und plumpste direkt in Rasuls Magen, wie ein Schwarm stinkender Käfer, der fröhlich in seinem Bauch herumtanzte. Er warf Tabith, der schmatzend neben ihm saß und ihn angrinste, einen vorwurfsvollen Blick zu.

„Fia scheint dir immer näher zu gehen, mein Prinz.“

Rasul spielte mit dem Gedanken, Tabith das Brot quer in die hohlköpfige Visage zu stopfen, obendrein ihm den zusammengerollten Schinken in die Nasenlöcher zu pressen.

„Wie lange willst du dich denn gegen das Offensichtliche sperren? So habe ich dich noch nie erlebt.“

Dass Drugal die Worte sprach, schockte Rasul bis ins Mark. Drugal sagte nicht oft was, aber wenn er es tat, waren es keine Belanglosigkeiten. Die beiden Kerle tauschten einen vielsagenden Blick aus, ehe sie erneut in ihre dämlichen Brote bissen.

Rasul befahl seinem Magen, sich zu beruhigen, allerdings zeigte sich der ebenso unbeeindruckt wie die grinsenden Nebelaffen. Rasul packte sich die nächstbeste Tüte, und sein Abendessen gehörte der Vergangenheit an. Das kribbelnde Tattoo trieb ihn in den Wahnsinn. Die Eisrose wirkte inzwischen mehr als lebendig, und die Flammen loderten auf seiner Haut.

Drugal setzte das Shuttle sicher auf dem Hochplateau auf. Rasul atmete tief aus, sobald sich die Luke öffnete und er endlich festen Boden unter den Füßen spürte. So schlimm wie heute hatte es ihn noch nie beim Fliegen erwischt. Sein Magen krampfte sich erneut zusammen. Der zweite Gleiter landete neben ihrem, und Faldor, der Commander der zwanzigköpfigen Truppe, begrüßte sie mit einem kurzen Nicken. Im Gegensatz zu ihrem Shuttle war Faldors ein reiner Transporter und nicht ausgestattet mit medizinischer Ausrüstung. Drugal drehte sich dem Dorf zu, das in dem strömenden Regen kaum zu erkennen war.

„Hier stimmt etwas nicht“, sagte Tabith.

Ein Ruck ging durch die Einheit. Selbst wenn sie Tabith ständig wegen seines Aberglaubens ärgerten, auf die leichte Schulter nahm niemand die Instinkte des Kriegers. Drugal zog sein Kilta zurecht und legte die Hände auf seine Energieschwerter.

Rasul wandte sich den Männern zu. Es schadete nicht, den Söldnern den Ernst der Lage erneut darzulegen. „Töten kann man sie nur, wenn man sie köpft. Die einzige Gnade, die ihr zeigen dürft, ist ihr Dasein so schnell wie möglich zu beenden. Egal, wie menschlich euch die Infizierten erscheinen, sie weilen bereits jetzt nicht mehr unter den Lebenden, sie sind die Schattentoten. Die mickrigste Verletzung weiht euch dem Tod.“

Faldor nickte. „Ihr wisst, was wir besprochen haben.“ Totenstille lag auf der Lichtung, sogar die Natur schien den Atem anzuhalten. Sollte es einen von ihnen erwischen, hatten sie sich gegenseitig geschworen, die arme Seele schnellstmöglich von dem lebenden Tod zu erlösen.

Sie stülpten sich die Handschuhe über, die die Schutzbekleidung vervollständigte. Doch selbst das bot keine hundertprozentige Sicherheit.

Auf Faldors Kommando zogen alle ihre Energieschwerter, und sie bewegten sich in Zweierreihen lautlos den Pfad hinunter, der sie ins Dorf brachte. Drugal und Faldor führten sie an. Sie hatten kaum das Tal erreicht, als das Unheil auf leisen Sohlen über sie hereinbrach. Rasuls Interkom erwachte zum Leben. Er vermochte Sakuros Worte durch die Interferenzen nicht zu verstehen.

Fia spürte die Wärme von Rasuls Händen noch auf den Wangen. Er konnte so zärtlich sein und war es die letzte Woche auch gewesen. Sie drehte sich auf die Seite und atmete seinen Duft ein, der sie umhüllte. Unruhe bemächtigte sich ihrer, und an Schlaf war nicht mehr zu denken. Rasul hatte sie nur ein einziges Mal mit der Manschette fixiert, die einen Alarm auslöste. Erst jetzt wurde ihr bewusst, dass sie nicht an Flucht dachte, sondern dass nur ein Gedanke sie beherrschte: dass sie Angst um ihn hatte. Was stellte Rasul mit ihr an? Sobald er sie ansah, verspürte sie den Wunsch, sich ihm zu unterwerfen. Lag es nur daran, dass er ein ruchloser Liebhaber war, der sich nahm, was er begehrte? Aber immer sicherstellte, dass er sie befriedigt zurückließ? Selbst den Lustschmerz, den er austeilte, sehnte sie herbei. Gerade seine feste Hand mochte sie sehr.

Seltsamerweise hatte er nichts dagegen, wenn sie frei sprach, ihm offen ihre Meinung über die Lage auf der paskanischen Seite mitteilte oder was ihr auch ansonsten in den Sinn kam. Im Gegenteil, sein Vergnügen, mit ihr zu diskutieren, war offensichtlich. Obendrein besaß er einen verdammt düsteren Humor, der sie oft genug zum Lachen brachte. Sie liebte alles an ihm.

Verflucht!

Fia spürte ein Kribbeln in ihrem Magen, sobald sie nur daran dachte, wie dominant er war. Ständig musste sie damit rechnen, dass er Dinge mit ihr tat, die sie sich vor wenigen Wochen niemals hätte vorstellen können. Gab er ihr einen Befehl, schien ihn ihre Aufsässigkeit anzustacheln und zu erregen. Zu gern ließ sie sich auf das Spiel ein, denn schlussendlich erreichte Rasul es immer, dass sie sich ihm unterwarf.

Freiwillig!

Auch wenn er dazu Zwang anwenden musste. Mit Logik vermochte Fia ihr Verhalten nicht zu erklären. Gestern hatte er ihr eine Kette geschenkt, mit glitzernden Edelsteinen, die genau zu ihren Augen passten. Ihm entging kein Detail, und er gab acht, dass sie genug aß und trank. Er massierte ihre Muskeln, sobald sie angespannt war, und brachte sie andauernd zum Lachen, nur um sie im nächsten Moment in rasende Wut zu versetzen.

Er hatte sie vor Sakuro über seine Knie gelegt, mit dem Rücken nach unten, und sie zu mehreren Orgasmen gezwungen, während Sakuro ihr bei Carina demonstrierte, was für ein erfahrener Liebhaber er war. Nachdem Fia vor Scham am liebsten gestorben wäre, hatte Sakuro sie über Sunos Schicksal aufgeklärt und ihr versichert, dass es dem Hengst gut ging und sie an einem Plan arbeiteten, um ihn zu befreien. Dennoch hatte sie das Gefühl, ihr liefe die Zeit davon. Was, wenn Diego ungeduldig wurde und Suno tötete?

Sakuro hatte ihr all das mitgeteilt, so lange sie auf Rasul saß, während er sie liebte. Sie hasste ihn noch immer dafür.

Aber wie aufregend es gewesen war!

Fia sprang aus dem Bett und wickelte sich in das Laken. Sie trat auf den überdachten Balkon hinaus. Es regnete in Strömen. Goldene Augen sahen sie aus dem Garten an. Es war Braxas, der Nebelwolf, der sie vor dem Ertrinken bewahrt hatte. Anscheinend vertraute Rasul ihr nicht bedingungslos. Oder wollte er sie vor sich selbst schützen? Ihr die Möglichkeit rauben, sich durch unbedachte Taten zu schaden? Vor der Tür waren bestimmt Wachen postiert. Wieso hatte das Tier sie damals nur gerettet? Andernfalls wäre alles vorbei, und sie würde sich nicht fühlen, als ob jemand ihr Herz mit Glassplittern spickte.

Ihr Schicksal als Rasuls Sklavin war nicht so furchtbar. Sie wusste, der Gedanke, sich ihm als Sklavin anzuvertrauen, war nicht das, was sie bekümmerte, sondern die Vorstellung, dass er ihrer überdrüssig würde, sie an andere Männer weiterreichte wie eine Trophäe, die er erobert hatte.

Sie kauerte sich in einer Ecke des Balkons zusammen. Ihre Welt war über ihr zusammengebrochen. Fia vermochte sich des Gefühls nicht zu erwehren, dass eine Macht ihr Los bestimmte. Wer immer es auch war, ihm würde sie gern dahin treten, wo es am meisten schmerzte.

Sie hörte näher kommende Schritte, und Jorgan eilte auf den Balkon.

„Was machst du denn hier draußen, Mädchen? Du zitterst vor Kälte.“ Er umfasste ihre Handgelenke, um sie auf die Füße zu ziehen. „Stellt das deinen neuesten Plan dar, Sklavin? Tod durch Erfrieren?“ Er zerrte sie hinein und schob sie in das Badezimmer. Mit einem Grinsen entzog er ihr das Laken, schubste sie in die Dusche und schaltete das Wasser ein.

Ihren Protest verschluckte sie, das würde ihn nur anspornen. Womöglich fesselte er sie und zog es hinaus, um sie mit seinen Bemühungen zu *quälen*. Fia fixierte einen Punkt oberhalb von Jorgans Schulter. Sie würde diesmal nicht auf seine Anstrengungen ansprechen, sondern seine Hände als

Waschlappen erachten, die sie weder emotional noch körperlich reizten. Jorgan war nicht Rasul, und sie befand sich jetzt nicht in diesem schrecklich beschämenden erregten Zustand.

„Kein Wunder, dass Rasul dermaßen vernarrt in dich ist." Jorgans Blick wanderte ihren Leib entlang wie die Berührungen eines Liebhabers. „Solch verführerische Rundungen. Dazu ein Arsch, der einen Sire einlädt, sich mit ihm zu befassen. Rasul erwähnte, dass du mit Gier auf Schmerz reagierst. Starke Lust dabei empfindest, wenn er die üppigen Backen mit Purpur überzieht."

Fia wünschte, sie könnte ihm das Wort verbieten. Zorn kroch in ihr hoch, weil er recht hatte.

„Du bist still, Sklavin!", sagte er weich; zu weich.

Jorgan testete sie. Wahrscheinlich handelte er in Rasuls Auftrag und verfügte über die Erlaubnis, sie zu bestrafen. Den Gefallen würde sie ihm nicht tun. Fia sah ihm in die Augen und zwang sich zu verharren, ganz wie es einer Sklavin zustand. Spöttisch zog er die Augenbrauen nach oben.

Jorgan war gründlich, und bis er mit der *Reinigung* fertig war, pochten sowohl ihre Nippel als auch ihr Schoß. Ihre Wangen brannten. Amüsiert verzog er die Mundwinkel.

„Ist dir heiß, kleine Sklavin? Soll ich überprüfen, ob deine Pussy feucht ist, dein Geschlecht geschwollen und bereit, einen Schwanz aufzunehmen?"

Wie konnte er es wagen!

Jorgans Pupillen verwandelten sich in einen zugefrorenen See, in den eine unvorsichtige Person bei jedem Schritt einbrechen könnte. Sie verschluckte die Worte, die sie ihm so gern an den blöden Schädel geworfen hätte.

Der unverschämte Gatak warf lachend den Kopf in den Nacken. Er stellte sie vor den Ganzkörperspiegel und trocknete sie ab, hob ihre Arme an, spreizte ihre Beine, so wie es ihm gefiel. Jorgan blieb hinter ihr stehen und umfasste ihre Brüste, neckte die Nippel, bis sie sich wünschte, er würde noch etwas ganz anderes mit ihr tun.

„Süße Sklavin, auch wenn du es nicht zugeben möchtest, es macht dir Spaß, dich einem Mann unterzuordnen. Ich könnte dich ficken, sofern ich es wollte. Bist du nass für mich?"

Im Spiegel sah sie, dass ihre Wangen glühten. Jorgan traf ihren Blick. „Sag es mir, Fia."

„Ja, Sire", flüsterte sie.

Er drehte sie zu sich herum. „Wäre es für dich ein furchtbares Schicksal, dich Rasul vollständig zu unterwerfen? Wo du ihn doch liebst, Kleines."

Die erotische Spannung, die gerade in der Luft gelegen hatte, verschwand. In diesem Moment wirkte Jorgan beinahe wie ein Freund.

„Aber was hat denn so eine Liebe für eine Zukunft?“

Jorgan zog sie gegen seinen Körper. Er umarmte sie, bis sie aufhörte zu zittern, die Tränen endlich versiegten. „Alles wird sich regeln. Jetzt komm, du wirst in der Küche erwartet.“ Jorgan hielt ihr das durchsichtige Sklavinnengewand vor die Nase. „Entweder das oder du begleitest mich nackt.“ Er schmunzelte, als sie es ihm aus der Hand riss. Er deutete auf ein paar Sandalen, die perfekt passten, aus einem weichen Leder bestanden und ihre Waden in einem Zickzackmuster umwickelten. Zu ihrem Erstaunen legte Jorgan den Arm um sie und führte sie durch die weitläufigen Gänge des Palastes.

Jede Sklavin, die ihnen begegnete, begrüßte Jorgan mit Respekt, nicht mit Furcht. Manche von den Frauen betrachteten Jorgan mit offener Lust. Fia hinterfragte die eigenen Ansichten. Auf Paskania hatte sie gedacht, dass Sklaven schlimmer behandelt würden als die Feldarbeiter, doch das stimmte nicht. Wenn sie sich nicht in Rasul verliebt hätte, würde ihr Schicksal nicht so schrecklich sein.

„Du bewegst dich absolut leise, kleine Diebin.“

Eine der Wachen fing ihren Blick auf und lächelte sie an. Sie presste sich enger an Jorgan. Dieses Gewand verbarg nichts, stattdessen scheuerten ihre Nippel gegen den weißen durchsichtigen Stoff, und als sie tiefer blickte, sah sie ihren Venushügel durch das zarte Material schimmern, das ihr bis zur Mitte der Oberschenkel reichte. An den Schultern wurde es von zwei Schleifen gehalten. Sie wollte sterben. Auf Paskania hatte man sie zum größten Teil ignoriert oder mit Verachtung gestraft, selten mit Freundlichkeit oder unverhüllter Begierde. Auf Sumaria bekam sie mehr Aufmerksamkeit, als ihr lieb war.

„Keine Angst, Fia, niemand fasst dich ohne Rasuls Erlaubnis intim an. Aber an die Blicke musst du dich gewöhnen, auch an unverfängliche Berührungen.“ Er führte sie ins Untergeschoss, und sie betraten eine weiträumige Küche. Eine große Tür stand offen und ermöglichte die Sicht in einen Kräutergarten. Der Regen hatte aufgehört. Die beiden Sonnen tauchten ihn in ein sanftes Licht. Fia liebte Gärten, bezwang mit Mühe das Verlangen, nach draußen zu stürmen.

„Rasul wusste, dass du dich hier wohlfühlen würdest, kleine Sklavin.“

Fast wünschte sie sich, Rasul hätte etwas Grässliches getan, sie in eine Mine gesperrt oder sie wie einen Feldarbeiter auf Paskania behandelt. Aber nein, er verwirrte sie weiterhin. Er gab ihr eine Beschäftigung, die sie erfüllte. Sie konnte es kaum erwarten, ihre Hände in der Erde zu vergraben und so lange zu arbeiten, bis sie zu erschöpft war, um zu grübeln.

Wieso nur war sie in diese Situation geraten? Auf Paskania war sie einsam, unglücklich, allerdings frei gewesen. Jetzt war sie eine Sklavin, und obwohl alles in ihr danach verlangte, bekümmert zu sein, fehlte diese Empfindung. Wäre doch nur Suno bei ihr! Er würde ihr helfen, die richtige Entscheidung zu treffen.

Eine hochgewachsene Sumarierin lief lächelnd auf sie zu. „Da bist du ja, Fia. Ich habe Schwierigkeiten mit Schädlingen in meinen Kräutern, und ich hatte gehofft, du könntest mich unterstützen."

Sie war offensichtlich keine Sklavin und gekleidet in einem leuchtenden Grün, das ihre hellbraune Haut betonte und die blauen Augen intensivierte. Die Bluse umschmiegte ihre schlanke Form, und die enge Hose überließ nichts der Fantasie. Ihre schwarzen Haare trug sie hochgesteckt. Zu Fias Überraschung zierten azurblaue Sommersprossen ihre Wangenknochen.

„Ich bin Azura, die Herrscherin der Küche." Sie musterte Fia dermaßen gründlich, dass Fia beschämt in den Garten sah, ohne überhaupt etwas wahrzunehmen. Das glockenhelle Lachen von Azura hallte angenehm durch den Raum. „Rasul hat mir berichtet, dass du verführerisch und schüchtern bist." Sie umfasste Fia an der Taille und zog sie von Jorgan fort. Fia spürte die Handflächen überdeutlich auf ihrer Haut. Das dünne Material steigerte den Reiz. Azura bemerkte ihre Verunsicherung und beugte sich zu Fia herab. „Du stehst unter Rasuls persönlichem Schutz, ansonsten würde ich dich verführen, zarte Blume." Ihr Atem streichelte Fias Haar. „Hast du jemals die sanften Hände und die geschickte Zunge einer Frau auf deinen Lippen gespürt?" Azura wisperte die Worte gegen Fias Mund. Ihr war nur zu klar, dass die Köchin nicht von den Lippen in ihrem Gesicht redete.

Jorgan versuchte, nicht in Lachen auszubrechen, Fia sah es ihm deutlich an. Sie atmete erleichtert aus, als Azura von ihr zurücktrat.

„Aber vielleicht hat Rasul nichts dagegen, dass wir dir gemeinsam Lust schenken, er dich festhält, während ich dich schmecke."

Jorgan griff nach Fias Oberarmen, um sie zu stützen. „Viel Vergnügen, Kleines."

Am liebsten hätte sie sich an ihn geklammert, ihn obendrein angefleht, sie nicht allein zu lassen. Doch er verließ die Küche mit schnellen Schritten, und seine Schultern bebten.

Mistkerl!

„Komm, setz dich. Frühstücke mit mir, ehe es zu hektisch wird."

Fia starrte entsetzt auf den Boden. Azura bemerkte ihr Zögern und deutete auf den Stuhl. „Du sitzt nur zu den Füßen deines Sires. Entspann dich und iss. So wie ich Rasul kenne, hat er viel von dir gefordert. An deiner Stelle würde ich meine Kräfte erneuern, solange ich Gelegenheit dazu bekomme." Azura grinste spitzbübisch und vertrieb die erotische Spannung. „Kannst du eigentlich auch sprechen?"

„Falls man mich lässt."

„Fühl dich frei zu sagen, was du möchtest." Sie lachte schallend. „Als ob du das bei Rasul nicht dürftest. Er fordert es doch geradezu heraus, sodass er einen Grund hat, dich zu züchtigen, bis du vor Lust und Schmerz schreist. Er ist ein Meister und stellt immer sicher, dass die Sklavin auf ihre Kosten kommt."

Fias Rachenraum fühlte sich dermaßen trocken an, als ob sie gerade ein Glas Sand gegessen hätte. Sie bekam kein Wort raus.

Azura setzte sich gegenüber von Fia an den blau schimmernden Holztisch. Die Köchin schenkte ihr Tee ein. Fia nahm sich von den roten Früchten und dem Brot. Sie war wirklich ausgehungert. Die Küche leuchtete in allen Blautönen, die es gab. Weiße Flächen unterbrachen die Farben. Niemals zuvor hatte sie einen derart schönen Raum gesehen, um in ihm zu kochen. Es duftete nach Kräutern sowie frisch gebackenem Brot.

„Das Seelentattoo ist beinahe vollständig. Du liebst ihn, nicht wahr?"

Azura beobachte sie mit der Aufmerksamkeit eines Raubvogels. Fia seufzte tief. Wenn eine fast fremde Person sie so leicht zu durchschauen vermochte, wie sollte sie dann gegen Rasul bestehen? Fia sah keinen Sinn darin, irgendetwas zu leugnen. Wozu auch? Die Sumarier verfügten über ausreichend Mittel, die Wahrheit aus ihr herauszulocken. Sobald sie sich die Chasola in Erinnerung rief, geriet ihr Inneres in Schwingungen, bis sie es auf der Haut spürte. Rasul hatte sie zu schreienden Orgasmen gezwungen, vor unzähligen Männern. Und es hatte ihr gefallen, sehr sogar.

„Ich bin der Emotion machtlos ausgeliefert."

„Es hätte dich schlimmer treffen können." Azura betrachtete sie gründlich. „Hadere nicht mit deinem Schicksal. Rasul ist zwar manchmal ein niederträchtiger, äußerst unsensibler Bolok, doch wenn er liebt, tut er es richtig."

Als ob er sie lieben würde, dachte Fia verunsichert. Der Gedanke versetzte sie in Angst, weil es ihre Gefühle an die Oberfläche zerrte. Empfindungen, die sie hilflos zurückließen. Fia aß eine von den roten Früchten, und das süßsaure Aroma füllte ihren Mund.

„Das sind Kirschen aus den Sonnengärten." Azura nahm sich eine und aß sie auf eine Weise, die Fia Hitze in den Körper jagte. „Du bist so leicht zu verunsichern."

„Wundert dich das? Ich habe mir die Rolle als Sklavin nicht ausgesucht."

„Geht es dir in Sumaria schlechter oder besser als in Paskania? Hat Rasul dich mit Grausamkeit behandelt?"

Die erste Frage war nicht einfach zu beantworten. Hier ignorierte sie niemand, begegnete ihr nicht, als ob sie ein Schatten sei, den man nicht bemerkte. Im Gegenteil, die Sumarier widmeten ihr mehr Aufmerksamkeit, als es Fia lieb war. Sie behandelten sie freundlich, sogar respektvoll, sofern sie tat, was sie verlangten. Azura wartete ihre Antwort nicht ab, denn sie kannte sie bereits.

„Komm, Fia. Ich gebe dir eine Aufgabe, die dich von deinen Sorgen ablenkt." Azura legte ihr den Arm um die Schultern und führte sie in den Kräutergarten. „Schädlinge, Unkraut. Ich flehe dich an; hilf mir. Tob dich aus. Ich überlasse dir, wie du entscheidest. Dort hinten in dem Schuppen findest du alles, was du benötigst. Falls du Muskelkraft bei deiner Arbeit brauchst, sag mir Bescheid."

Die Versuchung auf zwei Beinen verschwand in der Küche. Niemals zuvor hatte eine Frau auf Fia eine erotische Wirkung ausgeübt. Sie war vollkommen durcheinander und nicht mehr sie selbst.

Fia atmete tief durch und ließ den Blick über die Kräuter schweifen. Die Regenwolken lösten sich auf und die Sonnen gewannen an Kraft.

Azura winkte ihr von der Küchentür zu. „Ich habe einen Hut für dich. Setz ihn auf."

Fia griff dankbar nach der weißen Bedeckung, die aus geflochtenem Material bestand und eine breite Krempe besaß, die sie vor den Sonnen schützen würde. Sie wäre Azura fast um den Hals gefallen, denn sie reichte ihr zudem eine kurze Hose. „Nur solange du arbeitest, danach musst du sie ausziehen, sonst hat Rasul einen Grund, dich zu bestrafen." Azura leckte sich die Lippen. „Ich würde gern sehen, wie du über seinem Schoß drapiert liegst und er dir deinen üppigen Arsch versohlt. Anschließend würde ich dich für dein Leid belohnen, bis sich deine Tränen der Qual in solche der Lust verwandeln. Ich weiß, dass Rasul ein Meister auf diesem Gebiet ist. Hast du ihm bereitwillig deinen Schmerz geschenkt, Sklavin?"

Fia klammerte sich an den Kleidungsstücken fest und ignorierte die Feuchtigkeit, die ihre Schamlippen benetzte. Azura verschwand in der Küche. Fia wischte sich den Schweiß von der Stirn, der nicht nur von den Sonnen herrührte. Die Hose war schwarz, aus einem elastischen Material und hörte knapp oberhalb des Gewandes auf. Bis sie den Schuppen erreichte, hatten ihre Hände aufgehört zu zittern. Fia wurde das Gefühl nicht los, dass sie sehr bald erdulden musste, was Azura im Sinn hatte. Fia holte sich einen Korb und eine Schere, ging hinüber zu dem Knoblauchkraut, das von einer Raupenart befallen war. Sie kniete sich auf den Boden, und die Magie aus ihren Fingerspitzen suchte sich den Weg in die Pflanzen. Fia lachte, weil die Raupen fluchtartig davonstoben. Sie würden *rennen*, so schnell sie es schafften, bis sie weit entfernt waren. Den Garten würden sie diese Sonnendämmerung nicht mehr heimsuchen.

Nach kürzester Zeit erfüllte die Arbeit sie. Das erste Mal, seit sie auf Sumaria war, kam Fia zur Ruhe. Obendrein war es das erste Mal, dass sie unverblümt ihre Magie ausführen konnte, ohne ängstlich über die Schulter blicken zu müssen. Vielleicht war es nicht so schlecht, hier zu sein. Fia nahm sich vor, so viel von Rasul in sich aufzunehmen, bis er ihrer überdrüssig wurde.

Ob Sakuro zu seine Worten stand und Suno befreite? Fia hielt ihn für einen Mann, der keine leeren Versprechungen aussprach. Er informierte sie in regelmäßigen Abständen über Sunos Zustand. Wenn ihr Seelentier auf Sumaria eintraf, dann würde sie ihr Los leichter akzeptieren können. Vielleicht würde er ihr sogar raten, ihr Dasein anzunehmen. Suno wusste, wie sehr sie auf Paskania unter der Einsamkeit gelitten hatte. Fia lief hinüber zu dem Pfefferbasilikum, der in einer schlechten Verfassung war. Sie lächelte, als er zu voller Blüte erstrahlte, sobald sie ihn berührte. Auf Paskania hatte sie ihre Magie verheimlicht, immer von Angst erfüllt, dass es die Paskanier bemerken würden.

Fia rollte mit den Augen; ihre Geheimhaltung hatte nicht weit gereicht. Eine Gänsehaut brach auf ihrer Haut aus. Jemand mit weitreichenden Beziehungen hatte sie über Sonnendämmerungen hinweg beobachtet und über ihr Schicksal bestimmt. Wütend harkte sie gerade ein Beet, das sie mit Setzlingen von Salzkraut bestücken wollte, als Fia ihn spürte. Sie sah auf und wich instinktiv zurück. Malik lief auf sie zu, sein Gesicht eine Maske des Unheils. An seinem Gürtel hing eine unterarmlange Gerte aus einem gummiartigen Material. Mit einem sadistischen Grinsen packte er den Griff mit der linken Hand. Fia nahm automatisch eine Verteidigungshaltung ein und hielt die Harke in beiden Händen quer vor sich. Hilfe suchend sah sie Richtung Küchentür, doch Fia befand sich im hinteren Bereich des Gartens, den man nicht von der Küche aus einsehen konnte. Speisegras wuchs hoch und üppig. Nun verfluchte sie das Schatten spendende Grün, das sie zuvor noch begrüßt hatte. Malik war durch eine Tür in der Mauer gekommen, die sie erst jetzt bemerkte.

„Knie dich sofort hin, Sklavin.“ Seine Stimme schabte über ihre Nerven wie geraspelter grosamischer Stahl.

Alles in Fia kam zum Stillstand. Das hier stellte das wahre Leben einer Sklavin auf Sumaria dar und nicht diese Illusion, der sie erlegen war. Malik trachtete danach, ihr Schmerzen zuzufügen und sie zu zerbrechen. Niemand würde ihr helfen. Das war nichts Neues für sie. Die einzigen Menschen, die ihr jemals geholfen hatten, waren Jos und Zorgan gewesen. Wieso nur hasste dieser Mann sie dermaßen? Fia wusste, auch wenn sie tat, was er verlangte, würde er sie dennoch schlagen, bis sie zusammenbrach - einfach, da er es konnte. Aber wenn sie schon in der Verdammnis saß, dann wollte sie ihm wenigstens einen Kampf liefern, der bereits verloren war, bevor er begonnen hatte. Malik fasste nach hinten und entrollte eine Peitsche. Sie war nicht allzu lang, allerdings ausreichend, um den Stiel der Harke zu umschlingen. Malik, offensichtlich ein Meister im Umgang mit dem Einriemer, zielte, und die Schnur fand ihr Ziel. Noch während er ihr die nutzlose Waffe aus den Fingern riss, knallte die Gerte auf ihren Oberarm. Der Schmerz explodierte auf ihrem Fleisch, so schlimm, dass Fia schrie und beinahe in die Knie ging. Die Haut platzte auf. Er holte erneut aus, diesmal gelang es ihr, den Gertenhieb mit dem Unterarm abzublocken, ihm obendrein den Ellenbogen in die Visage zu rammen.

„Du verdammtes Mischlingsweib“, fauchte er.

Sie erkannte mehr als Hass in seinen Augen. Er wollte ihren Tod. Fia wich zurück. Der Gatak schnellte nach vorn, schlug ihr dermaßen hart ins Gesicht, dass sie zu Boden fiel. Sie hatte verloren. Die Gerte zischte auf sie zu, doch ehe sie sie traf, umklammerte eine Hand sein Handgelenk.

„Bist du von Sinnen?“ Jorgans Stimme glich einem tödlichen Hauch. „Dafür wirst du dich verantworten.“

Lenos und Azura tauchten neben ihr auf. Der Krieger zog Fia in seine Arme. Diese grauenvolle Kälte packte sie, und ihr Tattoo sandte ein Pulsieren durch ihr Bein, sodass sie taumelte und nur von Lenos auf den Füßen gehalten wurde. Schwindel und Übelkeit erfassten sie.

„Es ist Rasul. Er ist in Gefahr“, stammelte sie, bevor Schwärze sie verschluckte.

Kapitel 12

Die plötzliche Totenstille zerrte an den Nerven der Männer. Das Interkom hatte keinen Tom mehr von sich gegeben, und Rasul hatte nicht verstanden, was Sakuro gesagt hatte. Natürlich war es nicht ganz still. Der Regen prasselte auf die Erde, begleitet von einem kräftigen Wind. Auf den Hochebenen regnete es stärker und öfter als in den anderen Gebieten von Sumaria. Aber ansonsten fehlten die Geräusche, die einem Dorf anhafteten. Nicht einmal der obligatorische Hund begrüßte sie. Rasul erinnerte sich an die Berichte von den verschwundenen Vierbeinern. Kein Mensch war weit und breit zu sehen. Es war viel dunkler, als es um diese Tageszeit sein sollte. Doch der schwarze Himmel absorbierte das Licht der Sonnen, ehe sie durch die Wolken brachen.

Regentropfen perlten von den Schutzbrillen ab, die sie sich zusätzlich übergezogen hatten. Trivala war ein Dorf mittlerer Größe, und die zweistöckigen Häuser umrahmten den mit Bruchsteinen gepflasterten Dorfplatz. In der Mitte thronte ein kitschiger Brunnen mit wasserspeienden Fischen.

Rasul zuckte von Sakuros brüllender Stimme in seinem Interkom zusammen. Tabith hüpfte neben ihm fast aus seinen Stiefeln und warf Rasul einen Blick von der schmutzigen Sorte zu.

„Macht sofort, dass ihr in die Shuttles steigt. Wir schicken euch Verstärkung", brüllte Sakuro. „Das ist eine Falle."

Rasul kam nicht mehr dazu, den Befehl zum Rückzug zu geben. Drei Infizierte sprangen aus dem Brunnen und rannten auf sie zu. Jetzt wusste Rasul auch, wo die Hunde geblieben waren. Die Bestien überholten die Schattentoten und griffen an. Es waren Dutzende, vielleicht Hunderte. Ein Wall aus umherschnappenden Kiefern und Krallen drohte sie zu verschlingen, noch während weitere Seuchenopfer aus ihren Verstecken brachen.

Die fast lautlosen Schallpistolen warfen die ersten Hundemutationen zurück und rissen sie von den Beinen. Das tötete sie nicht, dazu waren sie nicht nah genug, aber es verschaffte den Sumariern wertvolle Sekunden, um sich zu formieren. Um Rasul herum vibrierte die Luft von den Energieschwertern. Die Bestien fielen eine nach der anderen. Rasul köpfte ein großes, schwarzes, zotteliges Tier, das sich in Tabiths Arm festgebissen hatte.

„Wir müssen uns verschanzen", brüllte Faldor ihm zu. Er zeigte auf eines der Häuser, in dessen Tür eine Frau stand. Rasul nickte ihm zu und bewegte sich in die Richtung ihrer Zuflucht. Beißende Kälte jagte in ihn, die ihn von den Füßen gerissen hätte, wenn Drugal ihn nicht gepackt hätte. Etwas stimmte mit Fia nicht. Drugal und Tabith zerrten ihn mit sich.

„Beeilt euch“, schrie die Blonde, noch während sie schoss. Ihre Hand zitterte nicht, sie verschwendete keine Energie. Jeder Schuss traf sein Ziel. Tabith packte sie und zog sie in das Haus.

Mit einem erlösenden Knall flog die Tür ins Schloss. Die Einheit verteilte sich sofort in dem Gebäude. Der eisige Schweiß tränkte die Kleidung, die Rasul unter der Schutzrüstung trug. Übelkeit drehte ihm den Magen um.

Fia!

Drugal zog ihn durch den Flur und in das angrenzende Wohnzimmer. Das Licht war eingeschaltet, da Rollos die Fenster schützten. Rasul fiel auf die Couch, direkt neben ein Mädchen, das ihn erst anstarrte und sich ihm dann unvermittelt in die Arme warf. „Sie haben Papa getötet.“

Rasul hielt ihre zitternde Form, und die Kleine, die vielleicht vier Sonnendämmerungen erlebt hatte, umklammerte ihn, als ob ihr Leben von ihm abhinge. Die Mutter eilte auf sie zu.

„Dara, komm.“

Es widerstrebte ihm, das Kind loszulassen, weil sie ihm Trost spendete. Dara presste sich enger an ihn. Irgendwie half der winzige Körper ihm, seinen Zustand in den Griff zu bekommen. Das fehlte ihm gerade noch, dass er jetzt von Bewusstlosigkeit verschluckt wurde.

Tabith sah ihn mit einer Mischung aus Besorgnis und Entsetzen an. Rasul verstand es zu gut. Was, falls er mitten in einem Zweikampf von der Seelenbindung zu Fia von den Füßen gerissen wurde? Nicht immer wäre jemand da, um ihn zu retten. Hätte Drugal nicht instinktiv gehandelt, würde Rasul den Dorfplatz in Form von kleinen Bröckchen schmücken.

„Erlaube mir, sie einen Moment zu halten.“

„Ich bin Carly.“ Die Blonde kniff die Augen zu und zuckte zusammen, als ein Infizierter von außen gegen die Tür sprang, mit einer Heftigkeit, dass Rasul befürchtete, sie würde aus den Angeln fliegen. Schock breitete sich in ihr aus. Sie bebte dermaßen heftig, dass es sie beinahe von den Füßen riss. Tabith fasste nach ihr und hielt sie.

„Ich erledige das.“ Faldors Stimme glich einem tödlichen Hauch. Er zog seine Schallpistole aus dem Halfter. Wenn er nahe genug an den Schattentoten herankam, würde die Pistole den Schädel der Kreatur in seine Bestandteile zerlegen.

„Sind die Scheiben mit Kiltafasern verstärkt?“, fragte Tabith.

Carly nickte. Rasul sah ihr an, wie sehr sie dagegen ankämpfte, nicht zusammenzubrechen, um ihre Tochter nicht weiter zu verängstigen.

Rasul spürte eisigen Klauen, die ihn von innen packten, als ob seine Organe einfroren und ihm das Blut tatsächlich in den Adern gefror.

Plötzlich waren das Kilta und die Schutzbrille zu eng. Er riss sie sich vom Kopf. Carly zog Dara von ihm. Rasul beugte sich nach vorn. Das fehlte gerade noch, dass er sich die Seele aus dem Leib kotzte.

„Dein Mann, ist er irgendwo da draußen?", fragte Tabith sanft.

„Nein, sie haben fast alle Schattentoten mitgenommen, lediglich die Hunde und ein paar von den Infizierten haben sie hiergelassen."

„Mitgenommen?" Rasul erstarrte. „Wer?"

Carly zuckte mit den Schultern. „Ich weiß es nicht, sie waren vermummt. Sie warfen Energienetze über die Schattentoten und verfrachteten sie in Gleiter."

Drugal drückte sie auf den nächstbesten Sessel und nahm ihr Dara ab. Rasul wunderte sich heute über gar nichts mehr. Der harte Krieger reagierte sonst panisch auf Kinder, die sich im Palast einen Spaß daraus machten, ihn zu verfolgen. Nach einem kurzen Zögern legte sie ihm die Arme um den Hals, und Drugal murmelte besänftigende Worte. Tabith starrte ihn an, als ob er einer der vergessenen Heiligen wäre.

„Sie haben auch die infizierten Hunde mitgebracht. Einer von ihnen hat Argus gebissen. So fing es an."

Ein Hund hatte die Infektion verursacht! Das sollte unmöglich sein.

Das eisige Gefühl löste sich langsam von Rasul, sodass er klarer zu denken vermochte.

„Ist … Ordnung? Ras… Wingo!" Sakuro war kaum über das Interkom zu verstehen.

„Wir haben uns in einem Haus verschanzt."

„Hilfe … unter… "

Die Verbindung brach ab.

„Sie schicken uns Unterstützung. Wir warten hier." Rasul umfasste Carlys Hände. „Ich weiß, es ist viel verlangt, doch du musst dich konzentrieren. Wie viele Überlebende gibt es außer auch zwei?"

Carly schluckte so hart, dass er es hörte. „Er hat gesagt, wir wären die Einzigen. Er würde uns verschonen, damit wir dem sumarischen Abschaum erzählen könnten, dass der Tod nahe sei." Sie griff in die Tasche ihrer Hose und zog einen Umschlag hervor. „Das soll ich dem Kommandierenden geben."

Auf der Vorderseite stand *Sakuro.*

Tabith scannte das cremefarbene Papier. „Ist sauber, kein Sprengstoff oder andere Substanzen."

Auf der Rückseite war der Brief mit einer Eisrose versiegelt. Bei den vergessenen Heiligen!

Tabith fluchte, und Carly sah ihn mahnend an. Er hob entschuldigend die Hände.

„Denk noch einmal über sie nach, Carly. Hatten sie einen ungewöhnlichen Akzent?“, fragte Rasul.

„Alles ging so schnell. Aber bei einem von ihnen hing ein geflochtener Zopf aus der Kopfbedeckung. Er war sogar größer als du.“

Drakanier. Wer sie auch bedrohte, hatte drakanische Söldner angeheuert, und sie wussten von Fia. Und was beim Wingo wollten sie mit den Infizierten? Rasul sah Carly in die blauen Augen, in denen das Entsetzen klar erkennbar war. Es wunderte ihn, dass sie sich so gut hielt. Sie war eine starke Frau.

„Was ist mit den Kindern?“

Sie schüttelte den Kopf. Wer immer hierfür verantwortlich war, er würde dafür bezahlen, mit Blut und Schmerz.

Faldor betrat das Wohnzimmer. „Wir haben so viele Hunde erledigt, wie wir konnten.“

Faldor verschwieg den Rest. Die Schattentoten, die sie angegriffen hatten, waren endgültig auf der anderen Seite und würden niemandem mehr schaden.

„Ich habe eine Suppe auf dem Herd stehen.“ Carly sprang von der Couch auf. Die wenige Farbe, die sie noch hatte, wich ihr aus dem Gesicht, und sie taumelte.

Faldor fing sie auf. „Ich bring sie in ihr Schlafzimmer. Galro, du bleibst bei ihr.“

Nach ein paar Minuten kehrte Faldor zurück. „Wir haben keine Verluste, dank der Schutzrüstung.“ Er traf Rasuls Blick. „Was für ein Shitak geht hier vor sich?“

Wenn er das nur wüsste! Und was hatte Fia mit all dem zu tun? Sie mussten unbedingt in die Tempelanlage, um das Artefakt zu holen. Es spielte eine entscheidende Rolle.

Was war mit Fia geschehen, dass er ihre Verzweiflung bis in die Hochebene gefühlt hatte? Sein Interkom erwachte zum Leben, und erleichtert hörte er die Stimme von Sador. Sakuro hatte ihnen drei Einheiten zur Unterstützung geschickt, die einige hundert Meter entfernt waren. Rasul klärte Sador kurz auf.

Nach einer knappen Stunde war das Gemetzel vorbei. Trivala hatte rund vierhundert Bewohner gehabt. Jetzt war es ein Ort der Schatten.

Faldor nickte Rasul zu. „Wir verbrennen das Dorf und die Kadaver.“

„Hol du Carly, wir fliegen mit ihr und dem Kind zurück.“ Das Bedürfnis, Fia in die Arme zu schließen, ließ sich nicht mehr unterdrücken. Und wer immer ihr auch etwas angetan hatte, bot das perfekte Ziel, um der stillen Rage, die in Rasul tobte, ein Ventil zu bieten.

Kinder! Sie hatten alle infiziert, mit voller Absicht, um ihre abscheulichen Pläne zu vervollständigen.

„Wir sollten unserem drakanischen Gast einen Besuch abstatten." Tabiths Stimme glich dem Atem einer Eisechse. Seine Augen glitzerten ebenso tödlich.

Vor zwei Sonnendämmerungen war ihnen Elnox, ein hochrangiger Söldner, in die Hände gefallen. Offiziell hatten sie ihn getötet. Inoffiziell lebte er unter dem Palast in einer Zelle. Rasul gab es nur ungern zu, doch er mochte den Kerl.

Drugal hielt die schlafende Dara auf den Armen.

„Kannst du laufen?", fragte Rasul.

Carly sah beschämt zu Boden. „Ich bin noch nie zusammengebrochen." Sie zitterte am ganzen Körper, drehte sich zur Seite und kotzte sich die Seele aus dem Leib. „Warum nur haben sie ausgerechnet mich verschont?" Sie schaffte es nicht länger, sich zusammenzureißen.

Rasul und Tabith trugen sie halb in das Shuttle, und Rasul betäubte sie. Oh ja, der niederträchtige Abschaum würde mit mehr als Blut und Schmerz für seine Abscheulichkeiten bezahlen.

Rasul öffnete den Brief.

Das war nur der Anfang, Sumarier. Über euch kommt die Schattennacht, denn ich bin der Herr der Toten.

Watte umhüllte ihren Verstand und ihre Glieder. Fia kämpfte sich an die Oberfläche und blinzelte, weil schmerzhaftes Licht auf ihre Pupillen einhämmerte. Entnervt kniff sie die Augen zu. Alles wirkte zu laut, zu hell.

„Bleib ruhig, Sklavin."

Wieso nannte Jos sie Sklavin?

Bei den vergessenen Heiligen, die Ereignisse schlugen auf sie ein. Dieser widerliche Malik hatte sie misshandelt und hatte ihr noch Schlimmeres antun wollen.

Rasul! Er war in Gefahr.

„Rasul ist in Sicherheit, Fia. Sieh mich an!" Autorität schwang in der leisen Stimme, die so stark war, dass sie erneut die Lider öffnete. Endlich nahmen die Konturen um sie herum Form an. Sakuro höchstpersönlich saß neben ihrem Bett und hielt ihre Hand.

Jorgan sah besorgt auf sie herab. Sie hatte den Sklavenaufseher angegriffen. Stand darauf nicht eine Bestrafung oder gar der Tod?

„Du siehst mich an, als ob ich in der Lage sei, Kätzchen aus Spaß zu häuten und sie mir danach um den Hals zu hängen."

Aus Sakuros Griff würde sie sich selbst mit Gewalt nicht befreien können. Seine grünen Augen glitzerten zwar amüsiert, doch sie bemerkte auch Sorge in ihnen.

„Werde ich ausgepeitscht?"

Die Männer machten ein Geräusch, als ob sie noch nie etwas Dümmeres gehört hätten.

„Jorgan, wie richten wir diese Woche die Sklavinnen hin? Durch Zerquetschen?"

„Nein, mein Regent. Wir starren sie so lange an, bis ihre Herzen stehen bleiben."

Beide starrten sie an.

„Aber ich habe Malik geschlagen."

„Du hast ihm die Nase gebrochen." Sakuro zwinkerte ihr zu. „Er behauptet, du hättest ihn grundlos angegriffen. Allerdings wissen wir, das entspricht nicht der Wahrheit." Sakuro lehnte sich vor, bis sein Atem über ihre Wangen streichelte. „Rasul wird ihn später verhören. Und auch ich werde der Befragung beiwohnen." Seine Stimme war blank wie ein stiller See. Doch unter der Oberfläche tobte ein Sturm, der grausam und unbarmherzig alles aus dem Weg räumte, was sich ihm entgegenstellte.

Er zog das Laken ein Stück runter. „Zeig mir deinen Arm."

Fia rechnete damit, dass sie eine blutige Strieme vorfinden würde, stattdessen sah sie nur eine rote Linie.

„Keine Angst, die Narbe ist in wenigen Tagen verblasst."

„Ihr glaubt mir?"

„Warum sollten wir deine Worte anzweifeln, Fia?"

„Weil ich eine Sklavin bin." Eine Gänsehaut lief ihren Körper entlang. Es war das erste Mal, dass sie es ausgesprochen hatte.

Sakuro streichelte ihr mit dem Handrücken über die Wange. „Du bist Rasuls Sklavin. Und wenn du ehrlich bist, findest du es nicht mehr so schrecklich. Wir verurteilen unsere Sklaven nicht, sondern hinterfragen ihre Handlungen."

Er stand auf. „Ruh dich aus. Rasul ist unverletzt. Sie sind auf dem Rückweg."

Sobald er sich umdrehte, driftete sie in den Schlaf.

Fia schreckte auf, doch der Schrei erstarb ihr in der Kehle. Hände packten sie, hielten ihr den Mund zu, und ein grauenvolles Brennen prickelte durch ihren gesamten Körper, der sie in eine Bewusstlosigkeit riss, die sie in absolute Dunkelheit hüllte.

Rasul trommelte mit den Fingerspitzen gegen seinen Oberschenkel. Warum flog Drugal nicht schneller?

„Wenn du mir erneut *freundlich* mitteilst, ich soll die Geschwindigkeit erhöhen, trete ich dir in den Arsch, mein Prinz." Drugal sah ihn mit einem Ausdruck an, der Rasul eine winzige Gänsehaut die Wirbelsäule entlangjagte. „Und bleib sitzen!"

Rasul fasste es selbst nicht, doch er gehorchte. Drugal wirkte, als ob er in der Lage sei, ihm mehr anzutun als ein Schaudern.

Malik! Er würde diesem Gatak die Haut vom Leibe ziehen. Wie konnte er es wagen, Fia anzugreifen! Was war nur mit dem besonnenen Mann passiert? Seine unbegreiflichen Handlungen waren vor ein paar Wochen ganz plötzlich aufgetreten. Er war seit etlichen Sonnendämmerungen für das Wohlergehen und die Disziplin der Sklaven verantwortlich und hatte sie immer angemessen behandelt, konnte streng sein, war aber niemals ungerechtfertigt grausam gewesen. Rasul verstand es nicht. Er hatte Fia grundlos geschlagen, und das war nicht seine einzige Verfehlung.

„Sakuro hat versichert, dass Fia schläft, bewacht von Jorgan. Sie hat dem Abschaum die Nase gebrochen." Tabith schnaubte belustigt, doch seine Miene spiegelte die Emotion nicht. „Ich würde gern bei dem Verhör dabei sein. Irgendetwas erscheint falsch an Maliks Taten zu sein. Es ist eine Ahnung, die ich hege."

„Was meinst du?"

„Ich kann es nicht deuten. Ich befürchte, Maliks Handlungen sind nicht, wie sie bei einem flüchtigen Blick erscheinen. Es ist, als ob sein Bewusstsein sich verändert hätte."

Rasul ersparte sich einen Kommentar. Vielleicht würde er Malik erst Gelegenheit geben, zu reden, ehe er ihm noch mehr brach als seine Nase. An eine Seelenbindung hatte er vor Fia auch nicht geglaubt. Inzwischen glaubte er nicht nur daran, sondern er war tief ergriffen von dem Gefühl. Es war eine unerklärliche Kraft.

Der Kommunikationsbildschirm meldete eine Verbindung, und Rasul öffnete den Kanal. Sakuros Augen glitzerten in purem Gold.

„Rasul, es tut mir leid, Fia ist geflohen, und es ihr gelungen, das Grundstück zu verlassen."

„Das ist unmöglich."

„Soll ich mit der Suche nach ihr beginnen?"

„Nein, wir sind gleich da. Was ist mit Jorgan?"

„Er kämpft um sein Leben. Fia … jemand hat ihm ein Glastablett über den Schädel gezogen. Hätten die Wachen ihn nur ein wenig später entdeckt, wäre er tot."

Rasul spürte, dass ihm Tränen in die Augen sprangen. Ob vor Zorn oder Enttäuschung vermochte er nicht zu erraten. Falls sie das wirklich getan hatte, würde sie bitter dafür bezahlen, mit Blut und Schmerz. Sollte Jorgan sterben, auch mit ihrem Leben.

Rasul schloss die Lider und horchte in sich hinein. Hätte jemand sie entführt, hätte die Seelenverbindung ihn gewarnt. Er fühlte nichts.

„Wir sehen uns gleich, mein Freund." Sakuro unterbrach die Verbindung.

Totenstille herrschte in dem Shuttle. Wenn es wahr war, würde Rasul Fias Schicksal mit den eigenen Händen besiegeln. Das schuldete er ihr und vor allem sich selbst, er würde es nicht mit seinem Gewissen vereinbaren können, dass ein anderer sie schwer bestrafte oder … exekutierte. Er würde mit der Bürde leben müssen und er würde es so tun, dass sie gar nicht merkte, wie ihr geschah, sollte er sie töten müssen. Beinahe kotzte er erneut.

Erleichtert sah er den Palast vor sich auftauchen. Sakuro saß bereits im Sattel, umringt von Nebelwölfen. Drugal leitete den Landeanflug ein. Sklaven standen parat, um Carly und Dara zu den Heilern zu bringen. Rasul wünschte sich, für sein Herz gäbe es eine Arznei, doch für Fias Verrat existierte kein Heilmittel, weder in seiner Welt noch in irgendeiner anderen.

Wortlos stieg er auf seinen Hengst Rugar. Das Tier wieherte leise, als ob er spürte, was Rasul empfand. Drugal und Tabith begleiteten ihn. Nie war Rasul glücklicher über ihre Anwesenheit gewesen. Er wusste, sollte er zögern, würden seine Freunde Fia an seiner Stelle bestrafen. Das schuldeten sie wiederum ihm.

Braxas heulte und übernahm die Führung. Die Nebelwölfe rasten los, ihre Formen ein Schatten auf der Erde. Lautlos flogen sie dahin. Es war nur eine Frage der Zeit, bis sie Fia aufspürten.

Und dann konnte ihr niemand mehr helfen. Braxas musste Fia mit einem anderen Sinn wahrnehmen als über den Geruch. Erst weit hinter der Schallmauer nahm er die Fährte mit der Nase auf. Eigentlich stellte das Verlassen des Grundstücks eine Unmöglichkeit dar. Wie hatte Fia es allein geschafft? Sie stoben in das tiefrote Gras der Blutebenen. Die Kälte packte ihn unerwartet, schnitt durch seine Blutbahnen, sodass Rasul aus dem Sattel rutschte. Rugar verlangsamte das Tempo, dennoch ging Rasul hart zu Boden.

Kapitel 13

Etwas saß auf ihrem Brustkorb und hinderte Fia daran, zu atmen. Sie konnte sich nicht rühren. Ihre Glieder wogen schwer wie grosamischer Stahl. Panisch schnappte sie nach Luft und schaffte es, sich zur Seite zu drehen, sodass sie nicht an dem eigenen Erbrochenen erstickte.

Sie konnte sich bewegen!

Fias Lider schienen festzukleben, sie konnte sie nur mühsam öffnen. Bei den verlorenen Heiligen! Erneut jagte Übelkeit durch sie, die ihren Magen zusammenkrampfte.

Wieso war der Boden so hart?

„Gut, du bist wach."

Die grauenvolle Stimme kratzte über ihr Bewusstsein. Malik! Das konnte doch nicht sein. Hatten die Sumarier es sich anders überlegt? Dem Sklavenaufseher mehr Gehör geschenkt als ihr? Rasul hatte sie nicht einmal befragt. Sie blinzelte und schlängelte sich ein Stück zur Seite. Feuchtigkeit prasselte auf ihr Gesicht. Lag sie in der Dusche? Endlich kehrte ihre Sicht zurück. Pflanzen ragten um sie herum.

„Niemand wird dir glauben, dass du nicht geflohen bist, Sklavin." Sein fieses Lachen schlug auf sie ein, gleich zerschmolzener Glassplitter. „Zudem musst du dich für den Mord an Jorgan verantworten. Aber vielleicht hast du Glück und die Samtkatzen töten dich, ehe Rasul dich findet."

Malik trat ihr in die Rippen, drehte sich um und verschwand im Dickicht.

Jorgan war tot! Neue Übelkeit befiel sie, stärker als zuvor, und Schwärze drohte sie erneut zu verschlucken. In der Ferne hörte sie Raubkatzen fauchen.

Denk nach! Reiß dich zusammen!

Was hatte Malik mit ihr gemacht? Er hatte ihr eine Droge gespritzt! Ihr nebliger Verstand ließ sich nicht fassen und glitt ihr immer wieder aus dem Bewusstsein. Fia legte sich auf den Rücken, sodass Tropfen auf ihr Gesicht prasselten. Allmählich ging es ihr besser, sogar die Taubheit in ihren Gliedern trat zurück. Durst plagte sie. Fia öffnete den Mund und fing das Wasser auf. Wieso hatte er das getan? Wie war es ihm gelungen, an Rasuls Wachen vorbeizukommen? Fias Tränen vermischten sich mit den Wassertropfen. Er hatte Jorgan getötet. Niemand würde ihr glauben, dass sie nicht die Täterin war.

Hör auf!

Fia rappelte sich auf die Knie und wartete, bis der Schwindel aufhörte. Das Fauchen der Samtkatzen verstummte, und sie hörte nur noch das Prasseln des Regens, begleitet von dem Rauschen der fedrigen Blätter.

Blutrotes, hüfthohes Gras rahmte die kleine Lichtung ein. Eine perfekte Tarnung für die roten Katzen.

Möglicherweise wäre es besser, ihr Schicksal anzunehmen. Nicht zu fliehen, wenn die Tiere kamen, um ihre Beute zu erlegen.

Sollte Rasul sie für einen Fluchtversuch bestrafen, den sie nicht begangen hatte, würde sie zerbrechen. Was dachte sie da! Sie würde nicht lange genug leben, um endlos zu leiden. Ihre Hinrichtung drohte für den Mord an Jorgan. Sie schluckte brennende Tränen hinunter. Er war wie ein Freund gewesen. Jorgan war wegen Fia gestorben. Sein Blut klebte an ihren Händen, und Fia wusste nicht einmal weshalb.

Vielleicht würde sie Rasul nie wiedersehen, weil er es nicht übers Herz brachte, sie selbst zu töten, er ihre vermeintlichen Lügen nicht hören wollte. Fia rappelte sich auf die Füße und betrachtete die Umgebung. Sie hatte weder eine Ahnung, wo sie sich befand, noch in welcher Richtung der Palast lag. Konnte sie sich überhaupt zurücktrauen?

Ein grauenvoller Schrei riss sie aus der Starre. Ehe sie es schaffte, sich in Bewegung zu setzen, waren sie da, die Katzen mit dem samtigen Pelz. Schattengleich schlichen sie aus dem Gras, elegant und tödlich, zugleich wunderschön. Regentropfen benetzten das dichte Fell und glitzerten wie Edelsteine. Die Räuber reichten mit ihren Rücken bis zu Fias Taille. Ihre Augen mit den goldenen Pupillen besaßen die Farbe von tiefgrünem Moos. Fia hatte niemals etwas Schöneres gesehen.

„Bitte tötet mich schnell“, wisperte sie. Rasuls und Jos’ Gesichter schwebten vor Fias innerem Auge. Das von Jos verblasste. Rasul blieb bei ihr.

Keine Angst.

Das größte der Tiere trat langsam auf sie zu, als ob es sie nicht verschrecken wollte. Das musste sie sich eingebildet haben.

Hast du nicht, Fia, Gefährtin von Rasul. Sternentochter.

Dann bemerkte sie, was eine der Samtkatzen auf die Lichtung zerrte. Es war Malik und doch nicht Malik. Sie begriff nicht, was sie sah. Eine Hälfte des Antlitzes entsprach dem Aussehen von Malik, der Rest war alles andere als der Aufseher der Sklaven. Der Körper war kleiner, drahtiger. Die gelbe Haut zierten unzählige schmale grüne Streifen. Eine Hand hing nur noch an den Sehnen, und aus dem aufgerissen Oberschenkel ragte ein gebrochener Knochen. Er lebte. Gerade so eben.

Fia hatte nicht die geringste Ahnung, was das für eine Lebensform war und wieso er all die Sonnendämmerungen unerkannt unter den Sumariern gelebt hatte.

Körperwandler.

Der Anführer der Katzen stand so dicht vor ihr, dass er sie beinahe mit der Nase berührte. Seltsamerweise verspürte sie keine Angst mehr vor den Tieren, obwohl sie Fia mit einem Biss töten könnten. Doch sie verfolgten offensichtlich eigene Ziele.

Wir alle sind in Gefahr, falls es den Unmenschen gelingt, die Sumarier zu vernichten, sie zu infizieren. Du bist der Schlüssel, Sternentochter.

In der Ferne hörte sie das Heulen der Nebelwölfe.

Mein Name ist Atar.

Fia vermochte der Versuchung nicht länger zu widerstehen, streckte zaghaft die Hand aus und streichelte den samtigen Kopf. Das Fell war unter den Wassertropfen trocken, und niemals zuvor hatte sie etwas derartig Weiches berührt. Sie kraulte Atar hinter den Ohren, und er schnurrte. Der Laut vibrierte durch ihren gesamten Körper.

Die Nebelwölfe kamen rasch näher.

Fia, du musst das Artefakt holen und mit Rasul im Brunnen des Lebens die endgültige Verbindung eingehen.

Ehe sie es schaffte, ihn zu fragen, was er meinte, stob er mit seinen Artgenossen davon, in absoluter Stille und Grazie. Wieso hatte er sie Sternentochter genannt?

Fia starrte auf das Malik-Ding und fiel erneut auf die Knie. Braxas brach mit gefletschten Zähnen aus dem Gras. Fia befürchtete, er würde auf sie springen und sie zerfetzen. Seine Aggression galt jedoch nicht ihr, sondern dem Körperwandler und den Samtkatzen.

Ein Ring aus Nebelwölfen bildete sich um sie. Braxas wachte neben ihr. Sie umklammerte seinen Hals, vergrub ihr Gesicht in dem dichten Fell, das struppig wirkte im Vergleich zu dem Samt, den sie gerade berührt hatte.

Der Geruch der Samtkatzen lag schwer in der Luft, sodass Rasul mit dem Schlimmsten rechnete, als Braxas ein Kampfgeheul ausstieß. Es ließ ihm die Haare zu Berge stehen. Rugar streckte sich unter ihm und fiel in einen Renngalopp. Rasuls Empfindungen glichen einem Strudel, verhinderten, dass er Klarheit in seinen Verstand brachte. Sein Hintern tat verflucht weh, aber ansonsten, war ihm bei dem Sturz nichts weiter passiert, von seinem verletzten Stolz abgesehen. Die eisigen Klauen waren genauso plötzlich verschwunden, wie sie aufgetreten waren.

Bedeutete es, dass Fia tot war? Zerfleischt von den Raubkatzen? Er konnte trotz der drückenden Beweislage nicht glauben, dass sie wirklich geflohen war. Doch was er wünschte und was tatsächlich geschehen war, stellte zwei Seiten dar. Wenn Fia schuldig war …

Hatte sie Jorgan kaltblütig angegriffen, seinen Tod in Kauf genommen, wo sie vorgestern noch mit ihm herumgealbert und ein Rennballspiel mit ihm gespielt hatte, bei dem sie den Krieger haushoch besiegt hatte? Anschließend hatte sie lachend auf dem Rasen gelegen, während Jorgan sie kitzelte. Das passte alles nicht zusammen. Oder waren es nur Wunschvorstellungen, denen er nachhing?

Sakuro ritt vor ihm, daneben Tabith und Drugal. Sie wollten ihn davor bewahren als Erster zu sehen, was mit Fia passiert war. Sakuro hob den Arm und ballte seine Faust, das Zeichen, um zu verlangsamen. Rasul zügelte Rugar. Die Pferde liefen auf eine kleine Lichtung. Ihm blieb fast das Herz stehen, als er Fia entdeckte, die halb auf dem Boden lag und Braxas' Hals umklammerte. Noch ehe Rugar zum Stillstand kam, sprang Rasul aus dem Sattel und erreichte sie in zwei Schritten. Sie zitterte und weinte, ihr Körper war unglaublich kalt.

„Ich bin nicht geflohen. Bitte, bitte, ihr müsst mir glauben." Sie presste ihr Gesicht in seine Halsbeuge. „Rasul, bitte tu mir nichts." Fia brach in lautes Schluchzen aus, und er hielt sie. Rasul schloss die Lider, wusste zum ersten Mal in seinem Leben nicht, was er tun sollte.

„Was zum Wingo!" Sakuros Stimme drückte pures Entsetzen aus.

Sakuro, Tabith und Drugal hockten auf dem Boden.

„Ein Heilerset", brüllte Sakuro.

Rasul konnte nicht erkennen, was vor ihnen lag. Er zog Fia auf die Füße und hob sie hoch. Die Erleichterung, die ihn packte, als er entdeckte, was es war, war so groß, dass ihm Tränen in die Augen sprangen.

Fia war unschuldig.

Ein verdammter Körperwandler! Er hatte bisher noch nie einen gesehen. Jetzt wusste er, warum Malik sich scheinbar plötzlich verändert hatte. Irgendwo musste der richtige Malik sein. Die Kreaturen brauchten Rückenmark, um die Gestalt ihres Opfers anzunehmen. Rasul schluckte. Der Aufseher der Sklaven war monatelang unglaublich gequält worden.

„Alles ist gut, Kleines. Beruhige dich. Tabith, ein Stabilisierungsmittel. Sie hat einen Schock."

Fias Augen drehten sich nach hinten, und sie bebte so hart in seinen Armen, dass er dachte, ihre Wirbelsäule würde durchbrechen.

„Töte mich nicht, Rasul. Bitte."

„Tabith!"

Endlich hielt Tabith das Mittel in den Händen, presste es an ihren Hals und drückte den Auslöser. Nach wenigen Sekunden hörte das Zittern auf. Sador, einer der Soldaten trat auf Rasul zu und reichte ihm mehrere Decken.

„Wir haben ein Shuttle angefordert, es trifft gleich ein."

Fias Gesichtsfarbe ähnelte ausgewaschenem Schlamm. Was, wenn sie starb vor Furcht, er könnte ihr etwas antun? Er fühlte ihren Puls. Shitak, er hämmerte unregelmäßig.

Aus einem Impuls heraus legte er seine Handfläche auf ihr Seelentattoo, und sie nahm einen zitternden Atemzug. Fias Körper erschlaffte, und der Herzschlag beruhigte sich. Im Gegensatz zu seinem. Aus Angst um sie hätte er beinahe gekotzt.

„Der Körperwandler ist transportbereit. Sobald er aufwacht, verhören wir ihn.“ Sakuro kniete sich zu Fia und umfasste Rasuls Schulter. „Du glaubst nicht, wie froh ich bin, dass sie es nicht getan hat.“

Rasul musste sich täuschen, er glaubte, Tränen in Sakuros Augen zu erkennen. Rasul blinzelte, und als er den Regenten von Sumaria erneut ansah, war es der gewohnte undurchdringliche Blick, der zurückstarrte.

„Das Ding hat Pech, dass es noch lebt.“ Sakuro streichelte über Fias Stirn, ehe er sich aufrichtete.

Rasul atmete erleichtert auf, weil er das Shuttle hörte, wenige Sekunden später auch sah. Der Captain landete es geschickt, und zwei Heiler sprangen aus der Ladeluke. Rasul war zwar bewandert in den Künsten der Heilung, allerdings verstand er sich mehr darauf, Wunden zu versorgen. Fia hatte äußerliche Verletzungen und welche, die tief in ihre Seele reichten.

Rasul legte sie auf eine Bahre, und der Arzt scannte ihren Körper. „Die Verwundungen sind nicht bedrohlich. Doch sie wäre beinahe an dem Schock gestorben. Etwas hat ihr dermaßen zugesetzt, dass sie lieber auf die Seiten der Schatten getreten wäre, als es zu durchleiden.“

Rasul schluckte schwer. Tapfere Feuerblume.

Er setzte sich neben die Liege und hielt ihre Hände. Die Heiler arbeiteten an dem Körperwandler, um ihn zu stabilisieren. Sobald er aufwachte, würde er sich wünschen, die Samtkatzen hätten ihn getötet. Irgendwas war auf der Lichtung geschehen. Es erschien, als ob die Raubtiere ihn absichtlich am Leben gelassen hätten und ihn nur außer Gefecht setzen wollten. Und wieso sie Fia nichts angetan hatten, war ihm ein Rätsel.

Zu viele Geheimnisse umschwebten die kleine Sklavin. Sie mussten unbedingt in die Tempelanlage, um wenigstens eines zu lüften. Die Gewissheit, dass er Fia über alles liebte, krachte auf ihn. Tabith umfasste Rasuls Schulter. „Ich hätte es für dich getan, mein Freund.“

Rasul wusste es. Tabith hätte Fia hingerichtet. Es hätte dem Krieger das Herz gebrochen und wäre bis zu seinem Tod als dunkler Fleck auf seiner Seele geblieben. Doch er hätte es durchgezogen. Sie tauschten einen Blick aus, der mehr sagte als jedes Wort.

„Ich liebe sie.“

„Ich weiß, Rasul. Vom ersten Moment, als du sie gesehen hast.“

Das Tattoo prickelte warm. Er zog die Decke von Fia herunter, und vor seinen Augen veränderte das Mal der Seelenbindung das Aussehen auf Fias Bein. Es war fertig. Die Eisrose blühte in einem eisigen Blau, umgeben von Flammen in der gleichen Farbe. Er wusste, bei ihm sah es genauso aus.

Fia schlug ihre Augen auf. Der ängstliche Ausdruck zerriss ihm das Herz.

„Alles ist gut, Kleines. Niemand fügt dir Schaden zu.“

Ein zaghaftes Lächeln erhellte ihre Züge, und sie fiel zurück in die Bewusstlosigkeit.

Rasul richtete sich zu seiner vollen Größe auf und bohrte seinen Blick auf Christors Hände. Der beste Chirurg in ganz Sumaria seufzte tief. Er ignorierte Rasuls Knurren, als er Fia die Nadel für die Infusion in die Vene stieß. Rasul hätte es selbst getan, allerdings zitterten seine Finger unübersehbar im Gegensatz zu den Händen von Christor. Er strahlte Ruhe aus.

„Junge, ich habe sie untersucht. Geh jetzt. Alles, was sie braucht, sind Schlaf und Nahrung. Du kannst sie nachher holen.“ Christor trat dicht an Rasul heran, zu dicht. Eigentlich konnte er froh sein, dass der Heiler ihn nicht längst der Krankenstation verwiesen hatte.

Vier der zuverlässigsten Mitglieder der Garde bewachten Fia. Dennoch widerstrebte es Rasul, sie allein zu lassen. Doch die Führungsriege hatte Wichtiges zu besprechen.

Jorgan lag im selben Zimmer wie Fia. Sein Zustand war stabil. Die schweren Schädelverletzungen würden keine bleibenden Schäden hinterlassen. Rasul strich sich die verschwitzten Haare aus der Stirn. Er hatte nicht einmal Zeit zu duschen. Vielleicht könnte er später mit Fia gemeinsam ein Bad nehmen. Sie in seinen Armen halten, wo sie hingehörte.

Die Männer der Wache nickten ihm zu. Niemand würde es schaffen, an ihnen vorbeizukommen. Es sei denn, derjenige tötete sie alle.

Mit weit ausholenden Schritten lief Rasul auf das Ende des Ganges zu. Hinter der Tür zu seiner Rechten war ein besonderes Krankenzimmer, in dem nicht nur geheilt, sondern auch verhört wurde. Es war schallisoliert.

Die Wachen traten zur Seite. Rasul holte tief Luft, ehe er eintrat, und zwang seine Konzentration auf die bevorstehende Aufgabe, die vor ihm lag.

Der Körperwandler lag auf einer schmalen Metallpritsche. Seine Arme waren fixiert, ebenso die Beine. Die Heiler hatten die beinahe abgerissene Hand lediglich versorgt, die Blutungen gestillt, sie jedoch nicht wieder angenäht. Sakuro stand an die Wand gelehnt. Drugal rollte gerade einen Tisch neben die Liege.

Sakuro wollte offensichtlich nicht mit belanglosem Geschnatter in das Verhör einsteigen. Die Kreatur war dem Tod geweiht, nur wie unangenehm diese sich gestalten würde, war seine Entscheidung.

Er sah grotesk aus, mit dem Gesicht, das halb Maliks entsprach. Soweit Rasul wusste, hausten die Körperwandler auf einem sterbenden Planeten. Anscheinend befanden sie sich auf der Suche nach einer neuen Heimatwelt.

Ob sie auch für die Infizierungsfälle verantwortlich waren? Es würde zu der Rasse passen, sie besaßen kein Gewissen. Drugal packte eine Klinge, die in Gift getaucht war und unglaubliche Qualen verursachte. Er fing an.

Drugal wusch sich Blut und Anderes von der Haut. Es hatte gedauert, doch die Kreatur hatte geredet. Am Anfang glaubten sie alle, sie könnten dem Schmerz widerstehen, schlussendlich gab jeder auf, der sich unter Drugals Gnade befand.

Erschöpfung presste schwer auf Rasul. Vernehmungen dieser Art zählten mitnichten zu seinen Lieblingsbeschäftigungen, und der Körperwandler mit dem Namen Vargos war ein zäher Brocken gewesen. Davon war nichts mehr übrig.

Rasul beugte sich zu ihm herab und schenkte Vargos seine sanfteste Stimme, die in dem Abschaum Angst der schlimmsten Art auslöste.

„Warum bist du hier?"

„Wir beobachten über Sonnendämmerungen hinweg Sumapask und suchen seit ewigen Zeiten einen Weg, den Planeten zu übernehmen, euch der Ressourcen zu berauben. Jedoch sind Sumarias Verteidigungsanlagen zu ausgeklügelt."

Er hustete, und Sakuro nickte dem Heiler zu, der Vargos einen Becher an die Lippen hielt.

„Zuerst sollte ich auskundschaften, wie wir euch am besten schaden können. Malik war das perfekte Mittel. Eure Sklaven sind überall, und sie kennen jedes Geheimnis. Doch dann fingen die Infizierungsfälle an, und es wäre ein Leichtes, Sumaria zu besiegen, wenn ihr so gut wie ausgelöscht seid."

Erneut dieses schreckliche Husten.

„Der paskanische Mischlingsabschaum ist der Schlüssel, um es aufzuhalten. Sie hätte unsere Hoffnungen im Keim erstickt, dass ihr euch gegenseitig auslöscht. Mir ihr hätten die Paskanier das Werkzeug, um die Schattentoten zu kontrollieren. Unter ihrem Kommando würden sie euch überrennen und euch in lebende Todessklaven verwandeln."

Rasul tauschte mit Sakuro einen Blick aus. Der Regent wirkte fähig, dem Gatak den Kopf von den Schultern zu reißen. Falls nicht in diesem Moment Faldor an die Scheibe geklopft hätte, hätte Sakuro den Körperwandler auf der Stelle getötet.

Sakuro nickte Rasul zu, und sie gingen in den Nebenraum. Rasul starrte auf den echten Malik, der auf dem Behandlungstisch lag. Seinen Aufenthaltsort hatten sie Vargos als Erstes entlockt. Er hatte Malik in einer Kiste im Wald vergraben, den Aufseher der Sklaven unter Drogen gesetzt und ihn gerade so am Leben erhalten.

Der Mann sah aus wie der Tod.

„Dreht ihn auf den Bauch", sagte Christor.

Das erste Mal, seit Rasul den Heiler kannte, zitterten seine Hände vor Wut. Als Rasul die Wirbelsäule sah, sprangen ihm Tränen in die Augen. Sakuro fluchte etwas neben ihm.

„Ich operiere ihn sofort."

Nur die Sterne wussten, ob Malik jemals wieder laufen würde. Vielleicht wäre es besser, wenn er verstarb. Die Option würden sie ihm lassen, falls Christor nicht erfolgreich war und Malik einen gnädigen Tod wünschte.

„Sakuro, ich habe einen Plan."

Der Oberste Regent hörte Rasul intensiv zu und nickte seine Zustimmung.

„Das könnte klappen. Jetzt geh zu deiner Seelengefährtin. Ihr braucht euch gegenseitig." Sakuro warf ihm einen grimmigen Blick zu. „Du liebst sie. Leugne es nicht länger."

Uldir bewachte die Eingangstür zu Rasuls Gemächern. „Es ist alles ruhig, mein Prinz. Fia hat bis vor wenigen Minuten geschlafen."

Rasul klopfte ihm auf die Schulter, holte tief Luft, ehe er durch die Tür ging. Zu Rasuls Erstaunen lag Braxas neben dem Bett. Die Nebelwölfe hielten sich ungern in Gebäuden auf. Padro und Texos lehnten an der Wand, und Nadir lungerte auf dem Balkon.

Fia hatte sich in die hinterste Ecke seines Bettes verkrochen, und pure Angst stand in ihren Augen.

Padro atmete erleichtert auf, als Rasul ins Zimmer trat.

„Ich wollte dich gerade kontaktieren, mein Prinz. Sie lässt niemanden an sich heran. Ihre Furcht ist nicht mit anzusehen. Als ob wir ihr etwas antun würden."

Rasul fixierte Fias Blick. „Lasst uns allein. Du auch, Braxas."

Der Nebelwolf richtete sich zu seiner vollen Größe auf und sah Rasul direkt in die Augen.

„Meine Gefährtin ist sicher bei mir." Rasul schwor, dass der Wolf nickte, ehe er gemeinsam mit der Garde seine Gemächer verließ.

„Fia", sagte Rasul sanft. Er streckte die Hand nach ihr aus.

Für einen Sekundenbruchteil starrte sie ihn in absolutem Horror an. Ein Schluchzen brach aus ihrer Kehle, das so mitleiderregend war, dass es ihm direkt ins Herz schnitt. Dann warf sie sich in seine Arme, schmiegte sich an ihn, vertrauensvoll, sodass die ganze Anspannung nicht nur von Fia wich, sondern auch von ihm.

Malura und Liana traten ein, auf den Armen Tabletts mit Nahrung. Er deutete zum Bad. Malura lief auf leisen Sohlen an ihnen vorbei, und er hörte, dass sie ein Bad einließ. Der Duft von Jasmin füllte die Luft. Er sagte ein stummes Danke, und die Sklavinnen verschwanden ebenso lautlos, wie sie gekommen waren.

„Fia, Kleines. Du zerdrückst mich."

Anstatt ihn loszulassen, umklammerte sie ihn fester.

„Was hältst du von einem gemeinsamen Bad sowie etwas zu essen?"

Sie lächelte ihn süß an. „Aber nur wenn du mich fütterst, Sire."

Fia ahnte, er brauchte körperliche Nähe in diesem Moment genauso nötig wie sie. Das Bedürfnis, ihn in sich zu spüren, seine starken Hände auf der Haut zu fühlen, verdrängte das Verlangen zu reden. Er würde ihr alles geben, was sie ersehnte, und Wünsche erfüllen, von denen sie nichts wusste. Rasuls Zuwendungen würden den ganzen Schrecken von ihr lösen. Ihr Sire kannte ihre Bedürfnisse und sorgte dafür, dass es ihr gleich besser ging; emotional und physisch. In diesem Augenblick erkannte sie, dass Rasul ihr stets mehr zurückgab, als er ihr wegnahm. Was für ein großartiger Sire er war, der zwar unerbittlich sein konnte, doch nur wenn sie es herausforderte. Es hätte ihn zerstört, falls er sie wirklich bis aufs Blut und darüber hinaus hätte bestrafen müssen. Er hätte es selbst getan, nicht die Verantwortung an Tabith abgegeben, weil er sie liebte und respektierte. Es war Zeit, ihm zurückzugeben, was er ihr so großzügig geschenkt hatte.

Fia kniete sich auf das Bett und löste die Schnallen von Rasuls Jacke. Ihr wild klopfendes Herz beruhigte sich nicht. Es war ihr egal, weil es nicht aus Angst so schnell schlug. Wie liebevoll er sie ansah. Rasul wirkte unglaublich müde und zugleich zufrieden.

„Kleine Sklavin", sagte er sanft.

Die Worte liefen liebkosend ihren Körper entlang. Wie hatte sie nur denken können, er würde ihr wirklich Schlimmes antun, sie auf der Stelle foltern und töten, ohne zu hinterfragen, was geschehen war. So handelten die Sumarier nicht, die sich unter Sakuros Befehl befanden.

Anders als bei den Paskaniern.

Er schüttelte die Schultern, bis die Jacke aus dem weichen aber stabilen Leder eines Nilos zu Boden fiel. Darunter trug er ein enges Hemd.

Fia stand auf, sank vor ihm auf die Knie, um die Schnüre seiner Stiefel zu lösen. Er legte die Hand unter ihr Kinn, und sie traf seinen Blick. Fia knöpfte die Hose auf und zog sie ihm über die Hüften. Sie seufzte frustriert, als nicht etwa eine Unterhose zum Vorschein kam, sondern ein weiteres Beinkleid. Rasul lachte hinsichtlich ihrer Ungeduld. Mit Mühe befreite sie ihn von der Schutzhose und machte kurzen Prozess mit dem Slip.

„Daran könnte ich mich gewöhnen, Sklavin."

„Das wäre dir doch viel zu langweilig, Sire."

Sie schlängelte sich an ihm hoch und umfasste seine Hände, da er sich selbst das Hemd ausziehen wollte. Pure Hitze schlug ihr aus Rasuls Miene entgegen.

„Böser, Sire. Dafür verdienst du eine Züchtigung." Sie biss sich auf die Zunge, während ihr Puls durch seine Mimik beschleunigte, weil sie voller dunkler Versprechungen war.

Kein Mann sollte so unglaublich gefährlich aussehen dürfen. „Du wirst deine Frechheiten früher oder später bereuen … Sklavin." Das Wort floss von Rasuls Lippen, entsprach ganz der sinnlichen Verheißung, die Rasul, ihr Sire, mit jeder Faser seines Körpers darstellte.

Er beugte sich zu ihr herab. „Ich kann dein schnell schlagendes Herz hören und fühlen", wisperte er gegen ihre Lippen. Leicht legte er seine auf ihre. Sie waren so warm und weich. Er leckte an ihrer Unterlippe entlang, packte in ihr Haar, und seine Zunge traf ihre. Er küsste sie dermaßen gründlich, dass sie sich an ihm festhalten musste, da ihre Beine wegzuknicken drohten.

Rasul umfasste ihren Po mit herrlich rauen und starken Händen und presste seine Erektion an ihren Bauch.

„Wir sollten herausfinden, wie weit dein frecher Mut reicht, während ich diesen köstlichen Arsch mit Hitze überziehe, deine Nippel stimuliere, bis du schreist vor Lustqual."

Ihr Mut verließ sie in diesem Moment und rannte davon, so schnell er es schaffte. Fia blieb zurück, mit einem Körper und einer Seele, die Rasuls Bestrafung herbeisehnten, mit einer Heftigkeit, die tosend durch ihren Leib raste. Rasul sah ihr tief in die Augen, bis sie die Intensität nicht mehr aushielt und die Lider niederschlug.

Er lachte weich, erotisierend und geheimnisvoll. Fia zog ihm das Hemd aus, danach das Schutzgewand, und endlich stand er nackt vor ihr. Sie würde sich nie sattsehen können an seiner kräftigen Form mit der karamellfarbenen Haut. Sein Aussehen entsprach genau dem, was er war: ein gefährlicher Krieger mit einer schrecklich zärtlichen Seite, die sie auf die Knie zwang.

Mit einem Knurren hob er sie hoch und lief in das Badezimmer. Der Duft nach Jasmin lag in der Luft.

„Verwirrt das nicht deine Gegner, Sire, wenn du wie eine Blume riechst?“

Sein Gesichtsausdruck war preisverdächtig, sodass sie kichernd in Rasuls Armen lag. Rasul stellte sie vor der Wanne auf die Füße, und schlagartig erstarb die Heiterkeit.

Er legte die rechte Handfläche unter ihr Kinn. „Schwöre mir, Modhair, dass du niemals versuchst, vor mir zu fliehen. Ich würde es nicht erneut ertragen zu denken, ich müsste dich foltern oder töten.“

Sie sank auf die Knie. „Ich schwöre es, als deine Seelengefährtin und Sklavin, Sire.“ Fia wollte nicht mehr von Rasul getrennt sein, egal, als was er sie behalten wollte, solange sie nur bei ihm bleiben konnte.

Sie stiegen in die Wanne. Fia lag zwischen Rasuls gespreizten Beinen und lehnte mit ihrem Rücken gegen seine Vorderseite. In angenehmer Stille verweilten sie, umgeben von dem heißen Wasser, bis die Anspannung aus ihnen wich.

„Lass uns zuerst reden, Kleines. Erzähl mir alles über die Samtkatzen. Bevor wir die Lichtung erreichten, dachte ich, sie hätten dich getötet.“ Er schluckte so schwer, dass sie es spürte. „Fast war ich froh, denn dann hätte ich es nicht tun müssen.“

Fia drehte sich zu ihm und sah Tränen aus seinen Augenwinkeln laufen. Sie klammerten sich aneinander fest, bis ihre Herzschläge sich beruhigten.

„Sie hatten eine telepathische Verbindung zu mir und sagten, dass ich die Sternentochter sei.“

„Sternentochter?“ Rasul runzelte die Stirn. „Den Ausdruck habe ich irgendwo schon einmal gelesen. In einem der alten Bücher in Sakuros Bibliothek.“

Sie wiederholte, was die Samtkatze gesagt hatte, dass sie sich mit Rasul verbinden musste, um Sumaria zu retten. Rasul seufzte. „Verflucht viele Geheimnisse umgeben dich. Es ist Zeit, ihnen auf den Grund zu gehen.“

Rasul erzählte ihr von dem richtigen Malik und wie sehr sich nicht nur Sakuro vorwarf, dass sie es nicht bemerkt hatten, dass ein Körperwandler unter ihnen weilte.

„Besteht nicht die Gefahr, dass sich mehr von diesem Abschaum auf Sumaria geschlichen hat?“

„Sakuro hat alle scannen lassen. Der Palast ist sauber. Kleines, übermorgen suchen wir die Tempelanlage der Nubinier auf, um das Artefakt zu bergen.“

Vor wenigen Wochen hatte sie die Bergung als Fluchtmöglichkeit nutzen wollen. Rasul weihte sie in den Plan ein, während er Fias Haar reinigte. Sie spürte selbst in dem warmen Wasser, dass ihr der Schweiß auf dem Körper ausbrach bei dem Gedanken, Diego gegenüberzutreten.

Er ließ das Wasser ab, und sie stellten sich hin, schäumten sich gegenseitig ein. Er keuchte, als sie sein Geschlecht wusch, das so unglaublich hart und heiß zwischen ihren Fingern lag. Vorsichtig umfasste sie die schweren Hoden und massierte seinen Schwanz, bis Rasul ihre Schultern umklammerte.

„Wieso brennt diese Seife eigentlich nicht, Sire?“

Er warf den Kopf in den Nacken und lachte lauthals. „Was anderes kommt dir gerade nicht in den Sinn, Sklavin?“ Rasuls Hand berührte ihre Scham, und er streichelte ihre geheimen Lippen.

Sie leckte über seinen Nippel und saugte sanft an der äußerst empfindlichen Spitze. Rasul war so sensibel an dieser Körperstelle.

„Es ist eine spezielle Seife, extra für das Liebesspiel.“ Sein Finger glitt in ihren Po. „Ich möchte dich anal nehmen, Sklavin.“

Mit der Handbrause spülte er den Schaum von ihnen, und neues Wasser füllte die Badewanne. Die Vorstellung, dass er sie dort fickte, sie auf diese Weise unterwarf, jagte erregende Furcht und eine unglaubliche Begierde durch ihre Glieder. Das maskuline Geräusch, das er ausstieß, verriet deutlich, er wusste genau, was sie empfand.

„Ich verspreche dir, dass dir gefallen wird, was ich dir antue.“

Erneut lagen sie in der Wanne. Rasul ließ es sich nicht nehmen, ihren sauberen Busen abermals einzuschäumen, die Nippel zu zupfen und zu zwicken, bis sie vor Gier keuchte. Er umfasste ihre Kehle und bog ihren Hals zurück. Rasul küsste sie leidenschaftlich, bedeckte ihre Schultern, ihren Nacken, ihre Brüste mit Küssen. Sie rekelte ihren Po gegen seine Erektion.

„Halt still!“

Fia dachte nicht daran. Dazu müsste er sie fesseln. Mit einer flinken Bewegung drehte sie sich um, legte die Hände unter seine herrlichen Arschbacken und er hob das Becken an. Sie saugte seinen Schwanz in den Mund. Ihr stand nicht der Sinn danach, es langsam zu tun. Fia nahm ihn so tief auf, wie sie es schaffte, lutschte ihn hart und ließ ihn gleichzeitig ihre Zunge spüren.

„Glaubst du, du kannst mir so entkommen, Sklavin?“ Rasul packte fest in ihr Haar, und dass er die Kontrolle übernahm, jagte pure Lust durch ihren Körper. Er entzog sich ihr.

„Beug dich über den Rand, dort wo das Polster liegt.“

Er fasste von hinten zwischen ihre Schenkel. „Sklavin, du bist ungehörig nass für deinen Sire. Doch an dieser Körperstelle bin ich heute nicht interessiert.“

Zuerst schäumte er ausgiebig ihre Pussy ein, massierte die pulsierende Perle geschickt, bis ihr Orgasmus beinahe einsetzte.

Er umschlang ihre Taille mit einem harten Arm und lachte in ihr Ohr. „Du kommst erst, wenn mein Schwanz bis zum Anschlag in deinem süßen, schüchternen Arschloch steckt."

Er presste sie nach unten, sodass ihr Oberkörper auf der Unterlage auflag. Er verteilte die Seife auf ihrem Po, glitt mit der Handfläche zwischen ihre Backen und streichelte ihren Anus. Mit einem Finger schlüpfte er hinein, bewegte ihn langsam vor und zurück.

„Atme ruhig, Feuerblume. Vertrau mir." Ein zweiter Eindringling folgte, und er dehnte sie vorsichtig, bereitete sie auf seinen Phallus vor. Mit der anderen Hand fand er ihre Klitoris und umkreiste sie mit dem Daumen.

Beim Wingo!

„Fia, wage es nicht zu kommen!", wisperte er in seiner sanftesten, bedrohlichsten Stimme.

Der Orgasmus rollte über sie, während er es sagte. Rasul knurrte etwas, das sie nicht verstand. Er zog die Finger aus ihrem Po, reizte weiterhin ihre Lustknospe, bis sie schrie. Dann spürte sie seine Eichel an ihrem Anus. Noch als die Wellen des Höhepunktes durch ihr Geschlecht liefen, presste er seinen Schwanz in sie hinein.

„Sire! Zu groß."

Er hielt inne, und sie nahm einen hektischen Atemzug. Sie versuchte auszuweichen, konnte allerdings nirgendwohin, wollte nirgendwohin.

„Ruhig, Modhair, du kannst meinen Phallus aufnehmen. Atme aus, langsam. So ist es gut. Das Brennen und unerträgliche Völlegefühl hört gleich auf."

Er drängte tiefer, und seine Lippen berührten ihr Ohr. „Jetzt ist er ganz drin." Er lachte leise. „Und Fia, für deinen unerlaubten Orgasmus wirst du bestraft, auch wenn es nicht heute passiert."

Schuft!

Zuerst brannte es, zudem fühlte sie sich zum Bersten ausgefüllt. Sobald Rasul ihren Kitzler fand, der unglaublich empfindlich war, verwandelte sich das seltsam unangenehm lustvolle Gefühl in pure Ekstase. Rasul war unbeschreiblich zärtlich, doch er unterwarf sie auf eine Weise, die bis in ihr Inneres drang. Er fickte sie, während er sie gleichzeitig liebte. Ihr gesamter Schoß pulsierte und reagierte auf die Stimulation in ihrem Hinterteil. Rasul vögelte sie langsam, zwang sie zu zwei Höhepunkten, bis er der eigenen Lust freien Lauf ließ.

Rasul spürte diese beinahe unerträgliche heiße Enge um seinen Schwanz. Eine Frau auf diese Art zu nehmen, erforderte großes Fingerspitzengefühl.

Fia vertraute ihm, fügte sich ihm bedingungslos. Die furchtbare Anspannung löste sich in Nichts auf. Alles, was zählte, war seine kleine, üppige und gefügige Sklavin. Sie erschauerte jedes Mal, wenn er sich in ihrem Anus bewegte, ihre Klitoris massierte im Rhythmus seiner Stöße. Aus Erfahrung wusste er, dass Fias klitorale Orgasmen durch sein erigiertes Glied in ihrem süßen Arschloch unglaublich intensiviert wurden. Fia schrie und stöhnte ihre Lust ungezügelt in den Raum, so laut, dass Padro und Texos, die vor seiner Tür standen, garantiert den Wachwechsel herbeisehnten, um sich die nächstbeste willige Sklavin zu schnappen.

Er schob ihr zwei Finger in das geschwollene Geschlecht und rieb mit dem Daumen über die pulsierende Perle. Er spürte es auf der Hand, als sie erneut kam. Ihre hintere Passage zog sich um seinen Phallus, und beinahe hätte er sich in ihr vergossen.

„Sire! Bitte … bitte. Rasul."

Fia gab sich ihm vollkommen hin. Er packte ihre Hüften und zwang sich, die Stöße zu verlangsamen, es auszukosten.

„Sire, härter."

Sie drängte ihm den prallen Arsch entgegen, und seine Selbstbeherrschung verflüchtigte sich. Wie von allein bewegte er sich schneller, der Anblick ihrer zitternden Muskeln, der schmalen Taille sowie ihres bebenden Körpers katapultierte ihn über den Gipfel. Rasul warf den Kopf in den Nacken und schrie seinen Orgasmus in den Raum.

Die Sklavin war sein Tod!

Vorsichtig zog er sich aus ihr zurück. Fia lag bewegungslos auf dem Rand. Er reinigte sie beide von seinen Spuren.

„Fia, sieh mich an."

Er half ihr in eine sitzende Position, und beschämt wich sie seinem Blick aus.

„Glaubst du nicht, es ist etwas spät für Scham, Feuerblume? Du hast so laut geschrien, dass Sakuro deine Schreie der Lust mit Sicherheit in seiner Bibliothek vernommen hat."

Eine purpurfarbene Fia fand endlich den Mut, ihm in die Augen zu sehen. Er zog sie an sich, und genau dort gehörte sie auch hin: in seine Arme.

Wenig später lagen sie lachend vor dem Kamin auf weichen Decken und Kissen und fütterten sich gegenseitig mit den Leckereien. Fia hatte eine Vorliebe für gefüllte Weinblätter und weinte fast, als er ihr den ersten Löffel Schokoladencreme in den Mund steckte.

„Vielleicht sollte ich meine Taktiken überdenken, dich mit Schokolade verführen, anstatt deinen Po mit Hitze zu überziehen."

Sie warf sich auf ihn und biss ihm in die Nase, das süße Biest. Er zog ihren wild strampelnden Körper über seinen Schoß und streichelte ihre zarte Haut.

Für heute hatte er keinen Schmerz für sie vorgesehen. Aber es schadete nicht, sie ein wenig im Ungewissen zu lassen.

„Bitte mich darum, Sklavin." Rasul konnte förmlich sehen, dass sich die kleinen Rädchen in ihrem Gehirn drehten, sie dagegen ankämpfte, dass sie es begehrte, wenn er ihren Arsch mit Glut überzog. Doch die Gier gewann.

„Bitte bestrafe mich, Sire."

„Nein!"

Ein Ausdruck purer Empörung kam aus ihrer Kehle. Er legte sie auf den Rücken, und sie zerschmolz unter seinem Kuss. Willig spreizte sie ihre Schenkel. Rasul liebte sie zärtlich vor dem flackernden Kamin.

Kapitel 14

Fia starrte Jorgan an, wünschte sich, sie hätte die Macht, ihn zu heilen, so wie sie es bei den Pflanzen konnte. Sein Kopf war kahl, die Operationsnähte noch deutlich zu sehen. Er war blass, wirkte so zerbrechlich.

Rasul hatte ihr versichert, dass sie sich keine Sorgen machen brauchte. Jorgan würde aufwachen und vollständig genesen, weil die Schädelverletzungen sich als weniger schlimm erwiesen hatten als erwartet. Die Sumarier rechneten jede Minute damit, dass er zu sich kam.

Verunsichert sah sie zu Christor. Der Heiler hatte sie einer gründlichen *Inspektion* unterzogen und Salbe in ihrem wunden Po verteilt.

Er stand mit dem Rücken zu ihr, und sie funkelte ihn an. Wie hatte er es wagen können! Doch er hatte ihr mit der einschmeichelnden Heilerstimme mitgeteilt, entweder ließe sie sich freiwillig behandeln oder er würde sich gezwungen sehen, Texos hereinzubitten, der sie festhalten würde, sodass er sie untersuchen könnte, wie es nötig sei.

Christor drehte sich um, als ob er spürte, dass sie kleine Dolche in seinen Arsch rammte. Und wie er aussah!

Ein Heiler sollte alt, verknöchert, obendrein unerotisch auftreten und keine sumarische Versuchung in einem gestählten Körper mit stahlgrauen Augen darstellen.

Er grinste sie an, bis sie sich verunsichert das dämliche durchsichtige Gewand zurechtzog. Sein Grinsen wurde breiter. Überhaupt schienen Sumarier ständig zu grinsen. Musste ein Gendefekt sein.

Jorgans Finger bewegten sich in ihrer Hand. Fia setzte sich aufrechter hin.

Bitte wach auf!

Sie hatte sich in den Krieger verliebt, nicht wie in einen Liebhaber, sondern wie man einen Freund liebt, mit dem einen viel verband. Fia fühlte sich verantwortlich für seine Verletzungen, obwohl sogar Sakuro auf sie eingeredet hatte, dass es nicht ihre Schuld sei.

Christor erreichte das Bett in wenigen Schritten und zog eine Stablampe aus seinem losen dunkelroten Hemd.

„Sprich mit ihm."

„Jorgan, bitte sieh mich an. Bitte, Sire."

Die Augenlider des Sumariers flatterten, und er drückte ihre Hand fester. Fia brach in Tränen aus, weil Jorgans Blick klar war.

„Fia, Kleines." Seine Stimme hörte sich furchtbar an, verletzt und schwach.

Christor hielt ihm einen Becher mit einem heilenden Tee an die Lippen, und der Krieger trank mehrere Schlucke. Er zog Fia zu sich heran, und sie legte die Stirn auf seinen Brustkorb. Jorgans Herz schlug ruhig und gleichmäßig. Er umarmte sie, wo sie doch eigentlich ihm Kraft spenden sollte. Sie versuchte sich aufzurichten.

„Lass mich dich einen Augenblick halten, Sklavin."

Diese Sumarier waren wirklich ein berührungssüchtiges Volk. Sie liebte es. Auf Paskania hatte sie sich nach Zuwendungen gesehnt. Wie sehr fiel Fia in diesem Moment auf. Rasul und Sakuro stürmten grinsend in den Raum.

„Mein Freund", wisperte Sakuro mit einer Stimme, die sie noch nie bei ihm gehört hatte.

Den Sumariern standen Tränen in den Augen. Rasul packte Jorgans Hand, und eine Last schien ihm von den Schultern zu fallen.

„Ich bleibe bei ihm", sagte Sakuro. „Ihr beide müsst in die Tempelanlage. Passt auf euch auf."

Rasul zog Fia auf die Füße. „Komm, Kleines. Die Männer warten bereits, und du musst dich umziehen."

Insgeheim hatte sie befürchtet, er würde sie zwingen, das Artefakt so gut wie nackt zu bergen. Rasul half ihr beim Anziehen. Die enge schwarze Kleidung fühlte sich im ersten Moment fremd auf der Haut an. Der Sumarier schlug ihr auf den Po.

„Vielleicht sollte ich dich öfters in eine Hose stecken. Dein Arsch sieht umwerfend aus."

„Hast du eigentlich gewusst, dass Christor mich dermaßen gründlich untersuchen wollte?"

„Natürlich, Feuerblume. Er hat in meinem Auftrag gehandelt. Ich musste doch sichergehen, dass dein scheuer Po meine Zuwendungen vertragen hat." Er lachte laut, der Gatak. „Christor meinte, in wenigen Tagen könnten wir die analen Freuden erneut genießen."

Sie knuffte ihm mit der Faust auf den Oberarm, mit der ganzen Kraft, die sie besaß. Der Sumarier zuckte nicht einmal zusammen. Stattdessen packte er in ihr Haar und bog ihren Kopf zurück. „Kleine Sklavin, fordere mich nicht heraus."

Sie trat ihm gegen das stählerne Schienbein, sobald er sie losließ, rannte kichernd aus dem Raum und prallte noch im Türrahmen an eine Wand, bestehend aus Tabith. Er umfasste ihre Schultern und bewahrte sie davor, sich die Nase zu brechen.

„Mein Prinz, Schwierigkeiten mit der Sklavin? Sie erscheint mir etwas ungezügelt." Er küsste sie mitten auf den Mund in einer Weise, die ihr den restlichen Atem stahl, über den sie verfügte.

Rasul riss sie aus den Armen seines Freundes. „Such dir eine eigene Sklavin. Diese gehört mir."

Sie alberten auf dem Weg zu dem Shuttle herum, und es lenkte Fia kurzfristig von ihren Ängsten ab. Niemand von ihnen wusste, was sie in der Tempelanlage der Nubinier erwartete. Und ob Fia überhaupt hineinkam. Fia war sich der Wichtigkeit ihrer Rolle bewusst. Das Überleben der Sumarier könnte von ihrem Erfolg abhängen. Vor ein paar Wochen hätte sie ganz Sumaria mit Freuden ins offene Messer rennen lassen. Jetzt wollte sie nur eines: Ihnen helfen und ihr Leben bei Rasul verbringen - auch als Sklavin. Sie liebte ihn.

Ihr blieb beinahe das Herz stehen, als sie den Gleiter erreichten. Die meisten der Männer hatten Fia nackt gesehen, einige von ihnen waren dabei gewesen, als Rasul sie bestraft, sie für ihre Blicke geöffnet und sie zu Orgasmen gezwungen hatte.

Warum verfügte Fia nicht über einen Zauber, der sie selbst im Boden verschwinden ließ? Sie drückte die Schultern durch und sah die Sumarier an. Ihre Selbstbeherrschung reichte, bis Texos mit den Augenbrauen wackelte und sie fragte, ob sie gut geschlafen habe, nachdem sie sich gestern Nacht die Seele aus dem Leib geschrien hatte, bei dem, was Rasul mit ihr angestellt hatte.

Sie sagte etwas, das sich keiner Sklavin geziemte, und die Sumarier … grinsten. Alle zwanzig. Sie saß zwischen Rasul und Tabith und sah ihren Sire fragend an. Sein Teint wirkte grünlich. Obendrein verkrampfte er seine Finger um das Sitzpolster.

Flugangst plagte ihren starken, dominanten Sire!

Sie fasste nach Rasuls Hand. Er umklammerte ihre, als ob sein Leben davon abhinge. Fia merkte, dass sie grinste. Rasul sah sie auf eine Weise an, die ihr klar aufzeigte, sie würde es bereuen. Sehr. Sie grinste breiter.

Als der Gleiter in ein Luftloch fiel, reichte Tabith ihrem Sire kommentarlos eine Tüte, die er auch dringend brauchte.

Drugal landete das Shuttle nach einer Ewigkeit sicher auf einer kleinen Lichtung nahe der Tempelanlage. Feuchte und warme Luft wirkte gleich einer Wand, sobald Fia aus der Ladeluke stieg. Die Einheit war bis an die Zähne bewaffnet. Fia trug an ihrem Gürtel eine Schallpistole sowie einen Dolch an einem Gurt, der ihren Oberschenkel umschlang. Die Gesichter aller waren mit Kiltas geschützt.

Der Dschungel war erfüllt von fremden Geräuschen. Katzen fauchten, und Vögel zwitscherten. Fia lief in der Mitte der Männer, an ihren Seiten Tabith und Rasul. Drugal war hinter ihr. Ihr drehte sich der Magen um, als sie nur daran dachte, dass sie allein die Ruinen betreten musste. Sie hatte sich schnell an den Schutz ihres Sires gewöhnt. Rasul griff nach ihrer Hand und drückte sie.

Das undurchdringliche Grün besaß etwas Magisches. Sie kamen an umgefallenen Statuen vorbei, die dermaßen überwuchert waren, dass es so aussah, als ob sie hierhin gehörten.

Die Einheit stoppte an einer zerfallenen Mauer. Seltsamerweise war die gesamte Tempelanlage nicht vom Dschungel in Besitz genommen worden. Sie wirkte, als würden Gärtner sie regelmäßig von den Pflanzen befreien.

„Ab hier können wir nicht mehr weiter", sagte Faldor. Er hob einen Ast auf und warf ihn in Richtung der Steine. Blau leuchtete auf, und das Holz prallte gegen eine unsichtbare Barriere.

Rasul umfasste ihre Schultern. „Sei vorsichtig, Kleines."

Es machte keinen Sinn es hinauszuzögern. Sie wusste, die Sumarier hatten ein Überlebenskit dabei, falls sie einen Herzstillstand erlitt wie jemand, der nicht durch den Schutzwall dringen konnte.

Sie setzte beherzt einen Schritt nach vorn, und ein Sog packte sie, der dermaßen eisig war, dass ihr förmlich das Blut in den Adern gefror.

Totenstille herrschte um sie herum. Sie war auf der anderen Seite.

Rasul, du musst ihn mitnehmen. Seelengefährte.

Fia schrie vor Schreck auf, als Sunos Stimme so klar in ihrem Kopf ertönte, als würde er neben ihr stehen. Sie drehte sich um und sah die Sumarier wie durch einen Schleier. Sie streckte den Arm aus und fasste nach Rasul.

Rasul glaubte nicht eine Sekunde lang daran, dass Fia versuchen würde zu fliehen. Doch er kam um vor Sorge, als sie in der blau glitzernden Barriere verschwand. Er stand so dicht davor, dass er die Energie der alten Magie spürte. Sie trommelte gegen seine Haut und drang tief in ihn ein. Fia wirkte seltsam, als er sie betrachtete, als ob das Licht ihre Form brechen würde. Erschreckt schrie er auf, weil Fia urplötzlich durch die Blockade hindurch seine Hand packte und ihn ins kalte Nichts zog, mit einer Kraft, die unmöglich von ihr stammen konnte. Das Seelentattoo pulsierte warm und breitete sich auf seinem gesamten Körper aus, wie eine Art Schutzschild.

Er fiel gegen sie, schaffte es nicht mehr, den Fall abzufangen, sodass Fia zu Boden ging und er auf ihr landete. Sie machte ein Geräusch, als würde er ihr gerade die Luft aus den Lungen drücken. Rasul stützte sich auf die Arme.

„Verflucht, habe ich dir wehgetan?"

„Nein. Der Untergrund ist weich, im Gegensatz zu dir."

Rasul rappelte sich auf die Füße und zog Fia hoch. „Woher hast du gewusst, dass ich den Schutzwall überwinden kann?" Er war verdammt froh, bei ihr zu sein, und so wie sie aussah, fühlte sie sich ebenso. Sie vertraute ihm. Es machte ihn stolz.

„Suno hat mir den Gedanken geschickt. Normalerweise muss er in meiner Nähe sein, um sich mit mir zu verständigen. Es ist das zweite Mal, dass es passiert, seitdem ich in Paskania bin. Ich vermute, dass es mit der Seelenverbindung zu dir zusammenhängt. Wahrscheinlich hat die Magie unsere telepathischen Fähigkeiten verstärkt."

Rasul würde Suno mit Möhren überhäufen, sobald er ihm gegenüberstand. Oder ihm die Stuten aus Sakuros Reitstall vorstellen.

„Es ist totenstill hier."

Und unheimlich.

Die Umgebung wirkte unwirklich und verzerrt, getaucht in ein blaues Flimmern. Doch davon stockte ihm nicht der Atem, sondern weil die Ruinen auf dieser Seite keine waren. Die Tempelanlage ragte in ihrer stolzen Schönheit vor ihnen auf, unberührt seit Hunderten von Sonnendämmerungen.

Fia lächelte ihn an. „Spürst du auch das Seelentattoo wie eine Art Schutzschild?"

„Ja. In welche Richtung müssen wir?"

Fia sah sich intensiv um und deutete auf die Pforte, die in einen Garten führte, der rechts neben den Mauern des Tempels erblühte. Er lag in seiner ganzen Pracht zu ihren Füßen, in einer Senke. Ein Labyrinth aus schmalen Wegen durchzog ihn. Rasul kniff die Augen zusammen, weil er für einen Sekundenbruchteil glaubte, Schemen zu erkennen, die schattenhaft die Pfade entlanghuschten.

Er blinzelte, und die Grünanlage lag erstarrt vor ihnen, nicht einmal ein Lufthauch berührte die Blätter der Pflanzen und Bäume. Der Ort wirkte derart magisch, dass ihm eine Gänsehaut unbekannten Ausmaßes den Körper entlanglief. Auch Fia strich sich fröstelnd über die Oberarme. Sie stiegen die Treppe aus rotem Sandstein zu dem blühenden Wunder hinab. Er hörte seinen eigenen Atem überlaut, da es eine vollkommene Stille war, die sie gleich eines Ölfilms umgab und alles verschluckte. Noch nie hatte er sich dermaßen nach dem Geschnatter von Tabith gesehnt.

Es wurde schlimmer, sobald sie den Fuß der Treppe erreichten. Falls seine Gänsehaut weiter anstieg, drohte seine Kleidung zu platzen. Hier unten war es kalt, die Temperatur um mindestens zwanzig Grad gefallen.

Fia zeigte auf einen düsteren Pfad, der rechts von ihnen lag. „Wir müssen in diese Richtung."

Rasul lief hinter ihr, weil es zu schmal war, um nebeneinanderzugehen. Er griff sich über die Schultern und zog beide Energieschwerter, die gekreuzt in Halterungen auf seinem Rücken angebracht waren.

Fia fasste nervös nach ihrer Schallpistole. Er gewährte sich ein paar Sekunden, um ihren Arsch zu bewundern. Sie bewegte sich vor ihm wie die personifizierte Weiblichkeit. Die Lautlosigkeit presste immer mehr auf ihn nieder, sodass Rasul glaubte, er müsse ersticken. Fia bog mehrmals ab, und es war ihm ein Rätsel, woher sie wusste, wohin sie das Schicksal führte. Sie zögerte nicht ein Mal.

Nach einer weiteren Abbiegung änderte sich schlagartig das Umfeld. Ein leises surrendes Geräusch lag in der Luft. Die Temperatur stieg an, und das blaue Licht verschwand. Vor ihnen lag ein Abgrund, der auf den ersten Blick ins Nichts führte.

Dann entdeckte Rasul eine schmale Leiter. Mit einem Lächeln auf den Lippen schwang sich Fia in die Tiefe und kletterte elegant hinunter, als ob sie niemals etwas anderes getan hätte. Mit einem Seufzen steckte Rasul die Schwerter in die Halfter. Er brauchte beide Hände, um sich an dem schwankenden Gebilde festzuhalten. Fia erreichte lange vor ihm den Boden. Sie zog die Pistole und betrachtete aufmerksam die Umgebung.

Schlaues kleines Ding!

Die Leiter schwankte und vibrierte unter seinem Gewicht. Falls sie nicht hielt, wären sie hier auf immer gefangen. Kaum berührte sein Fuß den festgetretenen Lehmboden, schon waren sie umzingelt von Schatten, die durch die Luft schwirrten, dermaßen schnell, dass Rasul es nicht schaffte, sie mit den Augen zu erfassen, geschweige denn sie mit einem Schwert zu treffen.

„Sie sind friedlich. Die Geister der verlorenen Heiligen hätten uns sofort getötet, wenn sie uns nicht in der Tempelanlage dulden würden.“ Fia sank auf die Knie und drehte ihre Handflächen nach oben.

Die Schemen erstarrten. Das Flimmern ihrer Gestalten nahm ab, sodass ihre Körper beinahe fest wirkten. Eines der Schattenbilder schwebte auf Fia zu und verharrte vor ihr. Die Gesichtszüge waren festgefroren in großem Leid. Rasul vermochte nicht zu erkennen, ob dieses *Ding* männlichen oder weiblichen Ursprungs war.

„Fia, Rasuls Gefährtin, entstanden aus purer Liebe, die allen Gefahren trotzte. Wir warten seit Ewigkeiten auf dich, die Sternentochter, seitdem wir den Frevel gegen Sumapask begangen haben und eure Welt mit den falschen Göttern unterdrücken wollten.“ Selbst die Stimme war geschlechtslos, nicht mehr als ein melodiöses Wispern, das von überall gleichzeitig zu kommen schien.

Die Gestalt wandte ihre Aufmerksamkeit auf Rasul. „Du hast sie akzeptiert, sie als deine Gefährtin in dein Herz geschlossen, Rasul von den Sumariern, Prinz der Nebelberge. Knie nieder.“

Rasul dachte nicht daran.

„Tu es bitte, Sire."

Rasul sank neben Fia und nahm ihre Haltung ein. Er bezweifelte, dass es bei ihm annähernd so graziös wirkte wie bei seiner anmutigen Sklavin. Das Wesen streckte seine Hände aus, die Arme verlängerten sich, bis es die Seelentattoos berührte. Gleißende Agonie rammte in Rasul. Fia schrie markerschütternd. Wieder einmal verschluckte Schwärze Rasul.

Fia fühlte sich seltsam, driftete zwischen Realität und einem Traum hin und her, den sie nicht zu fassen bekam.

„Modhair, wach auf." Die autoritäre Stimme bezwang ihren umnebelten Verstand.

Sie lag halb auf dem Boden. Rasul saß neben ihr und hielt sie in den Armen. Sie erinnerte sich urplötzlich an alles, auch an Gedanken, die nicht ihre waren. Sie stammte direkt von den Hexen der alten Welt ab. Ihre Eltern waren in ihrer Geburtsnacht ermordet worden. Zorgan, ihr Mentor, hatte sie gerettet, war dann aber auf Sumapask in die Hände von Piraten geraten, die Fia vor ein Waisenhaus gelegt hatten. Erst Sonnendämmerungen später war es Zorgan gelungen zu fliehen und Fia ausfindig zu machen. Bevor er sie über ihr Schicksal aufklären konnte, war er aus dem Weg geräumt worden. Da war aber noch mehr gewesen. Plätschern drang an ihre Ohren. Es war eine Erleichterung nach dieser erstickenden unnatürlichen Stille.

Rasul reichte ihr den Wasserbehälter, und sie trank so gierig, dass sie sich verschluckte.

„Was ist passiert?"

„Hast du nicht geträumt?"

„Ich entsinne mich, dass das Wesen nach uns gefasst hat, und dann war nur noch Wärme nach der Pein." Sie erzählte ihm von den fremden Erinnerungen.

Rasul rieb sich über die Schläfen. „Mein Schädel brummt. Solltest du erfolgreich sein, kleine Sklavin, erhalten die verlorenen Heiligen endlich ihren Frieden. Sie können ihr Vergehen ausmerzen."

„Und wenn ich keinen Erfolg habe?"

„In diesem Fall verschwinden die Sumarier von der Oberfläche von Sumapask, getötet durch den Schattentod. Die Seuche greift um sich, und schlussendlich zerstört sie jegliches Leben, das nur ein wenig Intelligenz besitzt. Die Paskanier fallen ihr ebenso zum Opfer wie alle Tiere."

Er deutete auf den Ursprung des Plätscherns. „Das Artefakt ist hinter dem Wasserfall. Nur du kannst es aus der Halterung befreien. Deine Eltern haben dich sehr geliebt, Kleines. Die Mächte, die die Fäden ziehen, haben auch Jos beseitigt. Es tut mir leid, Fia."

Fia unterdrückte ihre Tränen, dafür war jetzt keine Zeit. Obendrein hatte sie das Gefühl, dass Rasul etwas vor ihr zurückhielt. Sie seufzte innerlich. Fia musste ihm vertrauen, er hatte sie noch nie enttäuscht.

„Sie werden für ihre Verbrechen bezahlen, Modhair. Mit mehr als Blut. Sobald sie das Artefakt öffnen, bricht ein Sonnenschatten über sie herein. Wir sind ihnen eine Menge Schritte voraus." Rasul zog sie auf die Füße. „Wir betrauern deine Verluste später in gebührender Weise, wenn alles vorbei ist."

Für einen Moment beherrschte ein vollkommener Frieden Fia, den sie nur in den Armen ihres Sires fand. Sie schmiegte sich an ihn.

„Zieh dich aus, Sklavin. Wir bergen das Artefakt und müssen unsere Verbindung in der heiligen Quelle besiegeln."

Ihr Herzschlag beschleunigte, als er sie mit dem Sire-Blick ansah, der keinen Widerspruch duldete.

Mussten ihre Finger dermaßen zittern? Rasul fasste nach ihrer Hand, und sie stiegen in das goldschimmernde Wasser, das Fia bis zum Brustkorb reichte.

„Das fühlt sich großartig an", entfuhr es ihr. Wie limarische Seide umfloss das warme Nass ihren Körper. Sie erschauerte von dem sinnlichen Gefühl. Es war, als ob Rasul sie überall zugleich mit seinen Lippen berührte und seine Zunge ihre Lustperle stimulierte.

Fia sah Rasul deutlich an, dass seine Erregung ihrer nicht nachstand. Er lächelte sie an, mit diesem erotischen Glitzern, das sich in den Augen widerspiegelte, sodass ihre Knie sie nicht mehr halten wollten.

Rasul packte Fia und küsste sie. „Ich habe dir noch etwas verschwiegen. Wir sind gehalten, das Ritual zu vollziehen. Mein Samen muss deinen Schoß füllen, während du das Artefakt an dich nimmst. Du wirst ein Kind bekommen."

Was? Sie strahlte ihn an. „Ich habe immer gedacht, ich würde nie welche bekommen. Oh, Rasul." Er strahlte zurück und schob sie auf die glatten Steine zu, die den Teich abteilten und von dem Wasser knapp bedeckt waren. Rasul hob sie hoch und setzte sie auf die Oberfläche. „Spreiz deine Schenkel für mich, Sklavin."

Mit starken Händen zog er sie nach vorn, beugte sich herab, bis sie seinen warmen Atem auf ihrem Geschlecht spürte. Der Sumarier leckte die pochende Knospe und saugte sie in seinen heißen Mund.

Er war viel zu gut darin. Nach wenigen Minuten war sie bereit, ihn aufzunehmen. Der Stein, auf dem sie lag, hatte genau die richtige Höhe, sodass er in sie eindringen konnte. Er vergrub seinen herrlichen Schwanz mit einem Stoß in ihrem überempfindlichen Schoß.

„Beim Wingo!“ Rasul packte ihre Hüften beinahe schmerzhaft. „Das Wasser, es intensiviert alles.“ Er bewegte sich langsam in ihr, berührte kaum mit dem Daumen ihre Lustperle, da schrien sie beide ihre Lust hinaus. Sein Samen füllte sie, und ermattet beugte Rasul sich zu ihr herab. „Das ist mir das letzte Mal passiert, als ich meine Unschuld mit vierzehn Sonnendämmerungen verlor.“

Mit vierzehn!

Fia biss ihm in die Schulter, was ihm ein sinnliches Knurren entlockte. Er war noch in ihr drin, und sie spürte, dass er wieder hart wurde.

„Leg deine Beine um meine Hüften, Sklavin.“

Er trug sie durch den sanft rieselnden Wasserfall. Rote schimmernde Steine rahmten das Becken ein. In seiner Mitte ruhte das Artefakt auf einer Säule. Rasul presste sie dagegen und fickte sie, während sie nach der kleinen Truhe griff. Sie kam augenblicklich, genau wie er.

Das Artefakt glühte einen Sekundenbruchteil hell, und Fia hielt es sicher in den Händen.

„Bleib, wo du bist, Sklavin.“ Rasul setzte sie auf den roten Steinen ab, legte ihre Füße auf seine Schultern und nahm sie erneut.

Maskulines Lachen brandete über sie. Die gesamte Einheit starrte sie an. Rasul ließ sich nicht dadurch beirren und verlangte einen weiteren Orgasmus von ihr, dem sie sich nicht widersetzen konnte.

Danach trug er sie zu den Sumariern, ein Ausdruck von purem männlichem Stolz auf dem Gesicht. Tabith reichte ihr mit einem Grinsen ihre Kleidung. Niemand der Männer sah weg, während sie sich anzog.

Verfluchte Sumarier!

„Die Barriere brach auf einmal zusammen. Da wussten wir, dass ihr erfolgreich wart.“ Tabith sah kalkulierend auf das Wasser. „Vielleicht sollten wir was davon mitnehmen?“

„Nein!“, riefen Fia und Rasul gleichzeitig.

„Es würde einen in den Wahnsinn treiben, mein Freund. Es ist gefährlich.“ Rasul versah seine Einheit mit einem grimmigen Blick. „Kein Wort über diesen Ort, schwört es mir.“

Die Sumarier klopften sich mit der geballten Faust gegen ihre Herzen. Fia wusste, sie würden zu ihrem Schwur stehen. Jeder Einzelne von ihnen.

Bis sie ihren Plan, Diego zu überrennen umsetzen konnten, würden noch ein paar Tage vergehen. Sie liefen zurück zum Shuttle, und Rasul hielt sie den gesamten Weg umschlungen.

Tabith behandelte das Artefakt mit einer Vorsicht, als ob er eine hochgiftige Schlange in den Händen trug. Zu Recht, das antike Stück war für jeden tödlich, der es öffnete, außer für Fia, die Sternentochter.

Kapitel 15

Rasul beobachtete Fia, die mit einem entzückten Ausdruck auf der Miene Pflanzen in Beete setzte. Er argwöhnte, dass sie etwas im Schilde führte.

Es war Zeit zu testen, wie weit ihr Gehorsam reichte. Rasul verkniff sich ein Grinsen, weil er wusste, wie sie reagieren würde. Sie sah auf und winkte ihm zu, auf dem Gesicht das strahlendste Lächeln, das er jemals gesehen hatte.

Er deutete Fia an, zu ihm zu kommen und sich vor ihm hinzuknien. Das Strahlen wandelte sich in Aufsässigkeit.

„Noch einen Moment, Sire." Sie warf ein stummes „Arschloch" hinterher, er sah es ihr deutlich an.

Mit wenigen großen Schritten erreichte er sie. Sie zuckte zusammen und hielt die kleine Gartenschaufel hoch, als ob sie das vor ihm beschützen könnte.

Er packte ihren Nacken. Herrliche Furcht blitzte in ihren Augen.

„Du stellst meine Geduld auf eine harte Probe."

Sie stemmte ihre Füße in den Boden, und er sah ihr deutlich an, dass sie ernsthaft mit dem Gedanken spielte, ihm mit der Schaufel eins überzuziehen.

Er liebte das.

Rasul grinste sie an, und ihr wich das Blut aus dem hübschen Gesicht. Sie presste die Lippen aufeinander und bedachte ihn mit einem verflucht giftigen Blick. Das würde ihr gleich sehr leidtun. Er warf sie über seine Schulter, schob mit einer Hand ihr Gewand hoch, zerrte ihr die Hose über die Hüften und trug sie unter den Pfiffen der Garde in seine Gemächer. Dort stellte er Fia in die Dusche.

„Du hast zwei Minuten, Sklavin. An deiner Stelle würde ich mich beeilen."

Ungeduldig wartete er, bis sie in das Schlafzimmer kam. Er deutete auf die Mitte des Zimmers. „Warte dort auf mich." Rasul lächelte drohend. „Auf den Knien."

Rasul sah sie mit diesem Ausdruck an, der Fia gleichzeitig kalte und heiße Schauder die Wirbelsäule entlangjagte. Und wie seine Augen funkelten in sadistischer Lust! Rasuls Haare glänzten feucht von der Dusche. Er hatte sich ein loses rotes Hemd übergeworfen, die Knöpfe jedoch nicht geschlossen. Er war bereits hart. Sein Phallus stand von seinem Körper ab. Fia vermochte sich auf einmal nicht mehr zu bewegen, als ob sein Blick sie festgefroren hätte. Er lief auf die Sesselgruppe zu. Sie sah jedem seiner

Schritte an, dass er ein tödlicher Krieger war. Sie war Rasuls Kriegsbeute. Er wollte sie nehmen, sie lieben und ficken. Er würde sie zum Schreien bringen, vor Verlangen und Schmerz. Rasul nahm auf einem der Sessel Platz, setzte die Füße schulterbreit auseinander und stützte die Ellenbogen auf den Oberschenkeln ab.

Herausfordernd hob er eine Augenbraue. Fias Mut beschloss in diesem Moment, davonzurasen und ihre Nerven gleich mitzunehmen.

„Zu mir, Sklavin", sagte er sanft, die Stimme so gegensätzlich zu seiner animalischen Ausstrahlung.

Fia schluckte den Klumpen hinunter, der ihr Herz sein musste. „Habe ich etwas getan, Sire, das dir missfallen hat?" Fieberhaft dachte sie nach, doch sie hatte sich nichts zuschulden kommen lassen.

Oder?

Zugegeben, sie hatte ihn angefunkelt, ihm die Zunge rausgestreckt, war nicht sofort auf die Knie gesunken, hatte Rasul obendrein im Stillen als einen irren Nebelaffen betitelt, aber ansonsten war sie eine mustergültige Sklavin gewesen.

Außer, dass sie Jorgan auf den Hintern gehauen hatte, als er mit der Hand unter ihr Gewand geschlüpft war. Jorgan hatte gelacht. Die Geste war neckend gewesen. Er tat es ständig, um sie zu ärgern. Sie war so froh, dass er wieder ganz gesund war.

Rasul seufzte und verzog spöttisch seine Mundwinkel. „Dein Sire braucht keinen Grund, um dir den Arsch zu versohlen. Nicht wahr, kleine Sklavin?" Er krümmte den Finger und sah sie mahnend an. „Lass das Handtuch fallen, und leg dich über meinen Schoß."

Sein seidenweicher Tonfall drapierte sich um Fia, umschmeichelte sie, bis er ihr pure Hitze in das Geschlecht jagte. Als ob das noch nötig wäre!

„Es verlangt mich danach, dir Schreie der Lust zu entreißen. Doch zuerst fordere ich Schmerzen von dir ein."

Bis jetzt hatte Rasul sie niemals grundlos bestraft, nur weil er es wollte. Sie wich einen Schritt zurück, während ihr Körper vor Begierde summte.

„Fia, wenn ich dich holen muss, tue ich dir weitaus schlimmere Dinge an, im Vergleich zu einem glühenden Arsch."

Das Gefecht in ihrem Inneren tobte. Fia vermochte nicht zu sagen, welcher Seite sie den Sieg gönnte. Seine Drohung reizte sie – mehr, als gut für sie sein konnte. Rasul richtete sich betont langsam auf. Er legte die Handflächen auf seine Oberschenkel, trommelte zudem mit den Fingerspitzen der rechten Hand gegen sein Bein. Fia konnte sich gut vorstellen, wie sie in dem gleichen Tempo auf ihren ungeschützten Po aufschlug, bis ihre Haut glühte.

Sie liebte das!

Rasul sprang von dem Sessel, und zu ihrer Beschämung schrie sie auf. Sie packte das Nächstbeste, das ihr in die Finger geriet. Doch ein Kissen hielt ihn nicht auf. Rasul duckte sich lässig und glitt auf sie zu.

Wie sehr ihr Widerstand ihn erregte, war mehr als deutlich zu sehen. Dazu brauchte sie nicht auf seine Körpermitte zu starren.

Fia wich zurück, bis sie in der Falle saß. Mit einem endgültig klingenden Geräusch prallte ihr Po gegen die Wand. Rasul blieb direkt vor ihr stehen und stützte sich mit den Handflächen neben ihrem Kopf ab.

Wie er grinste!

„Das Handtuch, Feuerblume. Oder soll ich …?“ Er beugte sich herab, bis sein Atem ihre Wangen streichelte. Er presste seinen warmen Mund auf ihren, führte zunächst keinen Druck aus. Mit leichter Hand löste er den Stoff, sodass er zu Boden schwebte. „Was soll ich nur mit einer derart ungezogenen Sklavin anstellen?“, wisperte er gegen ihre Lippen. „Dazu noch mit einer, der ich bisher kaum etwas angetan habe, der ich bis zu diesem Augenblick nur einen züchtigen Kuss geraubt habe und die bereits jetzt zittert?“

Beim Wingo!

Fia drohte dem Handtuch zu folgen und umklammerte seine Taille. Rasuls Haut war so weich, wirkte umso verführerischer, weil sie pure Kraft bedeckte. Er lehnte sich weiter nach vorn, bis seine Erektion an ihren Bauch presste.

„Ich bin mehr als gerüstet für das, was ich mit dir vorhabe. Bist du es auch, Sklavin?“

Sklavin, das Wort, das sie bis vor Kurzem mit Inbrunst gehasst hatte, hörte sich bei Rasul in diesem Moment liebkosend an. Sie war Rasuls Sklavin, und auf einmal fielen ihre letzten Bedenken, gehörte sie ihm doch schon mit allem, was sie besaß.

„Sire, ich liebe dich“, murmelte sie gegen seinen Brustkorb.

Wenn er sie von sich stieß, konnte sie sich selbst nichts vorwerfen. Er verlangte Ehrlichkeit von ihr, die bekam er jetzt.

Er legte die Handfläche unter ihr Kinn.

„Ich liebe dich, Modhair.“

Ihr Tattoo erwachte prickelnd zum Leben. Sein hastiger Atemzug verriet ihr, dass er das Gleiche spürte. Sie starrte auf das Zeichen der Seelenverbindung auf seinem Oberarm. Die Eisrose stand in voller Blüte. Die Spitzen der Rose und der Flammen leuchteten blutrot. Ohne hinzusehen, wusste sie, dass ihr Oberschenkel ebenso aussah.

Erst jetzt waren die Male komplett.

„Mir scheint, du bist auf ewig an mich gebunden, Sklavin. Und wir müssen unsere Verbindung mit einer Bestrafung beginnen, die du so sehr herausgefordert hast."

Diesmal küsste er sie leidenschaftlich, eroberte mit seiner Zunge genauso ruchlos ihren Mund, wie er es mit ihrem Herz und ihrem Verstand getan hatte.

Wie gut er schmeckte!

Rasul packte in ihr Haar und sah auf sie herunter.

„Bitte mich darum, dir das zu geben, was du begehrst."

Fia holte tief Luft. Rasuls Blick, der voller sinnlicher Versprechungen war, beschleunigte ihren Herzschlag, der ohnehin verstörend schnell war.

„Bitte, Sire, bestrafe mich, so wie du es für richtig hältst." Die Worte stolperten aus ihrer Kehle, und es zu sagen, verstärkte das Pulsieren in ihrem Körper. Ihre Brustwarzen waren geschwollen, ebenso wie ihre Lustperle. Sie war bereits feucht.

Stolz leuchtete in Rasuls Augen. Fia spürte seine Liebe zu ihr wie einen Frühlingswind auf der Haut. Er packte ihren Nacken und schob sie auf den Sessel zu. Rasul nahm Platz und zog sie zwischen seine gespreizten Beine. „Vielleicht vermagst du mich gnädiger zu stimmen. Denn im Moment gelüstet es mich sehr nach deinen Tränen."

Fia sank vor ihm auf die Knie und umfasste den herrlichen Schwanz.

Rasul verlor den Kampf, überlegen auszusehen. Stattdessen lächelte er. Fia liebte ihn wirklich, nicht nur wegen der Magie aus der alten Welt. Sie würde sogar akzeptieren, als seine Sklavin bei ihm zu bleiben. Rasul hatte niemals zuvor eine Frau so dicht an sich herangelassen. Sie würde die Mutter seiner Kinder sein. Es machte ihm fast ein wenig Angst. Falls Tabith das wüsste, würde er ihn bis zum Ende seiner Sonnendämmerungen aufziehen und wahrscheinlich eines seiner grauenvollen Gedichte darüber schreiben, die er von sich gab, wenn er zu tief in den Weinbecher sah.

Rasul würde Sakuro bitten, Fia offiziell an ihn zu binden, sobald die wilde Blume einwilligte. Doch seine Sklavin würde sie immer sein, genauso wie er ihr Sklave war.

Sie umfasste mit einer Hand Rasuls Schwanz, betrachtete ihn ausgiebig und saugte die Eichel langsam zwischen ihre Lippen. Dabei sah sie zu ihm hoch, mit einem dermaßen verruchten Ausdruck, dass sein Phallus zuckte. Viel zu sanft leckte sie über die Spitze und massierte ihn gleichzeitig. Das würde sie gleich büßen. Der Gedanke daran, ihr zuerst den Arsch zu versohlen und sie anschließend in den Raum zu verschleppen, den sie noch nicht kannte, nagte an Rasuls Selbstbeherrschung.

Mit geschlossenen Augen saugte Fia ihn tiefer in den Mund. Nicht ahnend, wie wunderschön sie aussah, mit ihrem Körper, der für ihn gemacht war. An den passenden Stellen gepolstert, um seine Bestrafungen zu ertragen. Sie lutschte ihn härter. Rasul legte den Kopf zurück und überließ sich ihr ganz. Unerträgliche Hitze schoss in sein Geschlecht. Er umfasste ihre Wangen, kämpfte den Drang nieder, sie bereits jetzt zu ficken.

Mit leichter Hand streichelte Fia seine Hoden mit genau dem richtigen Druck. Es war nicht zum Aushalten. Dass sie sich ihm freiwillig hingab, sich ihm anvertraute, steigerte sein Verlangen weiter. Rasul packte ihr Haar, und sie leckte mit rauer Zunge an seinem Schaft entlang. Fest lutschte sie seine Eichel, bis es beinahe wehtat, nur um den Schmerz mit ihren weichen Lippen zu entfernen. Rasul hörte auf, gegen den Orgasmus anzukämpfen. Er schloss die Augen und gab sich seiner Begierde hin. Fia saugte ihn bis über den Höhepunkt hinaus, lachte sinnlich, als er zuckend seine Lust in ihrem Mund verströmte.

Kleines Biest!

Hoffnungsvoll sah sie ihn an. Angst und Sehnsucht lieferten ihr ein Wechselbad der Gefühle. Rasul sah es ihr deutlich an.

„Über meine Knie, Sklavin." Rasul biss sich auf die Unterlippe, weil sie im Gegensatz zu ihren sonstigen graziösen und lautlosen Bewegungen auf ihn plumpste, als hätte ihr jemand den Halt geraubt. Ein unwiderstehliches Beben lief ihren Körper entlang. Rasul begnügte sich zunächst damit, ihre zarte Haut zu streicheln, ihren Arsch für seine *Zuwendungen* zu sensibilisieren. Die leichte Berührung reichte, um ihren Herzschlag zu beschleunigen. Rasul spürte es. Er knetete die verlockenden Rundungen und entlockte ihr ein Seufzen.

Unvermittelt schlug er zu. Fia hatte noch nicht mit einem Hieb gerechnet und zog scharf die Luft ein, verbiss sich jedoch den Schrei. Rasul streichelte über die getroffene Stelle. „Ich fordere deine Schreie, deine Tränen und deine Lust ein, Sklavin. Bist du bereit?"

„Ja, Sire", wisperte sie.

Er fasste zwischen ihre Schenkel. „Du bist verflucht nass. Erstaunlich, was ein wenig Qual bei dir auslöst. Wir sollten es intensivieren. Ich werde dich heute hart bestrafen, Kleines. Deine Gier wird ebenso zügellos sein."

Fia spannte die Muskeln an, und er kniff ihr in den Po, bis sie empört schrie. „Tu das nicht. Entspann dich, sonst spürst du den Schmerz stärker."

Fia versuchte, die Anspannung aus ihren Gliedern zu lösen, allerdings stellte es sich als unmöglich dar. Genau das war auch Rasuls Absicht. Anstatt einfach loszulegen, ihren Arsch mit Agonie zu überziehen, quälte er sie mit Liebkosungen, die jeden Moment in schneidende Pein übergehen könnten. Das Warten auf die Züchtigung erschien fast schlimmer, im Vergleich zu der Hitze, die gleich über ihren Hintern zucken würde. Denn so malte sie sich aus, was er ihr antun würde. Sie war imstande, sich eine Vielzahl von Bestrafungen auszumalen, zu denen Rasul fähig war, und doch wusste sie nicht, wonach es ihn jetzt begehrte.

Nur die eine Feuerzunge brannte entsetzlich. Die raue Handfläche intensivierte den Schmerz zuerst, bis das Brennen in Wärme überging. Schlussendlich erreichte Rasul, was er wollte. Fia reagierte auf die sanfte Massage, lag beinahe schnurrend wie eine Nachtkatze über seinem Schoß. Er lachte sinnlich.

„Egal, was ich dir antue, Modhair. Du bleibst liegen, ansonsten sehe ich mich gezwungen, dir Schlimmeres anzutun als meine Handfläche. Du wirst eine gehorsame Sklavin sein, akzeptieren, was dein Sire für dich geplant hat.“ Er umfasste ihren Nacken, eine Aufforderung, dass er eine Antwort erwartete.

„Ja, Sire“, wisperte sie mit einer Stimme, die in den eigenen Ohren fremd klang. Sie hörte sich so lüstern an, so unterwürfig, genau wie Rasul es mochte.

Eben noch lag seine warme Hand beruhigend auf ihrem Po, und im nächsten Sekundenbruchteil klatschte sie auf ihre Rundungen auf, in einer Stärke, die ihr den ersten Schrei entriss. Er lachte gemein, zugleich schrecklich erotisierend. Fia ahnte, das war, wonach es ihn verlangte: unverfälschte Reaktionen, die aus Qual und Lust entstanden. Rasul unterdrückte Fia nicht, er wollte ihre heimlichen Begierden an die Oberfläche zerren.

Wieder rieb er die Haut, und dann traf ein Flammenmeer auf ihren Po, das ihr die Fähigkeit raubte zu denken. Rasul bedeckte ihre Kehrseite mit herrlichem Schmerz, der zuerst nur als Agonie erschien, doch sich allmählich in bittersüße Sehnsucht verwandelte.

„Bitte, Sire!“ Fia wusste selbst nicht, worum sie ihn eigentlich anflehte. Tränen kullerten ihre Wangen hinab, und sie presste ihr Gesicht gegen Rasuls Bein.

„Wie gehorsam du sein kannst, kleine Sklavin.“ Rasuls Finger fanden ihren Weg zu ihrem Geschlecht. Er drang mit einem ein und stimulierte mit dem Daumen ihre Lustperle. „Du hast keine Erlaubnis zu kommen“, flüsterte er bedrohlich.

Das war nicht sein Ernst!

Sie war so aufgewühlt, obendrein unglaublich erregt. Die sanfte Stimulation erschien zu viel. Die unbarmherzigen Schläge hatten ihre Barrieren zerstört, und sie vermochte sich nicht zu beherrschen.

„Bitte, Sire!“

Rasul rieb direkt über ihre Klitoris und massierte sie fester. Wie konnte er nur!

„Rasul … Sire.“ Der Orgasmus packte sie gnadenlos, und Fia schrie dabei genauso, wie sie es bei der Züchtigung getan hatte.

Er seufzte langanhaltend, während er nicht aufhörte, sie zu streicheln. „Das zieht eine weitere Strafe nach sich.“

Dieser fiese Kerl!

„Aber Rasul …“

Er griff in ihr Haar. „Wie heiße ich?“

„Sire.“

„Nicht nur für deine Zügellosigkeit muss ich dich erneut bestrafen, hinzu kommt Respektlosigkeit.“ Es lag eine derartige Genugtuung in seiner Stimme, dass sie empört keuchte. Ein trauriger Ersatz für das, was sie ihm am liebsten antun würde.

„Trau dich, Fia. Gib dem Impuls nach, und beiß mich oder was auch immer du dir gerade ausmalst. Ich werde entsprechend auf deine Handlungen zu reagieren wissen.“ Er nutzte die Nässe ihrer Pussy und schob ihr einen Finger in den Anus. „Diese Körperstelle reizt mich besonders.“ Er beugte sich zu ihr herab. „Und ich weiß, dass es dir ebenso geht.“

Fia hing kraftlos über seinen Knien, während ihr Herz rasend schlug. Rasul war noch nicht fertig mit ihr, dabei hatte sie das Gefühl, sie hätte bereits alles erduldet, was sie ertragen konnte. Er entzog ihr die Reizung, streichelte stattdessen ihren heißen Po. Sie wimmerte unter dem entsetzlichen Brennen. Rasul lachte, ganz der Sire, der er war.

„Schenkst du mir mehr von deinem Leid und deiner Lust, Sklavin?“

„Als ob ich eine Wahl hätte … Sire.“

„Und ist es nicht gerade das, was dich reizt? Dass ich Dinge mit dir anstelle, die deine Fantasien sprengen, weil ich mir nehme, was ich begehre.“

Was war los mit ihm? Jetzt zwang er sie auch noch zu reden, nachzudenken, wo sie kaum in der Lage war, zwei Worte aneinanderzureihen. Rasul stand auf und nahm sie bei der Bewegung mit. Ohne Umschweife schubste er sie auf den Sessel und lachte gemein bei ihrem Aufwimmern.

Beim Wingo, tat das weh! Ihren Versuch aufzuspringen verhinderte er, indem er sie scharf ansah.

„Wenn du mich derart anfunkeln kannst, Sklavin, steckt noch eine Menge Kraft in dir.“ Er reichte ihr erst Wasser, anschließend das süße Getränk. Fia wusste wieso, er wollte ihre Leistungsfähigkeit auffüllen, um sicherzustellen, dass sie ertragen konnte, was er ihr noch anzutun gedachte. Liebevoll strich er ihr die Haare aus der Stirn, und sie hätte ihm zu gern in die Finger gebissen. Ihr Hintern brannte unglaublich.

„Fia, du solltest diesen Ausdruck von deinem hübschen Gesicht wischen.“ Er zog sie mit einem Ruck auf die Füße, packte ihren Po und presste sie an sich. Rasuls Schwanz war geschwollen und heiß, zeigte ihr deutlich, wie sehr er es genossen hatte, sie zu züchtigen. „Sieh mich an!“

Alles, nur das nicht. Sie war zurzeit nicht gut darin, ihre Gefühle zu verbergen. Definitiv brauchte er keinen weiteren Grund, um sie zu bestrafen. Fia starrte intensiv auf seine Zehen. Er räusperte sich. Es hörte sich an wie das Knurren einer Nachtkatze, ehe sie ihr Opfer ansprang.

Seine Brust vibrierte. Der Mistkerl amüsierte sich. Sie traf Rasuls Blick, der sie an geschmolzenes Eis erinnerte, in dem sich die Mittagssonnen spiegelten.

„Zeit, dich mit meinem Spielzimmer bekannt zu machen, kleine Sklavin.“ Rasul legte den Arm um ihre Schultern und schob sie auf die rechte Wand zu. Im Vorbeigehen drückte er auf einen Knopf, und eine perfekt verborgene Tür schwang auf. Der Sumarier schubste sie in das Zimmer. Fia wollte überall sein, nur nicht an diesem Ort. Und doch nahm sie die Atmosphäre sofort gefangen.

Nachtblau kombiniert mit Weiß beherrschte die *Folterkammer*. Nur, dass Rasul nicht plante, sie zu foltern, sondern ihr Lustschmerz unbekannten Ausmaßes anzutun gedachte. Flackernder Kerzenschein erhellte den Raum und unterstrich die düstere Stimmung. Rasul lehnte sich lässig gegen eine Wand, während er Fia nicht aus den Augen ließ. Sie starrte gebannt auf die Möbelstücke aus edlem Leder. Auf einem davon würde sie gleich liegen, knien oder stehen. Ob er sie an dem X fesseln oder sie mit gespreizten Schenkeln über die Bank drapieren würde, um ihr erneut den Hintern zu versohlen? Und was war das für eine seltsame Schaukel, die von der Decke baumelte?

Fia beäugte Peitschen und Gerten, bevor ihr Blick auf die Vibratoren fiel. Bei den verlorenen Heiligen! Der Fluchtreflex setzte ein. Sie schaffte zwei Schritte, ehe Rasul sie packte. Fia trat nach ihm, versuchte ihn sogar zu beißen, kämpfte wie eine Anfängerin. Er hielt sie in einem eisernen Griff, der dem Eisen in seiner Miene nicht nachstand. Lachend warf er sie über seine Schulter.

Verdammter Kerl! Er tat es dermaßen mühelos, als würde sie nichts wiegen. Sie trommelte gegen Rasuls Brustkorb.

„Fia, das wirst du gleich zu spüren bekommen.“ Seine Stimme lief über sie wie flüssiger, heißer grosamischer Stahl.

Er warf sie auf die breite Schaukel, die aus einer mit schwarzem Leder bezogenen gepolsterten Unterlage bestand und von vier Ketten gehalten wurde. Fia lag flach auf dem Rücken, und Rasul presste sie mit seinem Gewicht auf das Polster.

Pure Lust tobte in ihrem Körper. Rasul küsste sie zuerst auf den Mund, drang mit seiner Zunge ein und leckte sie, bis sie schwer atmend unter ihm lag. Dann folgte er mit den warmen Lippen den Konturen ihres Halses und biss leicht hinein, saugte an der Haut, bis sie es in ihrem Geschlecht spürte. Er umfasste ihre Handgelenke und hielt sie über ihrem Kopf. Sie war zu abgelenkt, um zu erahnen, was er vorhatte. Die Manschetten schnappten zu, befestigten ihre Handgelenke an den Ketten, die die Schaukel trugen. Die Fixierung ließ ihr Spielraum. Rasul richtete sich auf. Sein sinnlicher Ausdruck fachte ihre Leidenschaft zusätzlich an.

Sie war ihm ausgeliefert. Und doch vertraute sie ihm. Tief in ihrem Inneren wusste sie, dass er lediglich Dinge mit ihr anstellten würde, die sie aushielt. Ungeachtet dessen vermochte sich Fias Verstand nicht zu entscheiden, ob sie Erregung oder Furcht verspüren sollte. Beide Emotionen vermischten sich, bis Fia sie nicht mehr auseinanderhalten konnte.

„Angst, kleine Sklavin?" Federleicht berührte er mit den Fingerspitzen ihren bebenden Bauch, streichelte sie zärtlich bis hinunter zu ihrer schrecklich nassen Spalte, die so verführerisch pulsierte. „Du hast auch jeden Grund dazu, wenn ich deine Verfehlungen addiere, angefangen bei deinem unerlaubten Orgasmus."

Mit starken Händen umfasste er ihre Knöchel und zog sie nach vorn. Fia versteifte sich, versuchte zu verhindern, dass er ihr Bein an die Kette fesselte.

Rasul schlug ihr sanft auf den Venushügel. „Das nächste Mal ist es nicht meine Hand, die dich hier trifft. Willst du mich herausfordern? Meine Kreativität auf die Probe stellen?"

„Nein, Sire. Verzeih mir."

Hoffentlich ließ er den Worten nicht Taten folgen. Rasul musterte sie gründlich, bis sich sein Blick beinahe wie eine Bestrafung anfühlte. Unruhig rutschte sie auf der Unterlage hin und her. Das leichte Schaukeln trug zu der herrlich erregenden Angst bei. Sie legte ihren rechten Fuß in seine Hand, und er fixierte den Knöchel mit einer Manschette. Unaufgefordert überließ sie Rasul den linken Fuß. Er zog die Seile stramm, sodass Fia weit gespreizt auf der Schaukel lag. Ihr wurde schwindlig. Ob sie ihn um ein Kissen bitten durfte?

Rasul erstaunte sie, denn ehe sie fragen konnte, holte er eines, stellte sich hinter das Spielgerät und schob es unter ihren Kopf. Er war so zärtlich, so unglaublich sanft. Und doch hatte er ihr gerade den Arsch versohlt, der immer noch wie verrückt brannte.

Rasul beugte sich herunter und lächelte sie liebevoll an. „Möchtest du etwas trinken, bevor ich anfange? Du wirst gleich schreien und stöhnen, mich anflehen aufzuhören mit dem, was ich dir antue, während du dir gleichzeitig wünschst, dass ich fortfahre."

Ihr Mund trocknete aus, dessen ungeachtet brach Schweiß auf ihrer Haut aus. Rasul hielt ihr einen Becher mit Wasser an die Lippen und stützte ihren Nacken, als sie trank.

„Zeit zu beginnen, Sklavin." Er streichelte mit dem Handrücken über ihre Wange. Fia schmiegte sich in die Berührung. Seine warmen blauen Augen waren das Letzte, das sie sah, ehe er ihr mit einer weichen Augenmaske die Sicht raubte.

„Sire!" Damit hatte sie nicht gerechnet.

Er legte die Hände auf ihre Schultern. „Ganz ruhig, ich bleibe bei dir. Die Maske hilft dir, dich zu entspannen."

Das sollte wohl ein Scherz sein!

Alles wurde nur schlimmer. Sie spürte ihren Körper deutlicher, erfasste ihren hämmernden Herzschlag und ihre Begierde, die sie wie ein Sturm packte, sich in ihrem Fleisch ausbreitete, bis sie den hintersten Winkel erreichte. Rasul trat von ihr zurück, und sie hörte ihn ein paar Schritte laufen.

Was, wenn er sie doch allein ließ? Erst nach Stunden zurückkehrte?

„Sire, bitte."

„So wenig Vertrauen, Feuerblume. Ich habe viel vor mit dir und hole mir nur die passenden … Utensilien."

Es sollte ihm verboten werden, mit dieser Stimme zu sprechen, die dunkel, erotisierend und voller sinnlicher Versprechen war. Fia vermutete, ungeahnte Lust und Schmerz erwarteten sie. Rasul würde jegliche Emotion von ihr einfordern, bis er sie bekam. Geschickt würde er sie entblättern, bis sie bebend und alles um sich herum vergessend unter seiner Gnade lag, sich ihm vollkommen hingab, als Geliebte und Sklavin. Fia versuchte, wenigstens ruhiger zu atmen, doch die Ungewissheit versetzte nicht nur ihren Körper in Schwingungen. Auch ihre Vorstellungskraft tobte in ihr.

Rasul näherte sich ihr beinahe lautlos. Sie ahnte, er wollte, dass sie hörte, was er tat. Er blieb vor ihren gespreizten Beinen stehen. Etwas Weiches streichelte ihre Scham. Sie zuckte zusammen, und er lachte leise.

„Solch eine überempfindliche Sklavin."

Was immer es war, das er in der Hand hielt, er berührte damit ihren bebenden Bauch, umkreiste ihre Nippel, und unvorbereitet traf ein mildes Brennen auf die zarte Knospe. Jetzt wusste sie, was es war: eine mehrriemige Peitsche mit Lederstrippen. Rasul vermochte mit ihr sowohl leichten als auch starken Schmerz auszuführen. Bis zu diesem Moment hatte er sie niemals auf die Vorderseite ihres Körpers geschlagen.

Rasul wiederholte es auf der anderen Seite, entflammte mit dosierter Pein ihre Haut. Keinesfalls schlug er zu hart zu, doch das Tempo sowie die Anzahl der Feuerküsse erhitzten ihr Fleisch, bis herrliche Qual sie fortriss. Rasul lief um sie herum, traf aus jeder Richtung, und schlussendlich landete das Leder auf ihrem Geschlecht. Ihre empfindsamen Lippen begrüßten den qualvollen Kuss mit Hitze. Fia bäumte sich auf, soweit es die Fesseln zuließen. Der nächste Treffer entbrannte punktgenau ihre Lustperle und entriss ihr einen Schrei.

„Wehe, wenn du dich nicht beherrschst, Sklavin", wisperte er bedrohlich.

Abermals küssten die Strippen ihre empfindlichste Stelle, die unglaublich pulsierte, ein Verlangen durch sie trieb, dem sie hilflos ausgesetzt war. Rasul wusste es und nutzte das Wissen schamlos aus.

„Bitte, Sire", stammelte sie. „Bitte lass mich kommen."

„Nein! Und frag nicht erneut."

Fia spannte ihre Muskeln an, die ihr nicht gehorchen wollten, ebenso wenig wie ihr Geist. Sollte er sie doch stärker bestrafen. Sie konnte nicht mehr gegen die Erfüllung ankämpfen. Falls er sie noch einmal *dort* traf, wäre sie verloren. Und es war ihr gleichgültig.

„Es wird dir nicht egal sein, wenn ich mich gezwungen sehe, mir andere Maßnahmen für dich auszudenken, um Gehorsam von dir einzufordern."

Unendlich sanft wisperten die Strippen über ihre erregte Klitoris. Der Orgasmus setzte fast ein, und Rasul lachte gemein.

„Du bist so nass, so gierig. Deine Schamlippen sind geschwollen und deine Lustperle hart." Rasuls Atem streichelte ihr heißes Geschlecht, und er biss ganz zart in ihre Lustperle. Er wollte sie doch jetzt nicht lecken! Das würde sie keine Sekunde durchhalten.

Erleichtert atmete sie aus, als er um sie herumlief, um an ihrem Kopf stehen zu bleiben. Die Schaukel senkte sich herab und schwang leicht hin und her.

Sie hörte, dass Rasul sich hinkniete. Federleicht folgte er mit den Fingerspitzen der Kontur ihrer Unterlippe. Sie saugte an seinem Finger und war erstaunt, wie sehr es sie erregte. Er beugte sich über sie. Fia spürte die Wärme seines Körpers. Behutsam zupfte er an ihren Nippeln, bis sie den Rücken durchbog, sich wünschte, er würde ihr köstliche Schmerzen zufügen.

Sein äußerst sinnliches Lachen brandete ihren Leib entlang. Zwei weitere Hände berührten Fia an den Innenseiten ihrer Oberschenkel.

„Sire, nein", entfuhr es ihr.

Rasul massierte ihre Nippel härter, und fremde Finger spreizten ihre äußeren Schamlippen, sodass ihre geschwollene Knospe ungeschützt vor ihm lag. Fia verkrampfte sich, weil die Hände sich kleiner, sanfter als die eines Mannes anfühlten. Eine Zunge leckte direkt über ihre Perle.

„Nein?“ Fia hörte die Belustigung klar aus Rasuls Tonfall. „Alle Anwesenden wissen, dass du nicht *Nein* meinst, Feuerblume.“

Zu gern hätte sie protestiert, doch Rasul hatte Fia gut vorbereitet. Ihre Erregung war zu weit fortgeschritten, um ernsthaft zu protestieren. Er kniff ihr so fest in die Brustwarze, dass sie vor Lustschmerz aufschrie. Er beugte sich tiefer, beruhigte den Schmerz mit Zunge und Lippen.

Wer immer die Frau auch war, die vor ihr kniete, wusste, was sie tat. Sie leckte ihre Knospe und saugte abwechselnd an ihr. Die Reize waren zu viel. Fias Orgasmus brandete über sie, und nichts konnte ihn aufhalten. Und dass Rasul ihr die Erlösung verboten hatte, verwandelte die Wellen der Lust in pure Ekstase. Fia schrie, und ihr gesamter Körper spannte sich an. Sie bemerkte, dass ihr Tränen aus den Augenwinkeln liefen. Beide ließen nicht von ihr ab, bis das Pulsieren aufhörte.

„Hattest du ihr erlaubt zu kommen, Rasul?“

Oh, bitte nicht.

Begierde lag schwer in Sakuros Stimme, ein knisterndes Versprechen. Jedoch war er es nicht, der sie geleckt hatte.

„Nein, ich hatte es ihr untersagt.“ Rasul seufzte, und sein Atem streichelte ihre Wangen. „Jetzt muss ich sie erneut bestrafen.“

Die Schaukel setzte sich in Bewegung und wurde nach oben gezogen.

„Du bist still, Fia, ansonsten knebel ich dich.“ Rasul umfasste ihre Brüste. „Du darfst stöhnen, schreien oder seufzen, aber nicht sprechen.“

„Soll ich mich ihres kleinen scheuen Arschlochs annehmen und sie für deinen Schwanz vorbereiten?“ Es war Sakuro anzuhören, wie sehr er sich darauf freute, sie auf diese Weise zu unterwerfen. „Das sollte Strafe genug sein. Sie ziert sich nach wie vor.“

Es machte sie verrückt, nicht sehen zu können, wer sie geleckt hatte. Wer immer es war, legte eine Hand auf ihren Venushügel und massierte ihre überempfindliche Knospe.

Sie öffnete den Mund, um zu protestieren.

„Fia!“, sagte Rasul zu sanft. „Da du offensichtlich immense Probleme hast, einfachen Befehlen zu gehorchen, muss ich entsprechende Maßnahmen treffen.“ Er zog das Kissen fort. Die Unterlage unter ihrem Kopf kippte nach hinten.

„Öffne deinen Mund.“

Ehe ihr bewusst wurde, was sie tat, gehorchte Fia. Rasul schob seinen heißen steifen Phallus zwischen ihre Lippen.

„Ein sehr effektiver Knebel, Rasul.“ Sakuro lachte leise.

Kühle tropfte auf ihren Anus, und ihr Protest wurde durch den herrlichen Schwanz in ihrem Mund erstickt. Sakuro massierte ihre Hinterpforte, drang aber noch nicht mit dem Finger ein. Die unbekannte Wohltäterin kletterte auf die Schaukel und kniete über ihr. Fia spürte ihren Atem auf ihrem Geschlecht, und sie leckte Fia erneut. Fia roch die Lust der Frau. Sakuro schob Fia vorsichtig einen Finger in den Po.

Die Schaukel setzte sich in Bewegung. Bei der rückwärtigen Schwingung drang Rasuls Härte in ihre Mundhöhle vor. Schwang sie nach vorn, schlüpfte Sakuros Finger tiefer in ihren Po.

„Beiß mich nicht, Kleines."

„Du entspannst dich ganz hervorragend, Sklavin. Wenn ich hier fertig bin, wirst du sie gut auf diese Weise ficken können, Rasul."

Anstatt sich von Sakuros ruchlosen Worten abgestoßen zu fühlen, fachten sie Fia zusätzlich an. Der Mund, der an ihrer Klitoris saugte, trieb sie in den Wahnsinn. Gekonnt leckte die Sklavin sie.

Oder war es gar keine Sklavin?

Sakuro schob ihr einen zweiten Eindringling in den Po, dehnte sie vorsichtig. Fia stöhnte um Rasuls Erektion, und die Sklavin lutschte sie härter.

„Deine Geilheit tropft dir aus der Pussy. Es wäre ein Jammer, es zu vergeuden."

„Ruhig, Modhair, es wird dir gefallen."

Ehe sie begriff, was sie vorhatten, spürte sie Sakuros Schwanz an ihrem Geschlecht, und als die Schaukel das nächste Mal nach vorn schwang, war er ganz in ihr.

Sie benutzten sie gleich einer Sklavin und irgendwie nicht. Anstatt sie zu schänden, behandelten sie Fia mit sanfter Gewalt, stellten sie doch sicher, dass ihr Körper begehrte, was sie ihr antaten. Fia wurde in diesem Moment bewusst, dass ihr Geist es ebenso akzeptierte. Sie verzehrte sich nach jeder Berührung und dem damit einhergehenden Lustschmerz. Fia liebte Rasul mit einer Heftigkeit, die ihr bislang unbekannt gewesen war.

Rasul streichelte ihre Stirn, und Sakuro murmelte besänftigende Worte. Sakuros Schwanz und die Zunge trieben sie in die Erfüllung. Rasul zog sich aus ihrem Mund zurück, als der Orgasmus über sie brandete. Sterne flimmerten um sie herum, obwohl die Maske ihr die Sicht raubte. Die Frau auf ihr bewegte sich, noch während Sakuro Fia weiter vögelte. Rasul hob Fias Kopf an. „Es ist Zeit, dich bei Azura erkenntlich zu zeigen. Leck sie, Sklavin."

Azura roch so gut, sinnlich und nach Begierde. Sie presste ihr Geschlecht gegen Fias Lippen. Fia leckte zaghaft über die Spalte.

„Spreiz deine Schamlippen, sodass sie besseren Zugriff hat", sagte Rasul. Er löste die Augenbinde. Der Geschmack von Azura traf ihre Zunge. Fia stimulierte die heiße Lustperle, lutschte sie, gehalten von Rasul, unterdessen Sakuro ihre Pussy mit seinem Schwanz fickte und ihren Anus mit seinen Fingern.

Fia hatte nicht einmal protestiert, zu gefangen war sie in ihrer Lust und in der, die Rasul ausstrahlte. Sie zögerte nicht eine Sekunde, Azura zu lecken, wie sie es bei ihr getan hatte. Sie würde sie so gern anfassen, die zarte Haut spüren, die Rundungen.

Fia spürt Azuras Orgasmus an ihren Lippen. Die Begierde der schönen Frau benetzte Fias Gesicht. Sakuro zog sich aus Fia zurück, ehe er den Höhepunkt erreichte. Er packte Azura und hob sie von Fia, warf sie auf eine weiche Unterlage.

„Auf alle viere", knurrte er. Er zog eine Gerte unter einem der Kissen hervor. „Wehe, wenn du ausweichst." Er holte aus und überzog Azuras knackigen Po mit Röte.

Damit hatte Fia nicht gerechnet. Azuras Schreie waren durchzogen von Lust.

Rasul gab Fia einen Schluck zu trinken. Er verteilte Gleitgel auf seinem herrlichen Schwanz und testete ihre Bereitwilligkeit mit einem Finger. „Sakuro hat dich gut vorbereitet, Modhair. Ruhig ausatmen." Vorsichtig drang er ein, während er einen Vibrator gegen ihre Lustperle hielt. Sie kam, noch ehe er ganz in ihr war. „Du ungezogenes Biest." Ein Ruck, und er füllte sie aus. Rasul nahm einen zitternden Atemzug, kontrollierte seine Gier.

Dann liebte er sie mit langsamen tiefen Stößen. Fia presste ihren Hinterkopf auf die Unterlage, stöhnte unbeherrscht. Sie sah ihrem Sire glasklar an, dass es ihn aufheizte. Er lächelte sie auf diese verführerische Weise an, die ihr den restlichen Halt raubte, den sie noch besaß.

Sie nahm nur noch ihn wahr, hörte nichts mehr, spürte ihn umso deutlicher, als Rasul sie seinem Willen unterwarf, mit einer Liebe, die sie hilflos machte.

„Fia, sieh mich an."

Sie blinzelte, bis sie klar sehen konnte. Wie war sie auf das Bett gekommen? Sakuro hielt sie, und Rasul wischte ihr mit einem kühlen Lappen über die Stirn. Rasul legte zwei Finger auf ihren Hals, lächelte erleichtert.

„Du bist ohnmächtig geworden, nachdem du den Höhepunkt gemeinsam mit mir erreicht hast."

Oh.

Sakuro beugte sich herunter, um ihr so tief in die Augen zu sehen, dass ihr schwindlig wurde. Der Oberste der Sumarier grinste - natürlich. „Du bist die schüchternste kleine Sklavin, die ich jemals genommen habe.

Azura kam gerade in den Raum, in den Händen ein Essenstablett. Sie warf Rasul einen Blick zu, den man nur als böse bezeichnen konnte. „Du musst besser auf sie achtgeben. Sie hat nicht genug gegessen. Den ganzen Tag forderst du Höchstleistungen von ihr.“ Sie wirkte, als ob sie Rasul mit dem Brotlaib erschlagen wollte.

Wenig später lagen sie gemeinsam auf Decken und Kissen. Sakuro und Rasul fütterten Azura und Fia abwechselnd, bis Fia glaubte, sie würde platzen. Azura küsste sie unvermittelt mitten auf den Mund. „Ich freue mich bereits auf nächstes Mal, Fia.“

Alle drei grinsten sie an, sodass Fia nichts anderes übrig blieb, als ebenso breit zurückzugrinsen.

Rasul trug sie in sein Schlafzimmer und legte sie aufs Bett. Besorgt sah er sie an. „Morgen ist es so weit.“

Fia schluckte. Sie verspürte Angst, und doch musste sie es durchziehen. Eine Menge hing von ihr ab, zu viel, um feige zu sein.

Trotz ihrer Befürchtungen schlief sie vor Erschöpfung auf der Stelle ein.

Kapitel 16

Furcht packte gnadenlos zu, und Fia versuchte vergeblich, sich zu entspannen. „Ich habe Angst, Rasul."

Sie sah zu Christor und wusste, was sich auf der Ablage hinter seinem Rücken befand. Doch es gab keine Alternative. Vier Hände streichelten sie beruhigend. Zwei gehörten zu Sakuro, die anderen beiden zu ihrem Sire.

„Du wirst nichts spüren. Ich schwöre es dir." Der Heiler deutete Rasul an, sie auf den Bauch zu drehen. Ein Röhrchen berührte ihren Hals. Christor drückte auf den Auslöser, und jegliche Angst wich von ihr. „So ist es gut. Rasul zählt bis zehn, und dann hast du es geschafft."

„Entspann dich, Modhair. Konzentrier dich auf meine Stimme. Ein, zwei, drei …", sagte Rasul sanft.

„Alles vorbei. Du warst sehr tapfer, Fia. Eine vorbildliche Patientin." Christor sprühte etwas Kaltes auf ihren Rücken. „Sie muss ein wenig ruhen. Anschließend kannst du sie in dein Bett legen."

Sie hörte die sich entfernenden Schritte des Heilers und driftete in den Schlaf.

Rasul beobachtete, wie Christor den Sender in Fias Hals schoss. Er machte sich erst gar nicht die Mühe, vorsichtig zu sein. Fia schrie vor Schmerz auf.

„Solltest du versuchen zu flüchten, löse ich den Sprengstoff aus. Deine einzige Option ist, überzeugend zu sein. Dann lassen wir dich am Leben", wisperte Rasul in seiner nettesten Stimme.

Fia erbleichte. Rasul ließ ihre Haare los.

Tiefe Trauer lag über dem Palast. Heute Morgen hatte Malik den Freitod gewählt. Er hätte nie wieder laufen können. Sakuro und Rasul waren bei ihm gewesen, als er in das Reich der Schatten hinübertrat. Rasul hatte seinen Nacken gehalten, als Sakuro ihm die Tablette gab.

Fia würde dafür bezahlen, mit Blut und dem Tod. Der Gestaltwandler Vargos war eine unglaublich perfekte Fia-Kopie, von den Haarspitzen bis zu den Zehenspitzen.

Ironischerweise hatte ausgerechnet Elnox das Treffen mit Diego organisiert. Der Drakanier besaß das Vertrauen des Gataks und hatte mit seinem Blut geschworen, die Sumarier nicht zu hintergehen. Der Schwur war heilig.

Rasul beschlich das Gefühl, als ob Mächte ihnen den Drakanier mit Absicht zugespielt hatten, sodass er genau für diese Situation verfügbar war.

Rasul schubste Fia in den altmodischen Gleiter, den sie an dem kleinen See gefunden hatten.

Sakuro beugte sich zu der Kreatur herab, nachdem Rasul sie in den Pilotensitz gestoßen hatte. „Eine falsche Bewegung von dir und du verlierst mehr als deine Stimmbänder.“

Christor hatte sie mit dem größten Vergnügen zerstört. Der Körperwandler konnte nicht einmal mehr krächzen.

Elnox streichelte sein Breitschwert. Er hielt nichts von Energiewaffen. Mit einer Hand umfasste er Fias Hals und hob sie an der Kehle hoch. „Ich persönlich nehme mich seiner an, falls er nur mit einer Wimper zuckt. Er wird leiden bis zum letzten Atemhauch.“

Rasul lief ein Schaudern über den Rücken. Die Drakanier waren Experten im Foltern. Selbst Drugal wirkte dagegen wie ein Anfänger. Die vielen geflochtenen Zöpfe des Drakaniers, die bis zu seinen Schultern reichten, wippten herum, als er sich Rasul zudrehte. Das Tattoo eines Nebeldrachens zierte Elnox' rechte Wange.

„Mein Schwur ist bindend, so wie der eure.“

Sakuro hatte ihm die Freiheit zugesichert. Rasul nickte ihm zu und stieg aus der Ladeluke. Er ging zu dem zweiten Shuttle und schloss Fia in die Arme. Sie presste kurz ihre Nase in seine Halsbeuge.

„Was, wenn ich versage, Sire?“

Rasul sah in ihre Augen, die vor Sorge so dunkel waren wie das Moos aus den Winterebenen. „Wirst du nicht, Kleines. Hier sind starke Mächte am Werk. Sie werden dich nicht im Stich lassen. Schließlich bist du die Sternentochter.“

Rasul zwang seine Besorgnis in den Hintergrund. Er hatte in dem Traum an der Tempelanlage der Nubinier gesehen, was von Fia erwartet wurde und hatte ihr ein wichtiges Detail verschwiegen. Aber es war besser so.

Fia nahm einen tiefen Atemzug, dann straffte seine Feuerblume die Schultern. „Es ist Zeit, dem Arschloch gehörig in die Kronjuwelen zu treten.“

Er wusste, was ihr am meisten am Herzen lag. „Suno geht es gut. Wenn wir zuschlagen, wird Eldor ihn in Sicherheit bringen. Unserem Seelentier wird nichts geschehen.“

„Unserem?“

„Er trägt inzwischen auch meine Flammen auf seinem Kopf. Und er hat heute Morgen Verbindung zu mir aufgenommen.“ Rasul küsste sie auf die Stirn. „Er hat mir damit gedroht, mir in den Arsch zu beißen, falls ich dich nicht gut behandele, Sklavin.“

„Suno kann grausam sein, wenn er will. Er hat mal einen Paskanier, der mich als Mischlingsweib beschimpft hatte, in Nessel-Lianen geschubst.“

Rasul verzog das Gesicht. Die Nesseln waren heimtückisch, wickelten sich um den Körper und verbrannten die kontaminierte Haut dermaßen, dass Narben verblieben. Rasul presste sie in den Sitz, stützte die Hände neben ihrem Kopf ab. „Du solltest dich nicht zu früh freuen, er meinte, du könntest meine starke Führung gebrauchen, die dich fordert und auch züchtigt.“ Er küsste sie auf die Nasenspitze. „Er kann fühlen, wie glücklich du bist, Sklavin. Und außerdem ist er ein Kerl.“

Sie sah ihn so empört an, dass die Einheit einvernehmlich in Lachen ausbrach. Es dämmte die Anspannung ein; zumindest kurzfristig.

Es war seltsam, auf paskanischem Boden zu stehen, der sich nicht mehr wie ihre Heimat anfühlte. Genaugenommen war Paskania niemals ihr Zuhause gewesen. Solange sie nicht darüber nachdachte, was von ihr abhing, unterdrückte sie die hüpfenden Feuerkäfer, die fröhlich in ihrem Magen ein Saufgelage feierten. Diesmal hatte auch sie eine Tüte auf dem Flug gebraucht. Tabith hatte sie gehalten, weil Rasul mit seiner eigenen Tüte beschäftigt gewesen war.

Sie kauerten in den Grasebenen, fast genau an der Stelle, wo sie Suno gefunden hatte. Ausgerechnet hier hatte Diego seine Festung errichtet. Sie spürte Suno, der ihr beruhigende Impulse sandte. Rasul hatte nicht ein Mal die Hand von ihr genommen, seitdem sie auf Paskania gelandet waren.

Sie keuchte auf, als sie auf ihr eigenes Abbild starrte, das aus dem alten Shuttle stieg, das sie vor einer gefühlten Ewigkeit nach Sumaria gebracht hatte.

War ihr Hinterteil wirklich so … üppig? Ihr Gang so aufreizend? Und ihre Brüste so reizvoll, dass sogar sie nicht den Blick davon loslösen konnte?

Beschämt starrte sie auf den Boden. Es war nicht richtig, sich selbst zu bewundern! Aber ihr Busen konnte nicht ernsthaft bei jedem Schritt so hüpfen! Das war eine Einladung an Rasul und jeden anderen Kerl, sie auf der Stelle zu ficken. Sie wollte sich erst gar nicht vorstellen, wie sie aussah, sobald sie das durchsichtige Gewand trug.

Diese Gedankengänge konnten nur von ihrer Anspannung herrühren. Die furchtbaren Geräusche der Schattentoten vermochte Fia nicht mehr auszuschalten. Sie waren in einem Energiekäfig untergebracht. Wenn sie die Kinder betrachtete …

„Nicht, Fia. Konzentrier dich nur auf deine Aufgabe“, wisperte Rasul in seiner besten Sire-Stimme. Das wirkte.

Ein Stein nach dem anderen, kleine Fia.

Die Worte von Zorgan, ihrem Mentor, sprangen an die Oberfläche ihres Gehirns. Sie musste einfach den ersten Schritt wagen, abwarten, was passierte, nicht darüber nachdenken, was alles an dem Plan der Sumarier schiefgehen konnte.

Der Drakanier war der furchteinflößendste Kerl, den Fia bisher gesehen hatte. Er war sogar größer als Rasul und sah wirklich so aus, als ob er Säuglinge zum Frühstück, Mittagessen und Abendessen verzehrte, garniert mit Augäpfeln von Jungfrauen.

Elnox hatte der Fia-Kopie die Hände auf den Rücken gebunden und umklammerte das Genick des Körperwandlers. Sie blieben mitten auf dem freien Platz außerhalb der Mauer von Diegos großzügiger Festung stehen.

Es dauerte ein paar Minuten, dann trat Diego, umringt von seinen Lakaien, aus dem Tor. Sie stoppten wenige Meter von dem Drakanier entfernt.

„Fia, meine Liebe. Ich dachte, ich würde dich nie wiedersehen. Gut siehst du aus." Er lächelte auf eine Weise, dass sie es unangenehm auf der Haut spürte. „Elnox, ich hörte, du wärst tot. Anscheinend waren es nur Gerüchte deiner Söldnerfreunde. Wo sagtest du, hast du das Mischlingsweib gefunden?"

Elnox lachte dunkel. „Die Sumarier haben mich gefangen gehalten, und die Kleine hat mir geholfen zu fliehen. Sie vermochte meinem Charme nicht zu widerstehen, wenn sie mir das Essen gebracht hat." Elnox umfasste mit einer Hand die rechte Brust des Körperwandlers und kniff fest in den Nippel. „Sie hat mir geglaubt, dass ich ihr die Freiheit schenken würde."

Diego trat näher, und sein kaltes Lachen raspelte über Fias Wirbelsäule. „Alles läuft nach Plan. Vor all den Sonnendämmerungen fand ich eine Schriftrolle, die ihr Erscheinen prophezeit hat."

Er packte das Kinn der Kreatur. „Zorgan sollte dich mir ausliefern, wenn du so weit wärst, stattdessen wollte er dich retten, hat einen Narren an dir gefressen. Zu gern hätte ich dich als junges Mädchen zu mir genommen, doch dann hätte sich die Prophezeiung nicht erfüllen können. Ich durfte mich nicht einmischen." Diego seufzte theatralisch. „Du musstest dein Seelentier finden und dich mit deinem Seelengefährten vereinen. Dein Seelentattoo ist komplett, so wie bei dem Pferd."

„Der Sumarier hat sie gut vorbereitet, ich habe mich all ihrer Löcher angenommen." Elnox umfasste die Kehle des Körperwandlers.

„Das verstehe ich, Drakanier. Sie ist bestimmt ein guter Fick." Diego beugte sich vor. „Wieso spricht sie nicht?"

„Ein kleiner Unfall. Sie hat zu sehr geschrien, während ich mich mit ihr vergnügt habe. Ihre Stimmbänder sind ausradiert."

Christor hatte Vargos eine Reihe Mittel gespritzt, sodass er sich nicht zurückverwandeln konnte. Den Anflug von Mitleid hatte der Anblick des richtigen Maliks bei ihm zerstört. Manche Lebewesen verdienten keine Gnade.

„Bedauerlich. Ich hatte mich auf ihre Schreie gefreut. Das Artefakt?"

Elnox lachte heiser. „Ich gebe einem deiner Lakaien den Code für den Behälter, sobald du mir meinen Lohn überreicht hast.“ Der Drakanier richtete sich zu seiner vollen Größe auf. „Ich brauche nicht zu erwähnen, dass meine Männer auf eine höchst kreative Weise an dir Rache üben werden, falls mir etwas passiert. Und sie nehmen dir mehr als deine Stimmbänder. Sie werden dich am Leben lassen, damit du deinen Zustand eine Zeitlang genießen kannst.“

Diego winkte einem seiner Lakaien zu, der mit einem Koffer in der Hand nähertrat, auf den Verschluss drückte und Elnox den Inhalt zeigte.

Der Drakanier nickte, schubste Fia grob, sodass sie vor Diego auf die Füße fiel. „Was willst du mit dem Artefakt? Es hat meine Neugier erweckt.“

„Die vergessenen Heiligen verlangen ein Opfer. Das Sternenkind. Durch ihren Tod habe ich die Macht, die Schattentoten zu beherrschen und mir die Befehlsgewalt über ganz Sumapask zu sichern.“

Elnox packte seine Beute. „Viel Spaß mit ihr. Nimm dich vor ihren Zähnen in acht, sie beißt gern.“ Der Drakanier ging zu dem Shuttle, drückte Diegos Wache den Zettel mit dem Code in die Hand. Diegos Abschaum lief zurück, und sobald Diego nickte, rauschte Elnox davon.

Das Fia-Ding wand sich auf dem Boden, versuchte sich bemerkbar zu machen, und Diego trat ihm ins Gesicht.

Rasul presste Fia an sich. Auch wenn Vargos es nicht besser verdiente, konnte Fia nicht mit ansehen, dass er gequält wurde. Diego bearbeitete ihn, bis der Körperwandler sich nicht mehr rührte.

Sie ließen ihn dort liegen, allein auf dem Platz, und in sicherer Entfernung drückte ein fies aussehender Kerl auf den Auslöser, während der Warlord das Artefakt öffnete.

Vargos zerbarst, und aus der geschnitzten Schatulle stoben silberne Funken, hüllten Diego ein, der auf die Knie brach.

„Jetzt, Fia!“ Rasul reichte ihr das echte Artefakt.

Angst um Fia beschleunigte Rasuls Herzschlag und umklammerte seinen Brustkorb mit stählernen Bändern, sodass er kaum atmen konnte. Fia schaffte es irgendwie, dass nicht einmal ihre Hände zitterten, als sie die Schatulle an sich nahm.

Der Drakanier hatte das falsche Artefakt gut präpariert, und Rasul befürchtete, ihre Wege hatten sich heute nicht zum letzten Mal gekreuzt. Diego war nicht von Magie von den Füßen gerissen worden, sondern von einem Gift. Ehe seine Männer realisierten, was geschah, schlug Nadena gemeinsam mit Sakuro zu. Nach einem kurzen Scharmützel legten Diegos Leute die Waffen nieder.

Fia lief auf die Lichtung, kniete sich anmutig hin und hob den Deckel des magischen Utensils an. Sie balancierte sie auf den Handflächen, und ein goldener Schimmer umschwebte seine Seelengefährtin, drang in sie ein, sodass sie glühte.

Du hast uns erlöst, Fia, Gefährtin von Rasul.

Schemen stoben aus dem Himmel, und ein Seufzen verhüllte sie wie eine Schicht. Balsamgleich beruhigte es Rasuls Herzschlag.

Habt keine Angst. Fias Blut kann sie heilen. Lasst das Kind zu ihr.

Das Energienetz flackerte für eine Sekunde, und eines der Kinder lief auf Fia zu. Rasul war es niemals zuvor dermaßen schwergefallen, nicht einzugreifen.

Tabith hielt ihn an der Schulter. „Ruhig, mein Freund. Fia muss eine Verbindung zu ihnen herstellen."

Das Mädchen fiel in Fias Arme und biss ihr geradewegs in den Hals. Auch wenn Rasul es gewusst hatte, jagte der Anblick pures Entsetzen in seine Glieder. Er riss sich aus der Starre, und er und Tabith warteten die längsten zehn Sekunden seines Daseins. Sie fühlten sich wie sein ganzes Leben an.

„Jetzt!" Drugal packte das Kind, und Tabith hielt ihm das Röhrchen an den Hals. Das Betäubungsmittel wirkte sofort. Die Heilung setzte bereits ein.

Fia starrte ihn aus Augen an, die nichts wahrnahmen, während das Blut aus ihr tropfte.

„Halte ihren Kopf", sagte Christor ruhig.

Die Routine des Heilers griff auf Rasul über, und er kniete sich hinter Fia und war dankbar, dass seine Hände nicht zitterten.

Christor spritzte ihr ein Mittel gegen den Schock, stoppte danach die Blutung mit einem Laser und füllte die Bisswunde mit flüssigem Gewebe auf. „Eine kleine Narbe bleibt, Rasul. Du kannst sie jetzt nach Hause bringen."

Rasul hob Fia hoch, und auf dem Weg zum Shuttle sah er, wie die Schattentoten zusammenbrachen.

Kapitel 17

„Kleines, sieh mich an.“

Fia wollte die Augen nicht öffnen, sie war so erschöpft und hatte einfach nicht genügend Energie.

„Modhair, bitte.“

Die Stimme klang verzweifelt und gleichzeitig autoritär. Etwas tropfte auf ihre Wange.

„Sire“, wisperte sie.

Eine weitere Träne traf sie. Starke Arme zogen sie hoch, um sie zu halten.

„Du bist einfach nicht aufgewacht, Modhair.“

Christor eilte strahlend wie ein Baum beim Sonnendämmerungsfest ins Zimmer. Fia hustete und wünschte, sie hätte es nicht getan. Ihre Lungen und ihr Hals brannten wie Feuer. Rasul stützte ihren Nacken, und Christor hielt ihr einen Becher mit einem Strohhalm an die Lippen.

„Kleine Schlucke, Fia. So ist es gut.“ Rasul war bleich und hatte Schatten unter den Augen. Ihr Sire sah furchtbar aus. Das Getränk linderte augenblicklich den Schmerz, und sie fühlte sich besser.

Christor leuchtete ihr mit einer Lampe in die Augen, hörte ihr Herz ab und beugte sich anschließend zu ihr hinab. „Du hast uns einen ganz schönen Schrecken eingejagt, süße Sklavin.“

Rasul hielt Fias Hand, so vorsichtig, als ob er Angst verspürte, er würde sie zerbrechen. „Du hast eine Woche im Koma gelegen. Ich dachte, ich hätte dich verloren.“

Eine Woche!

Ihr kam es so vor, als hätte sie gerade einmal zehn Minuten geschlafen.

„Hat unser Plan geklappt?“

„Das hat er. Das goldene Schimmern, das von dir ausging, griff nach dem Biss auf die Schattentoten über. Aus ihnen löste sich eine Art … schwarzer Rauch, und sie fielen zu Boden. Die Heilung setzte sofort ein, nur bei dir nicht.“

Rasul wartete, bis sie noch eine paar Schlucke getrunken hatte. „Es war unglaublich. Sie wandelten sich vor unseren Augen in Sumarier zurück. Aber du wirktest, als ob der Schattentod dich ereilt hätte und du unwiederbringlich verloren wärst. Du bist in ein Koma gefallen, und die Heilung setzte erst nach und nach ein. Ich dachte, der Preis wäre zu hoch gewesen, und ich hätte dich verloren.“

Tränen tropften seine Wangen hinab, und er umfasste unendlich zärtlich ihre Schultern, als würde sie zerbrechen. Sie schmiegte ihre Wange an seinen Unterarm, und sie sahen sich in die Augen.

Rasul räusperte sich. „Du bist schwanger, Feuerblume. Es wird ein Mädchen." Ihre Tränen vermischten sich mit seinen. Von ihm gehalten, driftete Fia in den Schlaf.

„Keine Sorge, Rasul. Diesmal schläft sie." Christor führte den Scanner an ihrem Kopf entlang. „Ihre Hirnwellen sind normal. Sie braucht Ruhe, Nahrung und Zuwendung. Genau wie du, mein Freund."

Tabith, Sakuro, Jorgan und Drugal stürmten durch die Tür und blieben fast stecken. Sie alle grinsten, sagten aber nichts. Vielleicht lag es daran, dass sogar Drugal gerührt aussah.

„Ich bleibe bei ihr, während du duschst, isst und schläfst", sagte Sakuro in seiner besten Regentenstimme. Nur ein völliger Idiot hätte gewagt, ihm zu widersprechen. Er schlug Rasul auf den Rücken, sodass er beinahe mit der Nase in Fias Brustkorb gelandet wäre. „Sofort, Soldat."

„Ich lasse Fia nachher in deine Gemächer bringen", sagte Christor weich. „Du hast vier Stunden, dann treffen wir uns zu einer Besprechung in der Bibliothek. Nadena und Elnox sind vorhin eingetroffen. Der Drakanier ist an einer Zusammenarbeit mit uns interessiert. Anscheinend sieht auch er die Körperwandler als Bedrohung an."

Sakuro beugte sich vor und küsste Fia überraschend auf die Stirn. „Die kleine Sklavin hat sich in unsere Herzen geschlichen. Ich erwarte, dass du sie offiziell an dich bindest." Sakuro hob herausfordernd die Augenbrauen.

„Ja, mein Gebieter."

Rasul hörte das Lachen seiner Freunde, als er aus dem Raum lief. Nachdem die Angst um Fia von seinen Schultern verschwand, spürte er die eigene Erschöpfung und das ganze Ausmaß der Furcht. In der Tempelanlage der Nubinier hatte er gesehen, was passieren würde, dass einer der Schattentoten eine Verbindung mit Fia eingehen musste, um sie alle zu retten. Doch eine Vision konnte einen nicht auf die Wirklichkeit vorbereiten.

Plötzlich zuckte er vor Schmerz zusammen.

Sie ist wach und gesund!

Suno! Er hatte den Hengst vergessen. Der telepathische Kontakt löste starken Kopfschmerz aus. Laut Suno wurde es besser mit der Zeit.

Sie ist wohlauf, und sobald es geht, kommen wir bei dir vorbei.

Suno schnaubte seine Zustimmung, die in Rasuls Schläfen vibrierte.

Eine leichte Hand berührte ihn an der Schulter.

„Wach auf, mein Prinz." Malura lächelte ihn an. „Sakuro erwartet dich."

„Jetzt schon?" Es erschien ihm, als hätte er sich gerade erst hingelegt.

Malura wirkte anders, freier und selbstsicherer. Mit einem glücklichen Ausdruck auf dem Gesicht schwebte die Adrianerin aus dem Raum.

Die Führungsriege von Sumaria saß an dem großen Tisch in Sakuros Bibliothek. Elnox und Nadena waren in einem intensiven Gespräch gefangen.

Tabith nickte Rasul zu. „Jorgan ist bei ihr. Es geht ihr gut."

Es gab viel zu bereden, und eine Menge war geschehen, was Rasul nicht verstand. Doch die Mächte hatten Fia zu ihm geführt und ihrer beider Schicksal bestimmt. Rasul grinste in sich hinein. Es hätte ihn schlimmer treffen können. Sie arbeiteten mit Nadena einen Friedensplan aus. Drei der obersten Paskanier hatten sie festgesetzt, die restlichen vier stimmten den Friedensverhandlungen zu. Diegos Imperium fiel bei seinem Tod in sich zusammen. Um die Körperwandler würden sich die Drakanier kümmern, weil auch sie welche auf ihrem Heimatplaneten entdeckt hatten. Dem Abschaum stand eine *interessante* Zeit bevor, in der ihr sterbender Planet ihre geringste Sorge darstellte.

Sakuro nickte ihm zu und entließ Rasul aus der Besprechung. Dieser holte Fia und brachte sie zuerst zu Suno. Sie lehnte ihre Stirn an das Seelentattoo von Suno und weinte stille Tränen. Wenn ein Pferd weinen könnte, dann hätte der Hengst es getan. Rasul hatte niemals einen bewegenderen Moment gesehen.

Kapitel 18

Nervös betrachtete Fia ihr Spiegelbild.

Azura rollte mit den Augen. „Falls du erneut an deinem perfekten Haar zupfst, hole ich mir welche von Rasuls Manschetten und fessele dir die Hände mit der Hilfe von ein paar Wachen auf deinem Rücken."

Fia war sich nicht sicher, ob es ein Scherz war. Azura traf ihren Blick im Spiegel. „Sei froh, dass es deine Hochzeitsnacht ist, andernfalls würde ich Rasul bitten, dich mit mir zu teilen, so verführerisch, wie du aussiehst."

Azura war vor zwei Stunden mit Fias Kleidung eingetroffen, und ihre Erleichterung, dass Azura Unterwäsche in den Händen hielt, war nur von kurzer Dauer. Die weiße Spitze bedeckte kaum ihre Nippel, hob ihren vollen Busen aufreizend an, und das Spitzenhöschen verhüllte zwar ihre Scham, lenkte jedoch den Blick darauf.

Ihr rotes Hochzeitsgewand war durchsichtig, lag am Oberkörper eng an und wurde unterhalb der Taille weiter. Gehalten wurde es von zwei Trägern, die den Namen nicht verdienten. Wahrscheinlich würde der Sumarier sie mit einem Griff zerreißen, sollte es ihm in den Sinn kommen.

Die letzten Tage hatte er sie kaum angefasst, und sie lechzte nach seiner harten Hand, nach der Hitze auf ihren Pobacken. Sie verstand dieses Bedürfnis zwar immer noch nicht, hatte aber beschlossen, es nicht mehr zu hinterfragen.

Fia wirkte wie eine Einladung an Rasul, ein Zustand, der ihr gefiel. In ihrem hochgesteckten Haar waren rote und schwarze Blüten, und um den Hals trug sie ein Geschmeide mit Edelsteinen aus der gleichen Farbe.

Ein Geschenk von Rasul.

Es klopfte an der Tür. Jorgan und Tabith betraten Rasuls Gemächer. Die Sumarier sahen überwältigend aus, groß, dunkel und gekleidet in enges Leder.

Und wie sie Fia musterten! Sie warf ihnen einen aufmüpfigen Blick zu.

„Kleine Sklavin, dein Hochzeitstag rettet dich nicht vor einer Bestrafung. Ich werde Rasul von deinen Verfehlungen berichten, genau, wie du es herausforderst." Jorgan zog sie an seine breite Brust und küsste sie auf die Nasenspitze.

Dann reichten ihr die Sumarier galant ihre Ellenbogen und führten Fia in die Entspannungsgärten.

Sie hörte die leisen Töne einer Panflöte und Stimmengemurmel, das bei ihrem Eintreten erstarb. Die Melodie der Panflöte umschwebte sie beruhigend. Sie war froh über den Halt der Sumarier, denn wieder einmal glichen ihre Beine feinster limarischer Seide, sobald sie ihren Sire mit den Augen erfasste und sein Blick in sie rammte.

Bei den vergessenen Heiligen! Er sah atemberaubend aus. Das rote Hemd unterstrich seine dunkle Ausstrahlung, und die schwarze Hose klebte an ihm wie eine zweite Haut. Suno stand neben ihm. Und wenn ein Pferd grinsen konnte, dann tat er es.

Sakuro stand hinter ihnen und wirkte nicht minder verführerisch in seinem grünen Hemd und der braunen Hose. Und wie er grinste! Ob sie sich jemals daran gewöhnen würde, dass er sie genommen hatte?

Oh, bitte nicht.

Eldor ragte plötzlich vor ihr auf und lächelte auf sie herunter. „Süße, Fia, du erinnerst dich an mich", wisperte er an ihrem Ohr.

Rasuls Bruder nahm Fia den Sumariern ab. Ihre Hand zitterte, als sie sie auf den schwarz gekleideten Arm des Verführers legte. Seine nicht zitternde Hand umfasste ihre, und er führte sie zu ihrem Sire.

Auf eine Geste von Sakuro knieten sich Fia und Rasul hin. Wie auf Bestellung fing es an zu regnen. Und es war atemberaubend unter dem vielen Glas und zwischen den blühenden Pflanzen.

„Rasul, Prinz aus den Nebelbergen, du gehst aus freien Stücken die Bindung mit Fia, der Sternentochter, ein."

Rasul drehte sich zu ihr, und sein Lächeln wärmte sie bis in die letzte Körperzelle. „Ja, mein Regent."

„Fia, Sternentochter, du gehst aus freien Stücken die Bindung mit Rasul, dem Prinzen der Nebelberge, ein."

„Ja, mein Regent."

„Dann tauscht die Ringe eurer Zugehörigkeit aus."

Rasul nahm ihre Hand und schob ihr den silbernen Ring, in dessen Oberfläche ein grüner und ein blauer Stein eingebettet waren, über den Finger. Fia fasste nach dem zweiten identischen Ring und schob ihn mit zitternden Händen über Rasuls Ringfinger.

Ein Blütenmeer rieselte auf sie herab, und sie fand sich in den Armen ihres Sires wieder, der sie mit genau der dunklen Leidenschaft küsste, die er mit jeder Pore ausstrahlte.

Applaus brandete um sie herum.

Sehr viel später trug Rasul Fia in seine Gemächer. Sie fühlte sich beschwingt von dem Honigwein und den Blicken, die Rasul ihr den ganzen Abend zugeworfen hatte. Christor hatte ihr zugesichert, der milde Wein würde dem Baby nicht schaden.

Er stellte sie in die Mitte seines Schlafzimmers und trat mehrere Schritte zurück.

„Zieh das Kleid aus“, sagte er sanft.

Fia schob die dünnen Träger über ihre Schultern und ließ sich Zeit dabei, es auszuziehen. Sie rekelte sich, bis es zu ihren Füßen schwebte. Sie fasste nach dem BH.

„Nein, lass die Unterbekleidung an.“ Demonstrativ blickte er auf den Boden.

Fias Herzschlag beschleunigte, und sie sank auf die Knie. Ihr entwich ein nervöses Kichern. Rasul hob mahnend eine Augenbraue, trat auf sie zu und umrundete sie. Er blieb hinter ihr stehen.

„Streck deine Arme nach vorn, und leg sie auf dem Boden ab.“

Aber du bist seine Gefährtin, nicht seine Sklavin!

Ich bin beides. Jetzt sei für immer still.

Sie tat, was ihr Sire verlangte, und spürte, dass Feuchtigkeit ihr Höschen tränkte.

„Sire?“

„Sklavin?“

„Es gelüstet mich nach deiner harten Hand und deinem harten Schwanz.“

Rasuls herrliches Lachen brandete über sie hinweg. Er hockte sich hinter sie, berührte federleicht mit den Fingerspitzen ihre Wirbelsäule, schob das Spitzenhöschen nach unten und löste die Haken des Oberteils.

Ihr Sire richtete sich auf, blieb vor ihr stehen, in genau dem richtigen Abstand.

„Sieh mich an, Sklavin.“

Mit einem gefährlichen Lächeln krempelte er sich äußert langsam die Ärmel hoch.

Fia schluckte hart und versank in seinem Blick, der voller dunkler Versprechungen war. Eine Nacht der Lust wartete auf sie – zuerst kam der Schmerz und anschließend eine unglaubliche Erfüllung.

„Ich liebe dich, Sire.

„Ich dich auch, Feuerblume.“

Sein Atem streichelte über ihren Po. Dann flackerte ein herrliches Brennen ihre Haut entlang.

Ende

LINDA MIGNANI, Jahrgang 1965, geboren in Kirkcaldy (Schottland), lebt glücklich verheiratet mit ihrem Mann italienischer Herkunft im Ruhrgebiet. Den britischen Pass ziert ein grauenvolles biometrisches Passfoto. Inspiration holt sie sich beim Malen ihrer Acrylbilder. Sie liebt Regen und stürmisches Wetter, besitzt nur eine Handtasche aber unzählige Turnschuhe. Neben Büchern zählen Wandern, Joggen und Rad fahren zu ihren Leidenschaften. Damenschneiderin und Industriekauffrau sind die Berufe, die sie erlernte. Ihr Motto: Das Leben ist zu kurz, um sich zu ernst zu nehmen.

Besuchen Sie auch die Homepage von Linda Mignani:
lmignani.blogspot.com

WEITERE ROMANE VON LINDA MIGNANI:

Verführung und Bestrafung (Federzirkel Teil 1)
Zähmung und Hingabe (Federzirkel Teil 2)
Vertrauen und Unterwerfung (Federzirkel Teil 3)
Feuerperlen (Federzirkel Teil 4)
Mitternachtsspuren

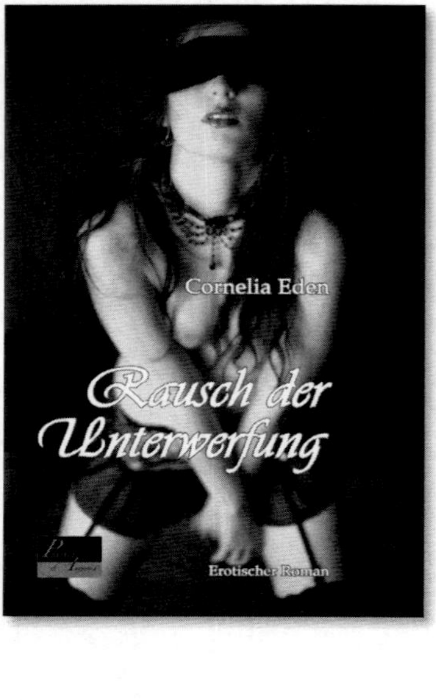

CORNELIA EDEN
RAUSCH DER UNTERWERFUNG
ISBN Taschenbuch: 978-3-86495-037-7
ISBN eBook: 978-3-86495-038-4
Anne folgt der Einladung eines Fremden, ihm drei Tage lang als Sklavin zu dienen. Miguel scheint der Richtige zu sein, sie in die Welt der tabulosen Lust einzuführen. Doch schon kurz nach ihrer Ankunft wird Anne klar, dass der unnahbare Bondage-Künstler mehr von ihr erwartet, als sklavischen Gehorsam. Was als erotisches Abenteuer beginnt, entwickelt sich schnell zu einem Tanz auf dem Seil, der zunehmend gefährlicher wird, nicht nur für Annes Herz.
Ein Bondage-Roman.